菅浩江

誰に見しょとて

J

HAYAKAWA SF SERIES J-COLLECTION

ハヤカワSFシリーズ Jコレクション

早川書房

誰に見しょとて

Dare ni Mishotote
by
Hiroe Suga
2013

Cover Direction & Design Tomoyuki Arima
Cover Illustration Kashima

目次

流浪の民

〈刃物造りの女の二番目の娘〉は、今日初めて、集落の横に作られた水場へ水を汲《く》みに行かされた。〈育て〉の集落に合流する前、彼女にとって水は「探し当てるもの」であり「見つけたら飲む」ものだった。溜まり水よりも流水のほうがじゃりじゃりしないので好きだった。

なのに、集落の水場は小川をわざわざ堰《せ》き止めて作られている。日照りに遭っても人と草が困らないようにしているのだそうだ。周囲や底は石で組んであるので、溜まり水とはいえ池のように濁ったりもしていない。

こんなにたいそうなものは、とても家族だけでは作れない。たくさんの人がひとところに住んでいると、水ですら飼い慣らせるようになるのか。

すごいとは思うが、わざわざ水を汲むという行為への戸惑いのほうが大きかった。水場の石組みへ〈器造りの家族〉が作った甕《かめ》を下ろしながら、〈刃物造りの女の二番目の娘〉は、ああ面倒だ、と思う。

集落の一員となって以来、彼女は気持ちが落ち着かない。獲物を追って暮らしてきた自分たち七人の家族と、実のなる草を育てる人たちは、あまりにも異なっていたからだ。

まず、ずっと同じところで寝起きしているというのが信じられない。獲物は待っていても向こうからやってきてくれるわけではないのだし、今いるところよりももっと便利な、水や果実に恵まれた場所があるかもしれないのに。

〈育て〉の男たちは集落の近くで一応は狩りもする。けれど、地面の石を移動させたり、育てている草に水を与えたり、実をねらう鳥を追い払ったりするほうを大切にしている。今すぐ食べられないものに手をかけるという感覚が、〈刃物造りの女の二番目の娘〉にはよく判らない。

女たちはもっと差違があった。〈育て〉の女は、狩猟にはまったく参加せず、木の実や山菜を採る以外は集落から出ようとしなかった。大切なのは実のなる草に関わる仕事。穫れたものから実を摘まみ取り、粉に砕き、煮炊きする。草から筋を引いて服をつくったりもする。恐ろしいほどの手間だ。獣を獲《と》れば、火で焼くだけでおいしい肉が食べられるのに。皮はすぐに服になるのに。〈育て〉の人たちはどうしてそんなに大変なことをするのだろう。

〈育て〉の〈まとめる人〉は、狩りをしてさすらうよりもよい暮らしができるからだよ、と教えてくれた。草の実は肉と違って蓄えがきくので、獲物が得られなくても取り敢えず口にするものがあるのだ、と。それに、ひとところに住んでいるというのもいいことがたくさんある。物を増やしても構わないので、大きかったり工夫をしたりした道具を長く使える。どこにどんな集落があるのかがおおよそ知れているので、自分たちの能力で補えない物があればいつでも行って交換を持ちかけられる。

〈まとめる人〉は、さらに、大勢で暮らすと集落の中でも役割分担ができて楽だ、と語った。脚の速い者は狩りに、力の強い男は土地の整えに。身籠もった女は織物作り、物知りな老人は薬草摘み、小さな子供は収穫した実の選《よ》り分けを。個人や家族が何もかも引き受けるのではなく、得意なことを得意なようにして、互い互いで助け合えばいい。

母は、〈育て〉の集落に入ることを選び、彼らから〈刃物造りの女〉と名付けられた。ここでなら、父親不在の自分たちでも、石の割れ目を読む得意の技を発揮するだけで、報酬として食べ物を分けてもらえる。足裏に血を流して野山を駆けることも、飲み水を探して右往左往することもない。なにより、ひとりでは獣を獲れない隻腕の兄も、無理をせずとも相応の役割を与えられて生きていける。

〈刃物造りの女の二番目の娘〉は、母の望みが理解できないわけではなかった。自分にしても、朝から晩まですばしっこい野兎を追わなくていいのは助かる。

ただ、〈育て〉の人たちの風習になかなか馴染めないのだ。水汲みもやっかいだし、話し合いにも慣れない。それに、彼らは身なりをとても気にする。身体に泥や血が付くとすぐに落とすし、服の出来に一喜一憂する。そんなことはどうでもいいのに。食べて眠れれば、それでいいのに。

この頃は、姉である〈刃物造りの女の一番目の娘〉までが身綺麗さを気にするようになった。顔を洗った姉は、目鼻立ちがくっきりして表情がよく判る。伸ばした髪に日の形の黄色い花を飾ることもあった。今の姉のほうが好きは好きだが、どうしてそんな無駄なことを、と問いかけたいのも本心だ。

姉は、目元が晴れやかになって急に聡明さを帯びた顔を少し傾《かし》げて言った。

——私たちはさすらいをやめ、これからずっとここに住む。伴侶も、狩り場で偶然出会うのではなく、大勢の中から選び選ばれする。みんなは、泥の付いた饐《す》えた匂いの人よりも、ただ甘い脂の香りだけがする汚れのない人を選ぶ。そのほうが心地よく感じるだけでなく、身だしなみを整える余裕は、その人の生活が豊かだという証《あかし》でもあるのだから。

姉は続けてこうも言った。

――この集落はそれぞれが役割を持っている。私たち女はもう無理な力仕事をしなくてもいい。その代わり、周囲を癒やし、子を孕《はら》み、無事に育てられる女だということを表現しなくてはならない。男が頑健さを示すように、柔らかさを示す。男が大胆さを誇るように、気配りの細やかさを誇る。家族でさすらうのではなく大勢でひとところに暮らすということは、他の者と比べられるということ。自分の何が抜きん出ているかが一目見て判ってもらえるようにならなければ、大切にしてもらえない。

血族の絆の中でのみ生きてきた〈刃物造りの女の二番目の娘〉は、比べる、という概念がしっくりこない。母は汚れていても母だし、隻腕でも大切な兄だ。弟妹たちもそれぞれ独自の愛くるしさに満ちている。

けれども、集落の人々を見回せば、近付きたい人とあまりそうは思わない人とがあるのも確かだった。自分もどうやら、知り合って人となりが判る前に外見で好き嫌いを感じてしまうらしい。

他の人からどう思われるかを気にしなければならないのは厄介なことだ、と〈刃物造りの女の二番目の娘〉は、甕に水を入れながら嘆息する。

集落へ戻ろうとして甕を胸元に抱きかかえた彼女は、何気なしに中を覗き込んでぎょっと立ち止まった。

甕の中に好みではない女がいたのだ。

数瞬の後、それが自分の顔であることが判る。池の面《おもて》に逆しまの向こう岸が宿るのと同じで、静かな水は自分の姿を映し出しているのだ。

流れる水を尊《たっと》んできた彼女は、これほど詳細な自分の姿を目にするのは初めてだった。顔面は黒く沈み、白目ばかりがやたらと目立つ。土人形のように存在感のない人物がそこにいた。

彼女は甕を置くとよろよろと水場へ近付いた。そして、水場から小川の下《しも》へ溢れ出る水で、そっと顔を拭ってみた。

もう一度甕を覗くと、目と口が際立つようになっていた。眉や瞳がよく動く気がして、先ほどよりは、好ましい人物と化しているように見える。

〈刃物造りの女の二番目の娘〉は、まだ、他人に自分をよく見せようとする気持ちに納得したわけではなかったが、少なくとも今の自分のほうが好きだわ、と思った。どうせなら、こちらの自分のほうをみんなに見てもらいたい。

彼女は次に思い立って、ねとねとに固まった短い毛束を洗い始めた。ずっとこれまで、狩りの邪魔になるから、と、母親の作った石器で短くしてきた髪は、汚れを落とすとごわごわして、まるで獣の手触りだった。これからは髪を伸ばしてみようか。もう走り回らなくてもいいのだし、手触りのいい髪を紐で結わえれば、きっと背中でしゃんしゃん鳴って楽しいだろう。

水際で、〈刃物造りの女の二番目の娘〉は、ふう、と大きく吐息をついた。さっぱりした肌と髪を得ると、なんだか心がほぐれるような気がした。

何もかもが軽い。同じ風景が心地よく見える。もう、あくせくしなくていいのだ。なんていい気分なんだろう。

流浪の果てにこうして本当の自分の姿を見つけられたのだから、この集落でみんなと暮らすのもさほど悪くないのかもしれない……。

○　○　○

この素肌、真実。

――コスメディック・ビッキー　イメージ広告

「絶対、画像修正してるよね」

「してる、してる。こんな桃肌《ももはだ》、実際には見たことないもん」

秋服の五人の女が取り囲むカフェ・テーブルの上には、広げた雑誌に仮面を置いた形で、少女の顔が浮かび上がっていた。

見開きページから盛り上がる立体画像は、なめらか、というよりは、すべらか、と形容したくなる素晴らしい皮膚を備えている。

白と桜色のグラデーションのみで彩られ、くすみはもちろんのこと、黄色人種の顔立ちなのに少しの黄味も感じられない。肌理《きめ》はどこまでも細かいが、けして人形のように冷たさを伝えてくるわけではなく、健康的な弾力を想像させる瑞々しさに満ちている。まるで搗《つ》きたての餅。表面がうっすらと輝いて見えるのは、シャイニー・パウダーの力を借りずとも、柔らかな産毛《うぶげ》が光を散乱してくれているから。

メディアで芸能人たちの美しさを見慣れているはずなのに、そのモデルの顔には他の人にはない強い吸引力があった。ぴったりとオールバックにされた黒髪が縁取る顔のパーツは、バランスが取れているものの、和風で、地味で、普通。むしろ並の顔立ちだからこそ、肌の質感がことさらに図抜けていることが判り、人の眼を捉えて離さない。

「でもさあ」

切れ長の目をいっそう細めて画像を見下ろしながら言ったのは、千穂子《ちほこ》だった。

「コピーは『この素肌、真実。』でしょ。修正してたら真実じゃなくて嘘になるじゃん」

「誇大広告」

ぶっきらぼうに補足したのは美晴《みはる》だった。彼女は、睨みつけるような目つきで画像を見下ろしたまま、冷めた口調を使う。

「嘘はつかないまでも、どうせ生まれつき綺麗な肌のモデルを引っ張ってきただけでしょうね。〈ビッキー〉の化粧品を使うとこうなります、なんてことはどこにも書いてないんだから。こういう肌の人もいるのは真実です、って言ってるだけだったら違反にはならないわ。ただのイメージ戦略ね」

美晴の隣で麻理奈《まりな》が、容姿にぴったりの可愛らしい声で改めて感心する。

「それにしても、完璧な肌だよね。赤ちゃんみたい。私の姪っ子、いま三ヵ月だけど、こんな感じでもちもちだよ。このモデル、十五、六歳？　思春期になってもコレって、ちょっとないよねえ」

天音《あまね》は、我知らず呟いてしまっていた。

「何万人かに一人くらいはいるかもしれないけど……」

「だからさ、そういう恵まれた人がモデルになるんだってば。私たち一般人とは違うのよ。同じ人類なのに、この差は何よ」

美晴の強い語調に首を竦《すく》める。美晴は元よりすこぶるつきの美人顔を巧いメイクで彩っているので、気性以上に凄みがあるのだ。

取りなすがごとく纏《まと》めに入ってくれたのは、のんびり屋の波留華《はるか》だった。

「まあ、要するに……。こんな肌もアリなんだから、みんなも〈ビッキー〉使って頑張ってみれば、ってことよね」

軽く頷いた女たちは、一拍おいてから、諦めとも憧れともつかない息をほうっと長く吐き、思い出したように銘々の飲み物に口をつけた。


天音たちが集うこのカフェは、東京湾に新設された円錐台形の超巨大フロート建造物、通称〈プリン〉の辺縁部にある。

〈プリン〉は、下部に港湾施設を備え、新交通システムの要所でもあり、テナントエリアにはオフィスやショッピングセンターが入って、終日人で賑わっている。

その四階のかなり広い面積を、美容に関することならなんでも得られると評判の〈サロン・ド・ノーベル〉と、併設のカフェ〈ノヴァ〉が占めている。サロンでは、各メーカーの新作化粧品を試したり、メイクアップのレッスンを受けられたり、有名エステティックの施術を体験したりできるので、女性たちの姿が途切れることはない。

女たちが熱心に取り囲むあちこちの陳列台の上には、夥《おびただ》しい数の立て鏡とコスメがちまちまと並び、まるで世界中の色という色を破片にしてばらまいたかのような煌《きら》めきに満ちていた。

色とりどりのその光景は、どこかしら、アラザンやドレンチェリー、クリスタルシュガーを振り撒いたデコレーションケーキの一部にも思えてくる。お目当ての台に群がってあれやこれやと手を振る彼女たちは、さながら、甘い香りに魅かれて触角を蠢《うごめ》かせる着飾った蟻たち。

天音は、二ヵ月ほど前にこのサロンで波留華たちと知り合った。

大学入学のために上京してすぐ、彼女は、都会では情報を制したものが生き延びるのだということを痛感した。何を身に着け、何を食べ、何を語り、何に没頭するべきか……それらを敏感に察し、貪欲《どんよく》に取り入れて話題にすることが、一番の社交術だったのだ。

情報を得るだけなら地方にいても簡単だ。商品も、ありとあらゆる取得方法がある。けれど都会には想像以上のアドバンテージがあった。そこにしかない店、そこでしか手に入れられない限定品、そこでこそ味わえる体験、そこでないと会えない人々。

思えば、田舎にいる時の自分はどれほどたくさんの物事を無意識に諦めてしまっていたことか。それが、手を伸ばせば、金額さえ許せば、明日にでも自分のものになる。メディアで紹介される限定商品は、あれもこれもそれもどれも、ちゃんと実在しているのだという当たり前のことが、全国展開の普及品をたまに通販で手に入れるしかなかった天音には、とても不思議に感じた。地続きの東京に出てきたというよりは、別世界の放送や雑誌の中に自分が入り込んでしまったかのような気分だった。

キャンパスで、最新のファッションがいつの間にかさりげなく取り入れられ、奇抜すぎると思っていたメイク法が一週間でたちまち女子学生たちを席捲《せっけん》していくさまを見ていると、都会の速度を痛感する。そして、流行にしっかり乗っているという自負に満ちた彼女たちのきらきらしい歩き方を、自分もしてみたいと願うようになった。

かといって、焦りは禁物だ。無理な変身がどれほどみっともないかを、天音はちゃんと知っている。最初のステップは何と言っても化粧法の改善だろう。顔が野暮ったければどんな服を着ても似合わないし、プロのメイクアップ・アーティストから小技を習うだけで見違えるように洗練されるという摂理は、メイク雑誌の売り文句でさんざん叩き込まれてきたことだった。

天音は、テナントオープンの狂乱が落ち着きはじめたばかりの〈サロン・ド・ノーベル〉に足繁く通い始めた。そして、何度も申し込んでようやく抽選に当たった少人数セミナー「自分の骨格に合わせた眉の描き方」で、波留華と一緒になった。

沖縄から出てきた波留華は、南国特有の彫り深い顔をしていて、化粧など必要ないのではないかと思えた。同い年だと判って話しかけてみると、波留華の悩みはまさしくその点で、自己流でメイクをするとけばけばしくなってしまうのだとか。

いろんな悩みがあるものよね、と呟いた天音を、波留華はお茶に誘ってくれた。

「ネイルコーナーの向こう側にあるカフェ、行ったことある？　私、この後、ここで知り合った人たちと会うんだけど、一緒にどうかなあ。いろんな悩みもいろんな解決方法も聞けて、楽しいよ」

それ以来、天音は〈サロン・ド・ノーベル〉に立ち寄った後、必ずカフェ〈ノヴァ〉を覗くようになった。最初に紹介された波留華の知り合いたちは、次々と自分の仲間を引き込み、最近では、天音がカフェに足を向ける三度に二度は、誰かしら顔見知りがお茶を飲みながらメイク談義をしているのに遭遇する。

「パールのアイシャドウは目蓋《まぶた》が腫れぼったく見えるよ。使うなら、粒子の粗いラメのほうがいいんじゃない」

「ウォータープルーフとはいえ、水に強くても皮脂には弱いこともあるから、安心しきっているとずるずるに崩れちゃって」

「えっ、ツィーザーって、要するに毛抜きのことなの？」

「非接触ブラシは便利よね。ぼかし加減がむつかしいけど、私、好き」

色彩と香りがめくるめく〈プリン〉の四階には、女たちの悩みと夢と噂と体験談もが渦巻いているのだ。

いつだったか、波留華がいたずらっぽく教えてくれた。

「自分の美容法が定まらなくて化粧品のメーカーも絞れない、私たちみたいな浮気者のことを〈コスメ・ジプシー〉って呼ぶんだって」

——何処《いずこ》往《ゆ》くか、流浪の民
有名な歌曲の一節が、不意に思い浮かんだ。

流浪の民は、楽しげに賑やかに、広大な美容の地を彷徨《さまよ》う。情報という空模様に翻弄されながら、あっちへふらふら、こっちへふらふら。それでも、都会のアップテンポで踊り続けていけたなら少しずつ「キレイ」に近付くんじゃないか。むしろ、ひとところに定まらない楽しさが語感に籠められているのではあるまいか。

天音はそんなふうに感じていた。

ぼんやりした雰囲気を破ったのは、鋭い美晴の声だった。

「誰か、〈ビッキー〉買う人、いないの？」

「買うもなにも、どんなのを売ってるかすら、この広告からは判らないわ。連絡先も直通番号だけでしょ。聞いたことない新興メーカーにいきなり電話するのはかなり怖いよ」

麻理奈に続いて千穂子も眉間に皺を寄せて呟く。

「商品宣伝も店頭売りもないとなると、なんだかねえ。本格販売の前に企業イメージを先に伝えようっていうつもりでしょうけど、素顔のアップだけじゃ曖昧すぎよね。ちょっと待って。モデルの情報から何か……」

千穂子は、目を細め、長い髪をさばいてから、素早く自分の携帯端末を取り出すと、浮かび上がる顔を検索にかけた。

三秒ほどののち、奇声が上がる。

「うはあ。この子、どこの誰だかも判らないみたいだよ。広告を見た人たちの間では、もうすでに噂になってる。素肌が真実かどうか以前に、モデル自体がデータで合成された架空の人物じゃないのか、って。似た顔のモデルは何人もいるけど、みんな別人だわ」

「ええー、名前も判らないの？」

悠長な口調で驚く波留華に、千穂子は髪を揺らせて意味深長に頷いて見せる。

「怪しさ満点ね。そんなメーカーにおいそれと連絡なんかできないよねえ」

天音はしみじみと画像を見下ろした。

よく言い習わされる「陶磁器」よりも「剝き卵」よりも、活き活きとしてあたたかみがある。見ていると、つい指を伸ばして触れたくなる。
天音は、粉を吹くほど乾燥するくせに頬には毛穴の目立つおのれの肌がいっそう憎くなった。こんなもちもちの肌だったらどんなに幸せだろう。化粧水《ローション》をはたくたびに指が頬に吸い付き、クリームをなじませるたびに弾力を楽しむことができ、ファンデーションはぴたりと貼り付き、乾燥小皺の心配もないだろう。
——何処往くか、流浪の民
まだ足を踏み入れる勇気を持てない怪しい地に、このような幸せが、真実、あるのだろうか。

翌日は風が冷たかった。

まだ秋も助走だというのに、夏のじっとりした湿気はすでになく、冷気が頬を一撫でするごとに潤《うるお》いが奪われていく気がする。

学食を出た天音は、ジャケットの襟を掻き合わせたところに顔を半分埋め、なるべく風を顔に当てないようにしながら並木道を教室のほうへ歩き出した。

その時。

「天音ちゃん。岡村《おかむら》天音ちゃん」

振り返ると、甘い色でコーディネートした女性がショートカットの毛先を風に弄《もてあそ》ばれながら立っている。

「え、あ? 嘘っ。真鍋《まなべ》先輩?」

ぽかんと口を開けた天音は、そのままの表情で固まってしまった。

真鍋珠恵《たまえ》は、薄化粧の顔をさらに笑ませてころころと声をたてる。

「何が嘘よ」

「だって……。その、えっと……。ふた月ほど見ない間に、すっかりイメージが」

さすがに、厚化粧じゃないから判らなかった、とは口にできなかった。夏休みになるまで、コーラス・サークルで会う真鍋先輩は、歌うと顔が皹割《ひび》れるなどと陰口を叩かれるほど化粧品を塗り込めていた。

今や肌造りはあくまでもシアー。なのに、以前は分厚く塗り重ねても知れていた毛穴の開きが目立たなくなっている。オレンジの皮のようだった頬はつるりと整えられていて、毛穴落ちと呼ばれるファンデーションの陥没は小鼻の脇に名残をとどめるだけだった。

見とれる視線を恥ずかしげに受け止めて、真鍋先輩は小さな声で言った。

「そんなに変わった？　〈素肌改善プログラム〉っていうの、受けてるんだけど」

「ええ、もう、全然違います。すごい。すべすべ」

「触ってみる？」

茶目っ気たっぷりに頬を差し出す真鍋先輩に、天音はそっと指を伸ばした。

右手の人差し指が感じ取ったのは、顔面の皮膚などと呼ぶものではなく、まるでお菓子。マシュマロ、羽二重餅《はぶたえもち》、タピオカ。天音が憧れる肌触りそのもの。

「まだプログラムの途中だけど、だいぶ自信が出てきたよ」

「そりゃあ出るでしょう。こんなにふわふわのほっぺになれちゃったんなら。いったいどんなプログラムなんですか」

真鍋先輩は質問には答えず、くすりと声を漏らした。

「そう訊くと思った。天音ちゃん、昨日の夕方、〈サロン・ド・ノーベル〉へ行ってたでしょ。カフェでお友達と話しているとこ、見たよ。化粧品に興味あるんだねえ」

真鍋先輩の言い方には少しも嫌味なところはなかったが、天音は急に自分が浅ましい存在になったような気がした。田舎者の自分が綺麗になるために、人気のスポットでガツガツと情報収集しているると見られたように感じて、なんだかとっても恥ずかしい。

消え入りそうな声で、

「はい」

と答えると、先輩は笑いながらも強い声で言った。

「もじもじしないで。自分を磨く努力をするって、素晴らしいことなんだから。肌の調子が少し良くなるだけで、なんか、人生変わっちゃうよ。前だったら選ばなかったこんな色の服も着てみようかな、なんて思えるし」

薄桃色をしたセーターの裾を摘まんで見せる。丁寧に整えられたネイルが艶を放った。

「先輩、じらさないでプログラムのことを教えてくださいよ。どこのエステ？　それともクリニック？」

「あら、天音ちゃんはクリニックに偏見はないの？　美容整形をするところって聞くと、それだけで嫌がる人が多いのに」

「施術によりますね。整形手術とかレーザー当てるとかは抵抗あるけど……。きちんとしたお薬を処方してもらって、それを塗るだけで何週間か後には肌が改善してる、っていう製薬会社系のプログラムもあるらしいし、それだったら」

ブラウンのアイラインで縁取っただけの瞳が、大きく見開かれた。

「わあ、びっくり。大当たりよ。私が受けたのも、その製薬会社系ってやつなの。天音ちゃん、よく勉強してるんだ。カフェで会ってたお友達の影響？」

「まあ、そうです」

真鍋先輩は、きゅうに真顔になって一歩詰めた。

「でね、天音ちゃん。お願いがあって、声をかけたのよ」

「……なんでしょう」

「私ね、十日ほどしたらアルバイトが一区切りつくの。そうしたら、天音ちゃんの都合のいい時に、私も〈ノヴァ〉のお茶仲間になれるよう、紹介してくれないかしら」

「それは、全然かまわないですけど」

顔を輝かせた真鍋先輩は、天音があっと思う間もなく抱きついてきた。

「ありがとう！」

頬ずりされて面食らう。真鍋先輩は、こんなに大胆だっただろうか。

「嬉しいわ。せっかく生まれ変わったんだから、この肌を活かすためのお化粧話、いっぱいしてみたかったの」

マシュマロがほわんと頬に押しつけられている。軽いフレグランスが、髪からとも身体からともなく香った。

じゃあよろしくね、と手を振って去る真鍋先輩を、天音はまだぼうっとしながら見送る。

気の早い落ち葉を巻き上げて、氷の風が吹き過ぎた。なのに、天音は、先輩の肌に触れた右手の指先と頰がほんのりと熱を持っているように感じていた。

波留華たちに、先輩の変身ぶりを話したらなんて言うかなあ。

両手で自分の頰を挟みながら、天音は思い巡らせてみる。

しかし、先輩と連れ立って〈サロン・ド・ノーベル〉を訪れる機会はやってこなかった。

三日後、天音は人生最悪の肌荒れに見舞われたからだった。


それはまず、毎年の初冬と同じく、顔が乾燥で突っ張ることから始まった。天音は慣れたもので、先頃発売されて効果があると評判のローションとクリームを買い、たっぷり塗って保湿にかかる。いつもならそれで落ち着くのに、今回は様子が違った。微細な針で突かれるような痛みを覚え、たちまち顔が赤くなってしまったのだ。

慌てて、化粧品を去年と同じものに切り替えた。翌朝も鏡の中の自分はひどい有様で、鍾馗《しょうき》さんみたいな顔では、サロンへはもちろん学校へ行く気力もなくなる。

「それ、どうしたの！」

映話をかけてきたのんびり屋の波留華が、さすがに切羽《せっぱ》詰まった声で訊いた。

「新しい化粧品が合わなかったみたい。使い慣れたのに切り替えたんだけど、まだ治らなくて」

波留華は、少し肩の力を抜いたように見えた。そしていつもの呑気《のんき》な口調で、

「だったらねえ、きっと〈レコン〉がいいよー」

と言う。

天音は自分の頭の中に入っている化粧品カタログを掘りくり返した。

「レコン……。〈スキン・レコンストラクション〉っていうやつ？　たしか、〈アルデバラン〉とかいうメーカーの？」

「うん。私もちょっと調子が悪かった時があったのね。で、試供品をつけてみたら、二日で治ったよ。みんなの評判も、肌荒れの時には薬みたいに効く、って」

「ありがとう。さっそく取り寄せてみる」

天音は心底ほっとした。

持つべき者は、同じ嗜好を持つ友達だ、と感謝した。普段からコスメ好きで集まっていたからこそ、こういう窮地も救ってもらえる。ジプシーなればこそ、茫漠とした情報の霧の中を適確に移動するために、周囲を見回す仲間が必要なのだ。


到着した〈レコン〉はとろりとした乳液状で、肌触りはとても柔らかかった。よく浸透するのに、そのあとは肌の上をベールで覆ってもらったように心地よい。

上機嫌で鏡を離れたその五分後、天音は猛然と顔を洗う羽目に陥った。

痛いのだ。顔全体がしんしんと痛い。

水しぶきをはね散らかして〈レコン〉を洗い流す。

洗顔料は使っていなかったのに、すぐさま頬が突っ張った。まだ肌の奥には鈍い痛みが残っている上に、表皮は乾燥のぴりぴりした痛みに苛《さいな》まれる。

いったい、私はどうしてしまったんだろう。

天音は、泣きたい気持ちで麻理奈に映話をかけた。あまり肌トラブルの話をしない波留華とは異なり、麻理奈はいつも乾燥肌を嘆いていたからだ。

映話端末の中の麻理奈は、話を聞くと、うーん、と言いにくそうに身をよじった。

「〈レコン〉の〈アルデバラン〉って会社、実は評判よくないのよ。日本に入ってきてまだ三年ほどでしょ。成分が海外仕様のままらしくて。合う人にはすごく合うけど、日本人の肌向けじゃないから荒れちゃう人も多いって。波留華は、肌、丈夫そうだから……」

確かに波留華は南国育ちで、一年中褐色を帯びた肌はストレスに強いように思える。

「どうしたらいいの」

「そうね。私だったら、国産有名メーカーの敏感肌用化粧品を付けるかなあ。〈花梨堂《かりんどう》〉の〈ウォーターシリーズ〉とか、〈メイシア〉の〈エアリーシリーズ〉とか。あ、海外メーカーでも〈ウェル〉は日本人向けに成分変えてるよ。結局、大手は研究にお金も人手もかけてるから信用できるんだよね。〈花梨堂〉は映話で相談できる窓口があるはずだから、かけてみたら？」

「判った。ありがとう」

お礼の言葉もそこそこに、天音は回線を切り、〈花梨堂〉の相談窓口の番号を調べ始めた。

痛みに顔を歪めながら早口に事情を説明した天音に、画面の向こうの〈花梨堂〉アドバイザーは頰笑みとは裏腹に、

「申し訳ございませんが」

と、開口一番口にした。

「お客様のトラブルは他のメーカーの化粧品が原因と思われますので、苦情はそちらへご連絡いただくのがよろしいかと存じます」

「あ、違います。苦情じゃないんです。〈花梨堂〉さんの敏感肌用化粧品なら、この肌荒れに効くのかなと思って」

アドバイザーは笑顔を毛ほども崩さないまま、今度は「残念ながら」と言った。

「それにはお答えしかねます。わたくしどもの商品では、効く、や、治る、という言葉の使用が薬事法で禁止されているのです」

「でも、サイトの商品案内では、医薬部外品って書いてありましたけど」

「医薬部外品というのは、医薬品成分を医薬品以外に使っている場合に表示するもので、医薬品のように顕著な効き目があると断言するものではありません。なので、その成分がどのような機能を持っているかの説明と、それによって期待される効果でしたらお知らせできます」

だからなのか、と天音は胸落ちすることがあった。華々しい〈サロン・ド・ノーベル〉にひらめく広告のほとんどが、保つ、整える、防ぐ、与える、といった、どれも似たり寄ったりの奥歯に物が挟まったような文言になっていたのは、これが原因だったのだ。

一介の消費者なら波留華のように気軽に「薬みたいに効く」と言える。けれども責任あるメーカーは、軽々しく効能を謳えない。

けれどそのぶん、本当は「充分に効く」けれど公《おおやけ》にできない場合もあるのでは、と天音は期待をかけた。

「結局どうなんでしょう。私のこの肌に、おたくの化粧品は……ええと……向いてるんでしょうか」

アドバイザーは、能面のような笑みのまま、軽く頭を下げ、「恐縮ですが」と始めた。

「当社の化粧品には、トラブルが起きた際には医師にご相談ください、という説明文をつけさせていただいております。お客様はすでに肌荒れを起こしていらっしゃるようですので、当社商品のご使用結果は責任を負いかねます。お医者様で受診されるのがよろしいかと。治られた際には、ぜひわたしくども〈花梨堂〉の化粧品をよろしくお願いいたします」

申し訳ございません、残念ながら、恐縮ですが。

医者、医院、皮膚科。

部屋の中を歩くだけで空気の揺らぎが肌を刺す。外の生活音がおろし金《がね》を当てられているかのように感じられる。髪の毛が一本額に触れただけで跳び上がってしまう。もう一刻も猶予はならないのに、神経が立ちすぎて、どこの医療機関へかかればいいのか決断できない。

天音は、顔全体に広がった熱さに追い立てられて、必死に診療先を探す。

そして、世の中には星の数ほどの皮膚科があって、頼りの口コミの中にすら、どう見ても身内とライバル医院の手によると思われる毀誉褒貶《きよほうへん》が混じっていて信用ならないということが判った。

天音の心の中で、シューマンの「流浪の民」が流れ始めていた。石倉小三郎の有名な訳詞で。

——なれし故郷を放たれて　夢に楽土《らくど》求めたり

化粧品ブランドを気儘《きまま》に取り替える楽しみは、健康な肌を持っていてこそだった。〈コスメ・ジプシー〉をよいように解釈していた自分は、寄る辺ない放浪の悲しみを知らなかった。サイトを彷徨しているうちに、ふと、窓の外の暗さに気が付く。

時計を見て、天音は泣きたくなった。いつの間にか平均的な診療時間はとっくに終了している。繁華街には二十四時間開いている皮膚科もあるが、怪しい雰囲気が容易に想像できて行けるものではない。

千穂子に連絡してみよう、と天音は決心した。彼女は確か心理学専攻だった。心理学が医学部系なのか社会学部系なのかも知らないけれど、もしかしたら医者の友達がいるかもしれない。

「ごめんね」

千穂子の切り出し方はこうだった。

「専攻っていっても専門学校の中のことなの。心理療法は国家資格じゃないから医者の知り合いはいないのよ」

「そうか。じゃあ仕方ない。朝になったら一番近い病院にでも飛び込むことにするわ」

「ただね」と、千穂子は続ける。「いいお医者さんを探さないととんでもない目に遭うよ」

「どういうこと？」

「普通のお医者さんはあんまり美容に気を遣ってくれないってこと。中には、炎症を抑えるのが先決だ、って、ろくろく説明せずに強い薬を出すところもあるから。一昔前で言うところのステロイドみたいなやつね。使っている時はよくなっても、やめようとすると離脱期間が長くて、その間はかなり悲惨よ。それに、医者は痛みや炎症を治すのが目的なんだから、仮に痕が残っても、それくらいは仕方がないよ、っていう感じ」

「だったら、美容クリニックみたいなところがいいの？」

千穂子は長い髪をしゃらんと揺らして、慎重に答える。

「それもしっかり調べてからでないと怖いよ。美容系は儲かるから、皮膚科専攻でも外科専攻でもない医者が適当にやってたりするの。日本美容外科学会を名乗る団体も二つあって、ひとつは形成外科専門医の集まりだけど、もうひとつは医師免許さえ持ってたら何の医者でも入れちゃう。やばいところに行くと、保険の利かない治療を薦められたり、高額エステを契約するまで帰してもらえなかったり」

「そんなあ。だったら、どうすればいいの」

千穂子は、申し訳なさそうに肩をすくめた。

「ごめんね。私、化粧品をオーガニックにしてからは、とんとお医者さんにはご無沙汰なの」

天音はがっくりきてしまい、小さな声で呟いた。

「オーガニック……」

医者が最後の手段だと思って千穂子に相談したのに、よりによって緊急事態にはいかにも無力そうなオーガニック化粧品を薦められるとは。

――何処往くか　流浪の民……

「いったん荒れちゃったんなら、普通の化粧品は危険でしょうね。どうしたって、パラベンとかPGとか入っているだろうし」

「ああ、防腐剤とかそういうやつ？」

「うん。研究が進んで、安全な成分もでてきてるみたいだけど、コストパフォーマンスや使い勝手を考えると、まだそういう昔ながらのも入れちゃうんだよね。今の天音ちゃんの肌はとっても過敏になってるんだから、営利主義の大手メーカーにこだわらず、本当にきちんと作ってる無害な化粧品でとりあえずしのぐほうがいいよ。そうしておいて、お医者さんのほうは絶対急がずにきっちり調べなさいよ」

揺れ動く心に、命令口調が頼もしかった。天音は意気消沈の中にも少し光が見えた気がした。

彼女のアドバイスに従い、サイトの彷徨を再開する。

チェックする点は多い。保存料は、着色料は、鉱物油を使用しているかどうか、原料がオーガニック栽培かどうか……。肌荒れを手作り化粧品で治した人の手記も視野に入れると、アロエ、ヘチマ、ドクダミ、ヨーグルト、グリセリンは植物由来のものを、精製水は信頼できるものを……。香り付けのアロマオイルは入れるか入れないか、ハーブはどうか、尿素は、日本酒は……。卵の白身や薄皮でパック、キュウリやレモンのパックは実は肌に負担がかかるからダメ……。

目に触れるものはかくも膨大。

いったい、世の中にはどれほどの化粧品と化粧法が存在しているのだろう。そして、どれだけの人が自分にぴったりの楽土を求めて彷徨っているのだろう。

やがて、東《ひんがし》空の白みゆき、天音はようやく最善と思われるものの購入手続きに入った。本当は朝一番に店頭へ走って行きたいのだが、ますます赤くなった斑《まだら》の顔ではとうてい無理だった。

荷物の到着をじりじりして待ち、午後に届いたローションをさっそく肌に滑らせてみた。

何の香りもない。質感も水のようで、つけている実感が得られず頼りない。

さいわい、新たな刺激がなかったので、天音は焦燥感を抑えてしばらく様子を見ることにした。

二日経ったが、顔の赤みは変わらなかった。頭が痛くなるほどに医療機関を調べたが、千穂子のアドバイスが心に引っかかっているのか売り文句はみんな嘘に見えてきて、受診の決断ができない。買い置き食料の食べ方を算段しながら、天音は自分がどんどん惨めに思えてきた。ひょっとしたら、このまま一生、他人の視線を避けて過ごさなければならないのかもしれない。

自分が人と違うと感じるだけで、こうまで社会から逃れたくなるなんて。

サロンで会った年配の女性は、化粧をしないと恥ずかしくて玄関から出られないと言っていた。ニキビひとつで登校を渋るティーンエイジャーはざらにいる。目立つところに痣《あざ》があったり火傷を負ったりした人、皮膚炎に悩まされる人の苦しみは、きっと自分の想像を超えていることだろう。

天音はずっと、綺麗になりたかった。

でも、健康でいることや普通であることが、自分の思い描く「綺麗」の源だったのだ。だとすると、やっぱり大事なのは——素肌。

〈ビッキー〉の広告モデルが備えているあの肌が、欲しい。生まれたての赤ちゃんのような肌。人間は産み落とされた瞬間からどんどん資質が壊されている。背丈や能力のピークは二十歳頃だろうに、肌は羊水から出たとたん、紫外線や温度の変化や化学物質や重力に曝《さら》され、成長というおためごかしに誤魔化《ごまか》され、刻一刻と本来のよさを失っていくのだ。

この素肌、真実。そう、もぎたての桃のようなあの肌こそが、元来の皮膚。みんなみんな、かくあるべき肌を……真実の自分を……失いつつあるからこそ、根無し草の流浪の民になり果てているのだ。綺麗な人が颯爽《さっそう》と歩けるのは、たとえメイクアップの力を借りているとしても、取り敢えずはあるべき自分に戻れているから。

私はどうしたら本当の肌を取り戻せるんだろう。どうしたら、人間の真実を取り返せるんだろう。

「バカっ！」

真鍋先輩は天音を一喝した。彼女の顔は映話機にとても大きく映っている。実際に会っていたら天音の両肩を摑みかねない勢いだ。

「サークルに来ないと思ったら、肌荒れでとんでもなく後ろ向きな気持ちになってたわけね」

泣くのを我慢しているせいでいっそう赤くなった顔を下へ向けた天音に、先輩は早口でまくしたてる。

「人間の肌は千差万別でしょ。他人のコメントに踊らされてどうするの。天音ちゃんのコスメ仲間はよかれと思ってアドバイスしてくれたんでしょうけど、化粧品はお薬じゃないわ。せめて何も塗らないでいればよかったのに。さ、早く着替えて。これから迎えに行くから」

「迎えって……どこへ行くんですか」

先輩の眉が吊り上がった。

「お医者さんのところに決まってるでしょ。せっかく〈素肌改善プログラム〉の話をしてあげたっていうのに、なんですぐ私に言ってこないのよ」

真鍋先輩は、臙脂《えんじ》色の車を駆って十分少々で到着した。

「これ、被ってなさい」

しっとりと柔らかなショールを頭からかけられる。

「敏感肌用の機能性繊維でできてるから、顔を覆っても痛くないはずよ」

ベージュ色のショールは、濡れているような感触で、ひりつく頬にとても優しかった。ショールに守られ、助手席のシートに包まれると、急に脱力感に襲われる。それだけ自分はパニックを起こしていたのだなあ、と、天音はひそかに苦笑した。

いろんな人からいろんな話を聞いて、翻弄されて押し流されて。化粧品についての勉強を一生分やったような気がする。苦悩したのは事実だけれど、こうして落ちついてみると、その情報収集行為は〈サロン・ド・ノーベル〉の中をそぞろ歩く時と同じ、めくるめく感覚を伴っていたとも思える。ひやかしではなく必ず何かを選び取らなくちゃと切羽詰まっていた分、テンションも知識の吸収力も高く、今となっては充実感すら覚えた。

——これぞ流浪のひとの群　眼《まなこ》ひかり髪きよら
　ニイルの水に浸されて　煌《きらら》　煌《きらら》かがやけり

ほっとした天音は、車の振動に身を任せ、うつうつとまどろみ始めた。

——唄いさわぐそがなかに　南の邦《くに》恋うるあり
　厄難《なやみ》はらう祈言《ねぎごと》を　語り告る嫗《おうな》あり
　可愛《めぐ》し少女《おとめ》舞い出《い》でつ……

「着いたわよ」

天音が連れてこられたのは、〈プリン〉だった。

真鍋先輩は慣れた様子でオフィスフロア用のエレベータへ進み、八階へ昇る。

そこは〈サロン・ド・ノーベル〉のある四階とはまったく様相が異なっていた。エレベータを降りると、放射状に広がる自走路のターミナルで、二メートル四方ほどもある地図で行き先を選ぶようになっている。

ショールの隙間から覗き見ると、綺麗なネイルをした先輩の指は、〈山田クリニック〉という気が抜けるような名前のプレートに触れていた。

自走路に運ばれて広大な空間のどこをどう進んだのか、方向音痴の天音にはまったく判らなかったが、着いたところは、ごくありふれたスライド式ドアの前だった。薄いクリーム色のドアには、黒い文字で〈山田クリニック〉と書いてあるだけなので、そっけないというよりは厳《いか》めしい印象だ。けれど真鍋先輩は行きつけのカフェへ入るかのごとき気構えのなさで、さっさと中へ入ってしまう。

室内からふうっと花の香りが漂いだしてきた。甘いばかりではなく、どこかしら涼しい芳香。香りにつられて扉をくぐると、広いエントランス・ホールは薄いピンクで統一された優雅な空間だった。真鍋先輩が近付いていく無人カウンターや壁際のあちこちに、大振りの花瓶が置かれ、生《せい》花《か》が豪勢に飾られている。大きな窓にはたっぷりとドレープをとったシフォンのカーテンが引かれ、東京湾を望む景色に霞《かすみ》をかけている。バランスよく並べられたソファは上品な花柄。そのかわりに応接テーブルはどれもみんな白一色のシンプルさで、ゆえに過剰なロマンチシズムに陥らないですんでいた。

「天音ちゃん、こっち」

真鍋先輩が、カウンターの右手にあるドアのところから呼んだ。

奥へ進むと、真っ直ぐに延びた廊下は信じられないくらいに長かった。突き当たりに置かれた花瓶がほとんど点にしか見えない。両側には十以上のドアがかなりの間隔を取って規則正しく並び、そのどれもが今はぴたりと閉ざされていた。

耳が痛いほどにしんとしている。そのせいで、柔らかな光を投げかける照明が薄暗く感じられた。天音は、なんだかこの世界に先輩と二人っきりで取り残されたようで、ざわざわと胸が騒いだ。前方で小さく上下する先輩の後頭部だけが命綱のごとくに思え、必死に視線で食らいついた。

真鍋先輩は、突き当たりに一番近い個室へと入っていく。

続いて入室した瞬間、ふわりと不安が溶けた。

「いらっしゃい」

優しい声で言ったのは、年齢不詳の美しい女性。エントランスと同様の華やかなテイストでまとめられた室内をバックに、薄ピンクの白衣を羽織った姿でゆるやかに頬笑んでいる。

天音は、吐息をついてしまいそうでぐっと喉に力を入れた。それほどに綺麗な人だった。ぴったりと纏めた黒髪が顔の造作を引き立たせている。眉と額は賢そうで、丸い瞳はほどよい大きさ。癖のない鼻、形のいい唇、すうっと伸びた細い首。

いや、パーツだけを取り出すと、特段に秀《ひい》でているわけではないようだ。

ただ、肌が……。

真鍋先輩と同じ、ぷるんとした桃肌が……。

「もう大丈夫よ」

女医はそっと天音のショールに手をかける。

「一ヵ月だけ我慢して。肌の新陳代謝《ターンオーバー》にはそれくらいかかるの。学校宛に診断書を書くから、その間は通信受講に切り替えてもらってね」

天音は、恋人に顔のベールを解かれる踊り子のようにうっとりしてしまっていた。間近で眺める彼女の肌は真珠色に煙《けぶ》り、にっこりと細められた目元には細い皺ひとつ現われない。

背後で先輩の声がした。

「キャンペーン扱い、まだ間に合いますか？」

その一言で、天音は現実に引き戻された。

「あっ、そう。私、あの、ここまで来ちゃったけど、お金がそんなに……」

女医は、よりいっそう年齢が判らなくなるいたずらっぽい笑い方をした。

「それも大丈夫。あなたは宣伝をしてくれるんだから」

「宣伝？」

「ええ。真鍋さんのようにね。人が思わず触れたくなる肌になって、ただ普通に暮らしてくれればいいのよ」

そうして女医は世にも素晴らしい笑みを見せた。

「あなたは、五十一番目のリルになるの」


カフェ〈ノヴァ〉に遅れてやってきた波留華は、いつもの悠長さはどこへやら、天音の顔を見ると悲鳴に近い声を上げた。

「えーっ、どうしてえっ！」

天音は、以前には絶対にしなかった笑いかたで彼女を見上げる。

「だから前もって言ってたじゃないの。クリニックで治してもらったよって」

「だってそれ、治療のレベルじゃないよ。生まれ変わりだよ。お直しだよ」

「失礼な。整形なんてしてませんってば」

がたがたと音を立てて向かいの席へ座る友人を、天音はただ笑顔で眺める。

波留華は、紅茶の注文をタップしながら、はあっ、と大きな吐息をついた。

「天音ちゃんが、朝一番に二人だけで会おう、って言った理由がやっと判ったわ。美晴たちがこれを知ったら、あなた、質問攻めで死んじゃうよ」

「うん。だからね、まずは波留華だけに、って思って」

波留華は、くっきりした二重の目でまじまじと見つめてくる。かつて自分も真鍋先輩へそういう視線を送っていたのだろうが、見られる側に回ってまだ日が浅いので、天音は背中がむず痒《がゆ》くなった。

長い息をもう一度吐いてから、波留華は、

「それにしても、変われば変わるものよね」

と、言った。

「変わったわけじゃないんだよ。本当の肌を取り戻しただけ。ほら、腕の内側の皮膚って、すごく肌理細かくて綺麗でしょ。外に曝してさえなければ、顔だって同じでいられたはずなんだもの」

まだ納得いかない表情の波留華に、天音は注意深く水を向けた。

「最近、全世界的に〈コスメディック〉が浸透しつつあるんだって。ほら、これまでの薬事法だと、化粧品と医薬品って厳格に分けられてたじゃない？　そのわりには、ローションに医薬部外品ってラベルがあったり、皮膚科に巧く頼むと美白剤を出してもらえたり……。けっこう境界は曖昧。サプリメントだってそうでしょ。栄養補助食品とは名ばかりで、みんなはお薬みたいな効果を期待して飲んでるんだもん。だったらいっそのこと美容と医療をシームレスに繋ごう、っていうのが、化《コ》粧品《スメ》と医学的《メディカル》を足した、〈コスメディック〉っていう言葉なんだって」

　立て板に水の天音に驚いたのか、波留華は目瞬きをしてからおずおずと口を開く。

「私、ドクターズ・コスメなら知ってるけど。お医者さんが開発した化粧品」

「それは飽くまでも化粧品の範疇ね。効く、とか、治る、とかって言葉は宣伝で使えない。これからは、どんどん〈効く〉化粧品がでてくるし、治療と同じく美しさも重視してくれるお医者さんが増えるよ、きっと」

　波留華はまた、ゆっくりと、二度、目瞬きをした。

「で、その肌も〈コスメディック〉の恩恵って？」

「そうでーす」

　天音はふざけて、ばあ、と顔の横に両の掌を広げた。

「まだキャンペーン期間中でーす。波留華もどうですかー?」

　できる限り軽く言ったつもりだったのに、波留華はむっと唇を歪めた。

「怪しいんだよねえ。全員がそんな肌になれるんだったら、もっと評判になっててもいいと思うよ」

　天音は両手を下げて真顔になった。

「誤解を受けないように、慎重に展開してるのよ」

「誤解って?」

「あのね、肌にはバリア機能があるでしょ。そうでないと病原菌が入りたい放題になっちゃう。でも、化粧品の有効成分もたいていはバリアに弾かれちゃうんだよね。綺麗な肌を取り戻すためには、一度バリアを解除しないといけないの」

今度はせわしく五度も目瞬きをしてから、波留華が呆然と呟いた。

「天音ちゃん、もしかしたらこの間の肌荒れ……」

「そうなの。バリア機能の乱れだったのよ。幸か不幸か肌の奥底までいじれる状態になってたから、ここまで肌のたて直しができたわけ。波留華みたいに丈夫な肌の人は、わざわざ一回荒らしてから治療するんだって」

「痛そう。いくら綺麗な肌が待ってるといっても、それって怖い。悲惨。絶対やだ」

頬を押さえて身を引いた友人に、天音は静かに語りかけた。

「うんうん、普通は怯えるわよね。だから、宣伝し放題ってわけにはいかないのよ。私みたいな実際のビフォア・アフターの経験者が、興味を持ってくれた人にちゃんと説明しないと誤解されちゃう」

「二人っきりで会いたいのには、もうひとつ理由があったのね。天音ちゃん、もしかして私を勧誘してる?」

友人の目が眇《すが》められる様子は、予想していたとはいえ、天音の心に堪《こた》えた。

「滅相もございません」わざと明るい声で言ってみる。「波留華に知っておいてもらいたかっただけ。万が一肌荒れしても、こういう選択肢があるんだよ、って」

右手の人差し指で自分のほっぺたをぷにぷにと押して示す。

「そうか。ごめん。でもって、ありがと」

友人はそう言いながら、しばらく頰の弾みを見つめていた。

やがて波留華は小さく笑い、いつもの呑気な口調で羨《うらや》ましがる。

「進んで痛いことはしたくないし、かといって私は面の皮が厚いから偶然のチャンスはやってこないだろうなあ。でも、そういう〈ビッキー〉のモデルみたいな肌には憧れちゃうなあ」

「リル」

「え？」

「山田リルっていう名前なのよ、あのモデル。クリニックで教えてもらったの。院長の娘さんなんだって」

「じゃあ、天音ちゃんが行ったのは……」

波留華が、刹那《せつな》、瞳を閉じた。

彼女の中で情報が繋がるのを天音は我がことのように感じ取れる。雑誌の宣伝には、コスメティックではなくコスメディックと書いてあったこと。具体的なことは何一つ記載されない、イメージばかりの慎重な広告だったこと。モデルの出自が判らなかったこと。彼女の名前を口にした友人が、目の前で同じ桃肌を輝かせていること。それらが波留華の心でぴっちりとピースを組み合わせるだけの間を取ってから、天音は愛嬌たっぷりに頰を差し出した。

「触ってみる？」

おずおずと伸ばされる友人の指先を、天音の頰はふんわりと受け止めた。

○　○　○

収穫が一段落ついた、ある晴天の日。

岩山を越えて〈木で作る〉集落と物々交換をしに行っていた男たちが、興奮した面持ちで戻ってきた。

――私は向こうの娘を伴侶にしたい。

〈器造りの家の三番目の息子〉が、熱に浮かされたように言った。

――向こうの娘たちは、とても紅い唇をしている。血の巡りのいいよい娘たちだ。

次に口を開いたのは、〈育て〉の集落の中でも人気のある〈物語を伝える女の一番目の息子〉だった。

――その唇は色が塗ってあるのだとは知っている。木の実や草の実で染めているのだ。けれど私たちにとって、その装いはとても好ましいものだった。

彼は逞《たくま》しい首をのけぞらせて天を仰いだ。目を細めているのは、太陽のせいであるのか、別の理由に依るものなのか。

――目尻を紅くしている娘もいた。娘が目瞬くたびに色がちらちらして、私は目を離せなかった。身体のあちこちに模様を描いている娘もいた。娘が動くたびに渦がちらちらして、私は目を離せなかった。

伴侶をすでに得ている〈石工《いしく》の男〉までもが呟く。

――あれは、大地の赤土の力、太陽の力、血の力。向こうの娘たちは力を宿している。伴侶とするにふさわしい。

それを聞いた〈育て〉の人々は騒然となった。自然の力を得た娘たちを思い描き、畏《おそ》れとも憧れともつかない胸のざわめきに襲われた。

最初に行動を起こしたのは、適齢期の娘たちだった。

彼女たちは自分の役割をひととき放り出して、野や山へ散り、赤い実を探し始める。

幾人かが唇や手の甲を紅に染めだすと、男も女も老いも若きも追従しだした。

その頃にはすっかり髪も伸びた〈刃物造りの女の二番目の娘〉もまた、紅い実探しに奔走していた。狩りの生活で培《つちか》った脚力を活かし、他の誰よりも軽々と野山を駆けて。

――大地よ、太陽よ、血よ！

蔓《つる》の入り組んだ斜面で、〈刃物造りの女の二番目の娘〉は仰《あお》のいて叫んだ。

――他の者と共に生きていく私に、他の誰よりも鮮やかな色を！

流浪の生活は終わった。が、その安定と引き替えるがごとく、魂はよりよき自分を目指してさすらい始めてしまったのだということに、彼女はまだ気付かないでいた。

閃光ビーチ

夏のヨロコビ、秋のタノシミ。

――ジョイジョイ・プロダクツ　〈シャクドウ・ギア〉

海はこんなに綺麗な色だったっけ。

ビーチって、こんなに楽しかったっけ。

物部《ものべ》譲《ゆずる》は、潮風を胸一杯に吸い込んだ。

空はペンキの青色で、雲一つない。色とりどりの水着を着た人たちの影は、アイボリーの砂浜にくっきりと濃く落ちている。若者の馬鹿騒ぎの声も、子供たちの歓声も、これまではただうるさいとしか感じなかったのに、今は元気の出る効果音のように思える。

譲はにんまりした顔で天を仰いだ。

両手を腰に当てて仁王立ちの姿勢なんぞをとってみると、すかさず、アルバイトの相棒がからかってきた。

「おっ、いいポーズだな。商売熱心」

譲はにやっとしてみせてから、

「わはははあ」

と、水平線へ向かって芝居がかった笑い声を発した。

譲と同じく褐色の肌をした藤崎翔平《ふじさきしょうへい》もまた、隣で手に腰を当て、

「わはははあ」

と、高笑いをする。

筋肉がバランスよくついたふたりの身体に、あちこちから視線が向けられるのを、譲は感じた。人から注視されるのが心地よいと感じるだなんて、以前の自分からしたら信じられないことだった。生まれ変わったような、というのは、こういう気分を指すのだろう。と同時に、これまで同居していた兄の存在がどれほどストレスだったのかを譲は改めて思い知った。

「で、いい娘《こ》、いた?」

譲が訊くと、翔平は、

「たくさんいるんだけどなあ」

と、直前とはうってかわって肩を落とした。

「なにせ俺たちゃ、企業の広告映像を背負ってる身ざんしょ。質問や軽い会話ならともかく、肝心の、あと一歩のお誘い、っていうのができない。苦情のひとつでも言いつけられたら、せっかくのバイトがパアになるし」

「そうだよなあ。視線はびしびし感じるのに、こっちから押していけないのはもったいないよ」

「新製品を身に着けて目立ってりゃ、モテまくりだと思ってたのになあ」

そう言いながら、翔平は黒光りする自分の腕や胸を撫でながら苦笑いする。そして、ふと脇の下に貼り付いている小さなビーズで指を止めると、

「いっそのこと、広告表示を切っちまおうかなあ」

と、剣呑《けんのん》なことを口にした。

その時。

「あ、そんなところにスイッチがあるんだ」

ちょっと舌足らずな声がした。

振り向くと、ふたりの若い女が立っていた。

声を出したらしいひとりは、軽くウェーブのかかったセミロングが丸顔を縁取り、フリルのついたセパレート水着を着た、全体的にかわいい感じの子。もうひとりはストレートヘアで、ボーダーのワンピース水着の上に念入りにもパーカーを着込んだ、おとなしそうな子だった。

ウェーブヘアのほうが、にこにこと話しかけてくる。

「すごいね。〈ジョイジョイ〉の〈シャクドウ・ギア〉、実物、初めて見た」

彼女は半分腰を屈《かが》めて、譲たちの周りを歩き回り、身体を観察しはじめる。

「近くで見ても、ほんとの日灼け肌としか思えないわ。人工皮膚みたいなものだって聞いてるけど、これ、脱ぎ着はできるの？」

「あれえ、君、かなりよく知ってるんだね」

愛想よく持ち上げたのは、もちろん手練《てだ》れの翔平のほう。

「脱ぐ時は、文字通り一皮剝けばいいだけなんだ。着る時は……着るって言うより、塗るって言ったほうが正確かな。肌の表面に薄くのばして乾くのを待つだけ」

「へえ。かっこよくなるのって、けっこう簡単なのね」

背の低い彼女は、翔平の胸元近くから彼の顔を覗き込む形になる。思いがけないアプローチに面食らった翔平が二センチほど後ずさりするのを、譲は確かに見た。彼がそれ以上身を引かなかったのは、視界に彼女の胸の谷間がけっこういいアングルで収まっているからに違いない。

「〈シャクドウ・ギア〉、ちょっと触っていい？　着け心地とか教えてくれる？」

「いや、はあ、まあ」

ナンパの達人のように自称していた翔平がたじたじになっている姿はかなりの見物だった。

気が付くと、パーカーの子のほうがいない。もしやと思って後ろを確認すると、

「あ、ごめんなさい」

やはり彼女は、譲の背中に広がる〈ジョイジョイ・プロダクツ〉のPR映像に見入っていたようだ。

「私、麻理奈《まりな》みたいに詳しくないんで、まずはこれを見たほうがいいと思って」

「謝ることないよ。見られるための広告アルバイトなんだから。はい、どうぞ」

くるりと背を向けてやると、後ろから小さく、ありがとう、と声が返った。

こっちの子はだいぶ内気な感じだな、と、譲は思った。

肌を薄く被膜する〈シャクドウ・ギア〉は、紫外線を強力にカットする。主たる機能は、と訊か

れたら、まずこれを答えるのがいい。日灼け止めのように塗り直しがいらず、全身をラッシュガードで覆う鬱陶しさもなく、手軽にビーチライフが楽しめますよ、という具合に。

では、主たる付加価値は、と訊ねられたら？

商品を差別化するオマケ機能の優先順位については、慎重に質問者を観察して臨機応変に答えなければならない。

一番当たりはずれのない回答は、色。〈シャクドウ・ギア〉はその名の通り、身体を健康的な赤《しゃく》銅《どう》色に見せてくれる。いくら紫外線の害が取り沙汰されても、白く輝く砂浜に映えるこんがり灼けた肌への憧れは果てしない。

もしも相手がギミック好きのオタクな顔をしていたら、声をひそめて、実はね、と囁こう。実はね、オプションを付けたら微弱ながらも光発電ができるようになるんです、と。濃い赤銅色は伊達じゃありません。太陽光を吸収するためでもあるんです。背中の広告、ご覧になりましたか？　このフィルム・モニターの電力は、〈シャクドウ・ギア〉自身が賄《まかな》ってるんですよ。

明らかに運動不足の体型をした人には、無論、腹筋に力を込めて蟹《シックスパック》腹を見せつけることにしていた。EMSって知ってますか？　エレクトリカル・マッスル・スティムレイションってやつ。電気マッサージャーみたいに電流を流して、ひとりでに筋肉が運動するようにするオプション装備です。いや、まさか人前で筋肉がぴくぴくしたりはしません。気付かれずにインナーマッスルを鍛えるよう、うまく設定してあります。着ているうちに、だんだん全身が引き締まってくるのを実感できると思いますよ。

かくして、〈シャクドウ・ギア〉に興味を示した人物は、譲たちの背中に映し出されていたキャッチコピーに改めて納得することとなる。「夏のヨロコビ、秋のタノシミ。」魅力的な日灼け肌をひけらかしながら安全で快適な夏を過ごせるだけでなく、秋になる頃には精悍な体軀で街を闊歩できるというわけだ。

本当のところ、譲は〈シャクドウ・ギア〉とその広告映像を身に着けて宣伝して回るこのバイトがかなり恥ずかしかった。確かに便利なのだけれど、効用をてんこ盛りにしているところがかえってチープな感じで、都合のよすぎる怪しい商品に思えてくるからだ。〈ジョイジョイ・プロダクツ〉という会社がこれまで「今ならコレもついてます」式の通信販売商品ばかりを手掛けていたせいもあって、〈シャクドウ・ギア〉はお洒落《しゃれ》な最先端ファッションを目指した広告展開をしているにもかかわらず、どうしても生活便利商品のように感じてしまう。

しかしまた、譲はこうも考えていた。多少の恥ずかしさや不安を押し隠してでも、自分は常に光に満ちた華やかさを求めていくべきだ、と。でないと、兄と同じ、平々凡々としたつまらない人生しか歩めない。

覚悟が決まると、日常のアイディア品を扱うイメージから脱却したがっている〈ジョイジョイ・プロダクツ〉の様子が、自分の姿のようにも受け止められた。だからときおり、譲は、会社にとも〈ギア〉にともつかず、お互いこれからはスマートに行こうぜ、と語りかけて赤銅の肌を撫でてみたりする。

〈ジョイジョイ・プロダクツ〉が精一杯洒落のめして作った宣伝映像を、ストレートヘアの子は熱心に見続けている。彼女の視線が背中を這うようで、譲はなんとなくくすぐったくなってきた。

目の前では、ウェーブの髪の、そう、麻理奈という名前らしい子が、まだ翔平を質問責めにしている。彼女は翔平の腕を取ってしげしげと眺め回し、汗や皮脂の出具合は素肌と違うのか、とか、秋まで何回くらい塗り直さなければならないのか、とか、フィルム・モニターのところはかぶれたりしないのか、とか、かなり踏み込んで訊ねていた。

「それはそうと」

翔平が皓《しろ》い歯をこぼして麻理奈の声を遮《さえぎ》った。

「その、目尻についたビーズとアイシャドウの光りかたが変わってて、すごく気になるんだけど」

彼女が麻理奈にずいっと顔を近付けたので、譲は、攻守逆転かと展開に期待した。

かわいい麻理奈は言い寄られ慣れているのか、さほど腰を引かずに笑顔で返す。

「素敵でしょ。まだ発売になってないんだけどね。あなたの背中のフィルム・モニターと似てるのよ。ビーズがメモリと電池になってて、目蓋《まぶた》の極薄シールに画像が映し出されるの」

「へえ」

「これなら、毎朝鏡に向かって四苦八苦しなくても、気に入ったパターンや画像をメモリに入れておけば、すぐに完璧なアイシャドウが完成するってわけよ」

一メートルほど離れた譲の位置からは、麻理奈のアイシャドウの仔細はよく見えなかったが、言われてみれば、目の上がうっすらと光を放っているように思える。

皮膚にぴったり貼り付けた自分たちの背中の薄膜と、彼女の目蓋の薄膜。なるほど元は同じ仕組みだよな、と譲は軽く頷く。

彼女は、ぱちぱちと大袈裟に目瞬きをしてから、

「ほら、見て」

翔平にずいっと近寄って軽く上を向いた。

瞳を閉じる半裸の女性が胸元近くに迫ってきたともなると、さすがの翔平も硬直してしまっている。

「画質、いいでしょ。海辺の光景。カモメが飛んでるの、見えるかなあ」

今度は、翔平のほうが目瞬きする番だった。しだいに及び腰になりながらも、逃げるわけにも突き放すわけにもいかず、返事もできない有様だ。

「ビーチで遊ぶんだから、ブルー系でいこうと思ってね。カモメはちょっとした遊び心」

一歩下がってにっこりした麻理奈に、翔平がやっと口を開いた。

「え、あー、見えた。で、その……。発売前のアイシャドウ使ってたり、〈シャクドウ・ギア〉への質問がやたら細かかったりしたのは、もしかして化粧品業界の人だから？」

「いやーん、嬉しいけど違うわよー」

麻理奈は、べし、と翔平の二の腕を叩いた。

「残念ながら、私はただのコスメマニア。仲間内で話題になってる〈素肌改善プログラム〉があってね。それを受けてメーカーに伝手《つて》ができた子が、アイシャドウのテスターを募集してるよ、って教えてくれたの。男の人は知らないかなあ、〈ビッキー〉っていう——」

「知ってる知ってる！　山田リルがモデルやってるとこ！　俺、すっごいファンなんだ」

翔平は、突然早口になり、ぴょんぴょんと跳ねた。

「リルってさ、不思議な美人だよね。肌はもちろんすべすべだし、普段は化粧をしてなさそうなのがいいな。ビューティモデルだけじゃなくて、ファッションモデルもできるそうじゃないか。スタイルいいからなあ。ちょっと欧米人入ってる雰囲気もあるのに、和風でもある。冷たい女なのか優しい性格なのかを自由に想像できるのもいい。もうね、目が離せない感じ。メディアへの露出が少ないとこなんか、世間から隔離されたガラスケースの中のお人形さんみたいでさ」

麻理奈は苦笑して、

「判った、判ったから」

と、胸の前で手を振るが、翔平はお構いなしにまくしたてた。

「そうか、〈ビッキー〉か。君もプログラムっての受けたの？　あ、まだなんだ。なんかあれはいったん肌を荒れさせるから痛いっていうしな。でもアイシャドウが〈ビッキー〉なんだよね。なるほどなあ。だからかなあ。さっきからなんか、リルに似てるなあって思ってたんだよ」

勢いづいた翔平は、すらりと落とし文句を口にした。譲からすると、麻理奈は愛らしいタイプでリルとは似ても似つかないように思えるのだが、たとえ口説きの方便でも、モデルに似ているだなんて言われたら、嬉しくならない女の子なんかいないだろう。

さすがの麻理奈も恥ずかしそうに俯いてしまった。

「……このアイシャドウ、私が予想してたよりずっと効果があるのね」

「いや、化粧がどうこうじゃなくて、なんて言うか、美人オーラみたいなのが」

麻理奈は小首を傾《かし》げて「ありがとう」と言った。

「お礼に、いいこと教えてあげるね。あなたの〈シャクドウ・ギア〉も、〈ビッキー〉の技術を〈ジョイジョイ〉が応用してできたんだって聞いたわ。だったら、いずれ山田リルが〈ジョイジョイ〉のコマーシャルに出る可能性もあるんじゃない？　頑張ってバイトを続けてたら、販促グッズをもらえたり、うまくいけばすれ違うくらいはできるかもしれないわよ」

おお、と、翔平は大袈裟に両手をあげて天を仰いだので、背の宣伝画像がロゴを少し歪ませた。

「じゃ、私たち、そろそろ行くね」

とたんに、翔平の両手がだらりと下がった。

「待てよ。もうちょっと」

「いろいろ説明してくれてありがとう。澄子《すみこ》、そろそろホテルに戻って、東京へ帰る準備をしようか」

いつの間にか譲の横に並んでいた子のストレートヘアが、うん、と答えた拍子にさらりと揺れた。

「綺麗なほっぺただな」

譲が自分には似合わない言葉をつい呟いてしまったのは、翔平の毒気にあてられたせいなのか、〈素肌改善プログラム〉という単語が頭に引っかかっていたせいなのか。

しかし相手の反応は麻理奈とまったく正反対だった。澄子は激しく身を引き、両手を頬にあてて泣き出しそうな顔になる。

「あ、突然、ごめん。ただ僕は、君はプログラムを受けたのかなあ、なんて」

彼女が目を伏せると、麻理奈の目蓋に宿っているのと同じ淡い光りが散った。海辺の風景に白いカモメ。ぎゅっと目を閉じたせいで、カモメがひしゃげる。

譲は、取りなそうとして失敗したことを澄子の表情から瞬時に悟った。

「ほんと、ごめん。どっちでもいいことだよね。ただ僕は、何にせよ、今はとてもつるつるでいい感じだよ、って言いたくて」

「わ、判ります。あの、でも、私、プログラム受けてません。受けたいんですけど、まだ……」

頬を庇《かば》ったまま、澄子は何度も目をしばたたいて気を取り直そうとしていた。

「まだなんです。つるつるに見えても、これじゃ駄目なんです。ごめんなさい」

支離滅裂な言葉は、あまり耳に入ってこなかった。譲は、澄子を見つめたまま、さきほどの翔平のように心身共に硬直してしまっていたから。

なんだろう、この気持ちは。

まるで……これはまるで……。

「澄子はちょっとばかり気が弱いの」

麻理奈が割って入り、譲ははっと我に返る。

「今日だって、珍しいアイシャドウを貸してあげるって釣って、やっと遊びに連れ出せたくらいなのよ。夏の海って、明るくてすごく陽気だから、澄子もだんだん人慣れしてくると思う。だから、今度会う時を楽しみにしててね」

「あの、俺ら、この夏はずっとここにいるんで」

翔平が泣き言の口調で取りすがる。

澄子を背に庇った麻理奈は、

「私たちは東京で平日のアルバイトを入れてるから、週末だけしか遊べないの。このビーチが一番来やすいんだけど、来週もまた来るかどうかは未定」

と、とびきりの笑顔でつれなく言った。

その後の翔平は熱にうかされたかのように、麻理奈はリルにそっくりだったと繰り返した。

「いいよ、絶対いいよ、あの子。この出会いは運命だね。天命だね。宿命だね。顔が近付いた時、バチーンと来たね。ビリビリでも心臓バックンでもいいけど、ああまでリルそっくりだなんて、驚いて電撃食らったみたいだったよ。雷に打たれるような感じってのは、ああいうことなんだねえ」

譲は密かに首を捻っていた。麻理奈にアイドル系のかわいさはあっても、リルの玲瓏《れいろう》さとは正反対のタイプだ。あばたもえくぼというわけか。

あまりにも浮かれる同僚に、譲は少し意地悪を言ってみたくなる。

「そういう射貫かれる感覚って、転機のサインなんだよなあ」

「なんだよ、それ」

「衝撃っていうのは、何かに対して突然気付いた証拠だろ。せっかくの気付きは大切にしろよ、って話。チャンスを逃すなよ。とにかく、ビビビビっと来たのなら、ちゃんと行動を起こさないとな」

翔平がそこからさらに食いついてきたら兄の話をしようと思ったが、彼は鼻の頭に皺を寄せて、

「なんだよ、それ」

と、もう一度言うだけで、にやにや笑いを続けていた。

「あったりまえだ。バッチリ気付いたよ。俺、あの子、好きだ。やだな、照れちまうな。でも、絶対にチャンスをものにしてやる」

運命の出会いにヒートアップした翔平は、夜になるとビーチ近くのホテルやパブへふたりを探しに出掛けた。とっくに東京へ帰っているよと譲が言っても、まったく聞く耳を持たない。

〈ジョイジョイ〉が用意してくれた安宿にひとり残った譲は、窓を開けて星を見上げ、声に出してみた。

「兄貴もあれくらいガツガツしててくれればよかったんだ。それなら、僕はあの時、手ひどい衝撃なんか食らわなかったんだ」

ひと月前まで、譲は、自分と兄とは特別に仲がよいわけではないが険悪でもない、ごく普通の兄弟だと思っていた。

兄は何事にも中庸な人物だ。成績も運動も、容姿も性格も。ある程度の人付き合いができ、ある程度の学校へ行き、ある程度の会社である程度の給料をもらっている。家族に優しいこともあるし、兄弟喧嘩をすることもある。たまにネットでゲームをし、たまにテレビ番組に文句を付ける。

この春、兄は結婚を前提として付き合っている女性を家へ連れてきた。おとなしそうで、笑顔の可愛い、十人並みの姿をした会社の同期だった。

兄が言うには、仲人はすでに上司が引き受けてくれていて、結婚式場は手頃な専用会館を使い、新婚旅行はパックツアーを予約するつもりなのだそうだ。

兄は多少しゃっちょこばって正座をし、ふたりで力を合わせて、暖かく穏やかな家庭を築いていくつもりです、と、両親に頭を下げた。

その瞬間、譲の頭の中に雷光めいたものが走った。

爆発するかのように、嫌だ、と思った。

目に見えない閃光で全身が炙《あぶ》り出され、嫌だ嫌だ嫌だ、と心が焦げる。

兄は嫌いではない。義姉になる人の印象も悪くない。だったらなぜ……？　自分は突然に狂ってしまったのだろうか。

かろうじて体裁を保つ表情の下で、譲は頭の中の抽き出しをガタガタとひっくり返した。

嫌だ嫌だ。こんなふうになるのは嫌だ。

びっくり箱めいて飛び出してきたのは、無難さへの圧倒的な反発だった。

結婚って、自分で選び取ることができる人生最大の転機だろう？　特徴のない人生を送ってきて、これからも穏やかな家庭を目指すなんて、あとは、子供ができて、年老いて、死んで、それで兄貴のすべてが終わってしまうじゃないか。

それが兄の理想なら、好きにするといい。波瀾万丈を求めろと言ってるんじゃない。もしかしたらこの先、転職や離婚を経験するかもしれない。

でも、自分は嫌だ。

譲は自分が平凡であることを知っていた。一生かけても、なんの発明も発見もできないだろう。首相や大臣になって国を動かすこともしないだろう。事故や事件に巻き込まれない限り名前が報道されることもないし、会社を興すのだってむつかしそうだ。自分は何ができるのかと訊かれると、非常に困る。

でも、何の進歩もなくちみちみと現状を維持するだけの生き方は、絶対に嫌だ。

兄を嫌っていたつもりはなかった。だが、そのあまりにも無難な男があろうことか血肉を分けた兄であり、自分も一緒に日々を無難に過ごしているという状況が、本当はずっとずっと鬱陶しかったのだ。

譲を貫いた閃光は、兄への嫌悪ではなく、兄と同じ道を進みそうになっていた自分に気が付いたショックだった。そして、今はまだ何者でもない自分が、何の落ち度もない兄を憐れんでいるという、自分自身の傲慢さに気が付いたショックだった。

その翌日、譲はヘアスタイルを変えた。ショックが一過性のものならば、ローティーンがするように、見目を変えれば満足するかもしれないと思ったからだ。

しかし、心は騒いだままだった。もう一度美容室へ行って、髪を軽い色に染め、その時に見た雑誌広告のアルバイトに応募した。以前の自分なら決して選ばなかった、身体を張った派手な宣伝活動に。

思い切って一歩踏み出した瞬間に出会ったのが、翔平だった。だから、翔平が受けた気付きの閃光は、ぜひとも彼によき変化をもたらすようにと祈らずにはいられない。

「それにしても、なんだ……」

自分の中のどんよりした気持ちの正体は何なのか。

昼間からずっと、自分の感情が腑に落ちないのだ。翔平の熱気に水を差したのも、もやもやしていたのが原因かもしれない。

譲は澄子に奇妙な興味を感じてしまっているのだった。

恋愛感情ではない。断じて、ない。

澄子は肌ぐらいしかいいところを見つけられない上に、いかにも扱いづらそうな女だ。いくら気が弱いといっても、肌が綺麗だと褒《ほ》められて、なぜ泣きそうな顔になるのか。精神構造が少しばかり歪んでいて、関わり合うととんだ目に遭う、いわゆる地雷女のひとりだろう。なんだろう、この気持ちは。

彼女の内外《うちそと》には面倒なことしか渦巻いていないと判っていつつも、もう少し探ってみたいという欲求が湧いてくるのだ。色気とはほど遠いという点で、探究心と言い換えてもいい。抗《あらが》いがたい吸引力。

これは……。これはまるで、何も見えない漆黒の中に、かすかな光点を見つけ出そうと目を凝らしてしまうかのよう。

気が弱いということは、きっと変化にも弱いんだろう。麻理奈は澄子をなかば引きこもりのように言っていた。もしかしたら、兄と同じ波風の立たない生き方を求める態度が、引っかかっているのかもしれない。

おかしいな、と譲は不思議に思う。身内でもないし、知り合ったばかりだし、澄子がどんな人物だろうと、知ったことかと振り切れる。彼女の思考回路を探り当てたとしても、所詮は他人。怒りを向けたり説教をしたりする必要はどこにもないのに、いったいどうして気になるんだろう。

日付が変わってから、ようやく翔平が戻ってきた。昼間一緒に高笑いしたのが夢まぼろしだったかのように、彼は力無く布団に倒れ込んだ。

それから数日間の翔平ときたら、事あるごとに吐息とともに麻理奈とリルの名を口にし、他の女の子など眼中にないといったありさまだった。

ビーチは常に眩しく、海と空は常に色濃く、売店は朝から夕刻まで繁盛し、波打ち際の人々はとてつもなく幸せそうに見えるというのに。

しかし、さすがに金曜日ともなると、彼は疲れた顔でこう呟いた。

「俺、記憶の中ではもう、あの子と喋ったんじゃなくてリルに会ってたんだって気になってるんだ。正直言うと、あの子の顔もうまく思い出せない。こんなの失礼だよな。まったく最低だよな。俺って変だよな」

「変じゃないよ」

譲の慰めは中途半端な響きだった。彼もまた、自分は変だ、と感じ続けている。翔平とは異なり澄子の顔はちゃんと覚えているが、その顔の持ち主と、知りたいという気持ちの向かう先が、どうにも一致しない。

待ち遠しかったはずの週末を、ふたりは陰鬱な表情で迎えた。麻理奈と澄子にまた会いたいのかどうかも、混乱の中でもはや判らなくなっていた。

〈シャクドウ・ギア〉で鍛えられた逆三角形の背中が僅かに丸みを帯びてでもいたのか、昼過ぎ、中学生らしい四人組が譲たちにちょっかいを出してきた。

まずは、斜め後ろから聞こえよがしの声。

「おっ、あいつら〈シャクドウ・ギア〉なんか着てら」

仲間が次々とその揶揄《やゆ》に乗っかる。

「信じらんねえ。あんなのに頼るやつ、ほんとにいるんだ」

「あれ、膜なんだろ？　考えただけで息が詰まりそ」

「普通のUVカット入りブロンザーでいいだろうによ」

「そういう普通の化粧品塗ったくるくらいじゃ間に合わないほど、素が生っ白《ちろ》いんじゃない？　厚塗りですまないから、着ぐるみ」

若い笑い声が湧いた。

翔平はまっすぐ前を見つめたままだし、譲も、無視、無視、と自分に言い聞かせる。

中学生たちは、相手がいくら屈強な体軀の年上でも、企業名を背負っている雇われの身だから抵抗はするまい、と決めてかかっているようだった。

「要するに、女の化粧とおんなじで、周りを騙してるってことだろ」

「女々《めめ》しいよなあ」

「筋肉、自慢そうに歩いてっけど、それだって着ぐるみが勝手に腹を引っ込めてくれたわけだし」

「なるほど。苦労せずムキムキに、てなオマケに釣られちゃうわけか」

「単純だな」

すると、誰かが声音《こわね》を使った。

「こーんな便利な商品に、今ならオプションも付いて、お値段なんと――」

「おい」

急に振り向いた翔平に、中学生たちが立ち竦《すく》んだ。

翔平はゆっくりと彼らを睨《ね》め回してから、にやりと笑って言った。

「羨ましいんだろ」

「ば、馬鹿言ってんじゃねえよ」

悠然と腕組みをして、翔平は黒光りする上腕二頭筋を見せつける。譲は急いで真似をした。

「この商品の良さは、お前たちがみんな言ってくれた。オマケのところも込みでな。さすがに俺らのあとをぞろぞろくっついていただけのことはある。後ろに背負った映像は、きちんとコマーシャルしてくれてたってわけだ。ただ、お子ちゃまだから捉え方が間違ってる。最大の間違いは、化粧とおんなじで、ってところだ。確かに化粧は人を騙す。いろんな色でけばけばと顔を飾り立ててるだけだからな。だが、〈シャクドウ・ギア〉は実用品だ。ラッシュガードであり、EMSであり、この色味は光発電のためでもある」

中学生たちは一言も返さない。

「実用品に、かっこよく見える、かっこよくなる、っていうオマケが付いていて何が悪い。車だろうがペンだろうが、かっこいいのと悪いのとどちらが好きかと訊かれたら、そりゃあ、かっこいいほうがいいだろう。じゃあ、便利と不便では？　苦労の少ない便利なやつのほうがいいわな。化粧は落としちまえば素顔に戻る。でも〈シャクドウ・ギア〉は剝がしても自分の筋肉が残る。かっこよく役に立つ上に、自分自身を進歩させてくれるんだぜ。な、女の化粧とはずいぶん違うだろう？　判るか、お子ちゃまたち？」

一気に捲《まく》し立てると、翔平は、ふん、と荒い鼻息を出した。

中学生のうち一番やんちゃそうな子が、憎まれ口を叩く。

「せっかくの説明だけど、俺たちはかっこよくなるくらい自分でできるっすよ。なんせ、年寄りになる前に女を取っ捕まえとこうと焦りまくりのあんたらと違って、俺らはまだ、たっぷり準備期間を取れる若さだしね」

行こうぜ、とその子が促し、彼らはだらだらと去っていた。砂を蹴散らしている子もいたから、捨てゼリフでかろうじて体裁はつけたものの、内心は翔平の教育的指導が面白くなかったに違いない。

譲は、まだ腕組みをしている翔平の横顔に、溜息混じりで言ってみる。

「まったく、販促アルバイターの鑑《かがみ》だね。化粧との違いなんて、咄嗟《とっさ》によく言えたよなあ」

翔平はもう一度、ふん、と鼻息を出して答えた。

「化粧にはさんざんな目に遭わされてきたからな。ナンパの達人とはいえ、何度騙されたことか」

「そのわりには、あの子のアイシャドウには興味津々みたいだったけど？」

そう指摘すると、彼は哀れみを含んだ声を返してくる。

「馬鹿だな、お前。女は自分をよく見せようとして、毎日、化粧に命賭けてるんだぜ。騙しのテクニックだと判ってても、食いついてやるのがナンパの極意ってもんだ」

「へえ」

そして翔平は遠い目をして上を仰いだ。

「コスメマニアだって言ってたけど、どの程度なのかなあ。あの時は薄化粧に見えたけど、例のアイシャドウを引き立てるためだったかもしれないし。いや、〈ビッキー〉の〈素肌改善プログラム〉みたいなのはいいんだよ。素の自分を高めるという点では、EMSと変わんねえしな。あの子もリルみたいに素で勝負するタイプだったらいいな」

譲は苦笑をこらえていた。ナンパの達人と自称するくらいだから、化粧の濃い籠絡《ろうらく》しやすそうなのが好みかと思っていたのに。この境地に至るまで翔平がどんな経験を積んできたのか、ものすごく興味がある。

「譲はどんなタイプの女が――」

こちらへ顔を振り向けた翔平が、言葉の途中でぽかんと口を開けた。

視線は譲の後方へ飛んでいる。それを追って首を回した譲は、信じられないものを見てしまった。ビーチパラソルがたくさん立てられている一角から、ふたりの女性がこちらへ歩いてくる。ひとりは白い肌にフリルのついたセパレート水着を着けた、ウェーブヘアの持ち主。ひとりは、小麦色の肌を大胆に露出するビキニを着ていて、髪はショート。

水着に見覚えもあることだし、麻理奈は判る。しかし、よく灼けて、髪が短く、にこにこ笑ってこちらへ手を振っている澄子のそっくりさんは、いったい誰だ。彼女がほんとうに澄子だとしたら、あの変貌ぶりは何だ。

唖然と立ち竦む男たちの前へ立つと、ふたりの女性は目元にブルーの光を撒きながらいたずらっぽく笑う。

「また来ちゃった」

「いや、ああ、ええと」

感動の再会だというのに、麻理奈ともうひとりを交互に指差しながら、翔平はほとんど言葉が出ない。

「似合うでしょ、澄子の〈シャクドウ・ギア〉姿。と言っても、彼女のは〈ジョイジョイ〉製じゃなくて、〈ビッキー〉で直接施術してもらったんだけど。変身したとこ、ふたりにも見てもらいたいんだって」

澄子は麻理奈の一歩後ろに控えてはいたが、翳りのない笑顔で、

「どうですか?」

と、訊いてきた。

譲はまだ信じられない思いだったが、必死になって答えた。

「このあいだより断然いいよ。すごく元気そうに見える」

「なにもかも麻理奈のお蔭なのよ」

澄子はくすぐったげに素早い目瞬きをした。

知りたい、と譲は強く思う。

またあの感覚だ。彼女のほうへと引っ張られる、不可思議な探究心。

なにもかも、って具体的にはどんなこと？　〈シャクドウ・ギア〉を身に着けただけで、こんなに急に印象が変わるの？　引っ込み思案は治ったの？　もう褒めても涙ぐんだりしない？　まだある。まだまだ訊きたいことがある。ありすぎて眩暈《めまい》がする。まるで、そこにあるはずの六等星を見つけられない気分だ。

翔平はずっと麻理奈を見つめている。

「……君も、雰囲気変わった？」

それは魂が抜けたような声だった。彼女はふざけてくるりとターンし、

「かもね。今日はちょっと殊勝な気分だから」

と、かわいらしく舌を出す。

譲には麻理奈の変化が少しも判らなかった。けれど翔平のほうは、あまり納得していなさそうな顔をしながらも、「ああ、そんな感じだな」と頷く。

「麻理奈、飲み物買ってこようよ。このふたりに奢っちゃおう」

澄子の明るい声は、先日とはまるで別人だった。

「賛成。私、行ってくる」

翔平の視線から逃げるように、麻理奈は売店のある方角へ身体を向けた。

「待てよ。俺が出すよ」

「いいの。お詫びだから」

「お詫び？　ワケ判んないよ。おい、待てったら」

痴話喧嘩めいて連れ立つふたり。澄子は気を利かせたようで、その場にとどまっていた。

譲はおずおずと質問してみた。

「お詫びって？」

「いろいろと、ね。冷たいものでも飲みながら落ち着いてお話するというのが、私たちの段取りよ」

「私、たち……」

澄子も謝罪することがあるのだろうか。彼女は笑顔のままだったので、譲はどう反応していいか判らなくなる。

と、その時、少し離れたところで指笛が響いた。

売店のほうからだ。

見ると、さっき負け惜しみを言った一番やんちゃそうな中学生が、果敢にもひとりで翔平と向き合っている。動作から察するに、女連れなのをからかっているようだ。

「あいつ、懲りもしないで」

譲が援軍に出ようとした瞬間、翔平が一歩踏み出した。

中学生が素早く屈む。砂を摑んで投げつけ、全速力で逃げる。ろくろく狙わずに投げた砂は、翔平ではなく麻理奈に当たった。

「あっ」

譲は駆け出した。後ろに澄子が続く。

目元に手を遣る麻理奈。おろおろして顔を覗き込む翔平。

走り寄っている間に、だんだん翔平の様子が変わっていく。しきりに目瞬きを繰り返す麻理奈の肩へ置いていた手が、二の腕に移動し、顔つきが険しくなる。そして、麻理奈を激しく揺さぶりはじめた。

「やめて！」

事態が飲み込めずに歩を緩めた譲を、澄子が全速力で追い抜いていく。

「麻理奈を責めないで！　それを謝ろうと思って来たんだから！　今日のアイシャドウは、反省の表れなんだから！」

人間が「見えた」と知覚するためには、〇・二秒を要する。それよりもっと短い時間に見たものは、たとえ視界に入っていても気が付かない。が、脳には確かに信号が行くのだから、知らず知らずのうちに見たものの影響を受けるはず——というのが、サブリミナル効果の仮説らしい。

そして目瞬きの速度も、およそ〇・二秒。完全に瞳が閉じている時間は、もっと短い。

四人は海水浴場から遠く離れた砂浜に腰を下ろしていた。陽射しはまだ強烈なのに、あまり暑さを感じない。それは人気《ひとけ》が少ないからなのか、心理的な冷えなのか、譲には判断がつかなかった。

譲も翔平も背中の映像を切っている。アルバイトの契約違反になるが、お洒落なコマーシャルを背負う気分ではない。

麻理奈は瞳を固く閉じている。目蓋に浮かび上がる画像は、ブルーオーシャンにぽつんと白いカモメ。

「意識的にしっかり目を閉じると、この画像」

小さな声でそう言ってから、彼女は目尻のビーズを二度タップした。

「今日、目瞬き用に設定してきたのは、こっち」

目蓋の映像は、女性が懇願するポーズを取った、宗教画らしき悲しげな絵に変わる。

「許してもらおうと思ったの。先週、目瞬きにリルの写真を仕込んでいたことを」

麻理奈は目を閉じたまま呟く。

「サブリミナルの効果が本当かどうかは、まだ学者さんたちにもはっきり判らないんですって。〈ビッキー〉の研究室が行なった実験でも、確としたデータは取れなかったみたい。だから、何かのイメージが伝わるとしてもほんのりした香りのオマケみたいな感じにしかならないって説明されてたの。私も軽い気持ちで、大好きなリルのイメージをちょっと身に着けてみようかな、って。でも、あなたに似ていると褒められて、怖くなった……」

バッと顔を上げて、麻理奈は続ける。

「〈ビッキー〉にはきちんと報告したわ。販売するものにはこの機能を付けないことになるだろうって言ってたわ。今日、あなたへの謝りを贖罪の絵に手助けしてもらうのを最後に、私も目瞬き用の別画像機能がついたこれを返却するつもりだったわ」

「俺はまんまと騙されてたってわけだ」

吐き捨てるように翔平が言う。

「どんなにケバい化粧だって、まだ罪は軽いよな。厚塗りだということは見りゃあ判るし、こちらも素顔はどうなのかを覚悟する余地がある。けど、そのアイシャドウは正真正銘、詐欺の道具だ。催眠術で人の心を操ろうっていうんだからさ」

麻理奈はキッとした顔をした。

「もう一度言うわ。サブリミナルの効果は未知数。人を騙すためじゃなくて、自分のために、私はこのフィルムアイシャドウを使ったのよ」

「はあ？　自分のためだって？」

「そうよ。お化粧はいつだって自分のため……ちょっぴり素敵になって、自信を得るためよ。〈ビッキー〉が、サブリミナルの効用を疑いながらも採用しようとしたのはいったいどうしてだと思うの？　もしかしたら効果があるかもしれないという期待が、その女性を楽しい気持ちにしてくれるからだわ。その証拠に」

と、彼女はとても優しい目で友達を見遣った。

「消極的だった澄子がビーチへ出掛けられたのは、フィルムアイシャドウを身に付けて華やかな気分になれたからよ」

「ええ」

澄子がしっかりと頷いた。〈シャクドウ・ギア〉のブロンズの肌で頬笑む彼女は、以前とは比べものにならないくらい綺麗に見えた。

「みんな麻理奈のお蔭であり、〈コスメディック・ビッキー〉のお蔭だわ。〈ビッキー〉の社員さんの話を聞くたび、人並みにお化粧して顔を上げて歩く自分の姿が、稲光に浮かび上がるみたいにカッとイメージできるの。思い切って踏み出せばそういう人生もあるんだなあって、すごく希望が湧いてくるの。実際に、フィルムアイシャドウに勇気をもらってビーチデビューしてみたら、世界全体がきらきらして見えたわ」

ああ、と譲は思わず声を漏らす。

その感覚は、かつて自分に来たった閃きの光と似ている。繰り返す日常に鋭く切り込む衝撃。あはなるまい、または、こうありたい、と気付く自分。そんなことを願っていたのかと自認するショックで感電し、日常への疑念がもたらされる。そして不満を晴らした後は、世の中すべてがきらめいて見えるのだ。

翔平は不機嫌に腕組みをしていた。

「いや、だからね、化粧で自信がつくのはかまわん。ただ、その自信も誰かに見てもらってこそだろ。相手に綺麗だと思わせる手段に心理操作を使ってくれるなということで……」

麻理奈はどうやら堪忍袋の緒が切れたようだ。ウェーブの髪を振り乱し、激しく砂を叩く。

「ああ、もう！　心理操作なんてするつもりはなかったたって謝ってるじゃないの！　そりゃあ誰かに褒めてもらえたら嬉しくなるけど、極論すれば、私なら無人島に流されたってお化粧するわ」

「なんだって？」

「劣等感は、誰かに何かを言われるから生まれてしまうんじゃないでしょ。自分自身が自分の中の理想と戦うからつらいのよ。相手なんか必要ないの。劣等感を抱いてしまうのにも、それを払拭しようとして頑張るのにも」

取り乱す麻理奈とは反対に、翔平は水平線を見つめてとぼけた口調で言った。

「精神論に逃げようとするのは、ブスの性《さが》なんだよなあ」

「もう一度言ってみなさい！」

「麻理奈！」

振り上げられた友人の腕を、澄子は摑もうとした。

しかし、中腰になって翔平を殴ろうとした麻理奈は、砂に足を取られてバランスを崩す。

虚しく空を切った細腕が、澄子の横っ面をかすった。

ヒットとも呼べない軽い接触だったのに、澄子は右の頰を押さえて蹲《うずくま》る。

麻理奈のうろたえぶりが尋常ではなかった。

「ごめん。大丈夫？　痛い？　痛いよね。ああどうしよう」

「けっ。いい加減にしろよ。相棒のほうは、引っ込み思案でか弱い振りってやつ？　そういう大袈裟な芝居を打つから、女ってのは信用できな――」

「バカっ！」

今度こそ、麻理奈の平手は翔平の頰を音高く捉える。

譲も翔平も呆然としてしまった。彼女の大きな瞳から、今にも涙がこぼれ落ちそうだったからだ。

「し、知らないくせに……。澄子のこと、何にも知らないくせに。〈素肌改善プログラム〉をする決心がついたのは、〈シャクドウ・ギア〉の実物が見られたお蔭ね、って、どんなにあなたたちに感謝してたか知らないくせに」

「なにそれ。意味判んね」

譲は翔平のように口を動かす余裕がなかった。澄子が異様に痛がるのは、〈シャクドウ・ギア〉の下の肌が〈素肌改善プログラム〉で荒れているせいだというのか？　先週見た、つるつるすべすべの頬。どうしてそんな肌を持つ人物がプログラムを受けるのか、理由がまったく思い浮かばない。

「ありがと、麻理奈」

ぶるぶる震える友人の腕に、まだ片手で頬を押さえたままの澄子がそっと触れる。

「でも、庇ってくれなくてもいいよ。私は生まれ変わって強くなったんだから。喧嘩で順番が狂っちゃったけど、私のほうもちゃんと自分で説明する。世の中には、化粧以前の問題を抱えた人間がいるってことを」

そうして澄子は、ごめんなさい、と譲に頭を下げた。

「ほんとうに、ごめんなさい。あなたがこの間褒めてくれたのは、私の素肌じゃなくて〈ビッキー〉が作った医療用の人工皮膚だったの。アイシャドウと違って、私は騙している自覚があった。だから全然喜べなかったの。ごめんなさい」

風が冷たくなってきた。いつの間にか、太陽の位置が低い。

遠くのビーチにはまだまだたくさんの人影があり、日暮れと呼ぶには相当に早い時間だが、赤銅色の人工皮膚をまとう三人の肌は少しずつ周囲に沈められつつあった。

ひとり、顔をいっそう白く輝かせている麻理奈が、心配そうに澄子を見守る。

有《あ》り体《てい》に言うと譲は、面倒な話になりそうだ、と、うんざりしていた。珍しく沈黙を守っているからには、翔平も似たような気持ちなのだろう。

騙した騙された云々よりも、医療用人工皮膚なる単語の面倒臭さが先に立つ。澄子の素顔のトラブルがどんなものかは知らないが、彼女自身も医者も、隠しておいたほうがいいと判断する度合いのものだろう。傷痕、ケロイド、湿疹、痣《あざ》……そのような類《たぐ》い。

　ハンデを負った人物には、周囲が気配りと助力をするのが常識だ。化粧がどうの心理操作で騙したのどうのと、見映えに関する追及をした男性陣は、知らずとはいえ澄子を傷付けていたことになる。デリケートな問題だけに、謝り方が判らない。謝ったほうがいいのかどうかも、判らない。相手は先に謝ってしまった。そこがどうにも面倒臭い。

　ところが、当の澄子は、

「いやねえ、むっつりしちゃって」

　と、日灼け肌に似合った陽気な声を出す。

「私は変わったの。今の私なら、たとえこの間の人工皮膚を今まだ身に着けていたとしても、きっとこう言えるわ。褒めてくれて嬉しい。でも、本当は痣を治療した痕がいっぱいあるから、これは人工皮膚なの。がっかりさせたらごめんなさい、って」

　澄子は口元にほんのりと笑みを上らせながら、淡々と説明してくれる。

　ユニーク・フェイス、という言葉が、特異な顔貌をした人たちの自称であるらしい。彼らは二つのタイプに分類される。化粧や整形で顔を隠そうとするタイプと、そんなことをすると自分が自分ではなくなってしまう気がするタイプ。もちろんこれは乱暴に分けてみただけであって、心の中では両方の気持ちが混沌と絡み合っていて、常に激しく揺らいでいるという。

澄子の場合は、医療用人工皮膚で隠してはみたものの、四六時中、自分が周囲に嘘をついている気分になってしまっていた。隠しているのが痣そのものではなく治療痕であったため、医師から「それぐらい我慢するべきだがね」と冷たくあしらわれていたのも、彼女の胸中をさらに複雑にしていた。

アルバイト先の会計事務所で知り合った麻理奈が、天真爛漫に肌を褒め続けるうちに、その複雑さはさらに拍車が掛かった。素肌が綺麗と感心されるたびに、真の私はそうじゃないと自己嫌悪が募る。挙げ句の果てには、麻理奈をいったんは憎みそうになったくらい。

ある日、麻理奈がいつもの無邪気さで、澄子の肌は〈ビッキー〉の〈素肌改善プログラム〉を受けたみたいだ、と口にした。人工皮膚に匹敵する素肌が手に入る方法があるのか、と澄子は驚く。慎重に探りを入れてみると、〈ビッキー〉は化粧品《コスメ》と医学的《メディカル》の複合語である〈コスメディック〉を標榜していて、プログラムは真皮の働きから立て直す抜本的な「治療」であるという。

かくして澄子に閃光の一縷《いっつい》がもたらされた。このままではいけない。無難に過ごしてはいけない。なりたい自分になる手段があるのなら、一歩を踏み出さなければいけない。

顔に治療痕があり人工皮膚を付けているという真実を打ち明けた澄子を、麻理奈はさっそく、〈コスメディック・ビッキー〉と繋がりの深い友人、岡村天音《おかむらあまね》に引き合わせたらしい。

「それで、岡村さんはさらにクリニックの先生を紹介してくれて……。先生は、手術痕もプログラムで治せると言ってくれたんだけど、いざとなると、私、なかなか踏み切れなかった。いったん肌荒れを起こすのが怖かったし、一ヵ月近くもそんな顔の自分と向き合ってたら精神的に変になっちゃうんじゃないか、そもそもアルバイトを休んで引き籠もったりしたら治療費が払えない、とかぐるぐる考え込んで動けなくなってたの。そんな時、麻理奈に誘われたこのビーチで、あなたたちの高笑いを聞いたのよ」

譲は翔平と顔を見合わせてしまった。おふざけの大笑いがどう関係するというのだ。

「〈シャクドウ・ギア〉だって人工皮膚なのに、この違いはなんだろうと考えたわ。そして、思わず麻理奈に愚痴っちゃった。自分も周りの人も、人工皮膚は隠すものじゃなくてお洒落なアクセサリーだと思えたらいいのにね、って」

麻理奈がゆっくりと後を取った。

「澄子の絞り出すような声をきっかけにして、私、すごくいいこと思いついたの。もともと〈シャクドウ・ギア〉は、外傷治療中の敏感な肌を特殊な人工皮膚で覆う研究からスピンオフした、って天音ちゃんから聞いてたのよ。〈素肌改善プログラム〉の難関になってる初期の肌荒れ期間中、〈シャクドウ・ギア〉を着けて過ごせたらいいかも、ってピンときた。周りの人たちは一目でそれが流行の人工皮膚だと判ってくれるから、澄子はいちいち言い訳せずにすむでしょ。嘘ついてるって自分を責めることもない。正々堂々と、これは自分の肌ではないけれどお洒落なアイテムなんです、って言えるわ。そうしているうちに、〈シャクドウ・ギア〉の下で理想の自分に近付いていけるわ。私、東京に戻ってすぐ、〈ビッキー〉に相談してみたの」

麻理奈の表情は誇らしげだった。

彼女を見つめる澄子もまた、思い遣り深い友人が自慢そうだった。

その面持ちには、一筋の嘘も描き込まれていない。サブリミナルで男を手玉に取る悪女の影など、微塵もない。

「謝罪は確かに受け取ったよ」

譲は自分の頬も緩んでいるのを感じていた。

「正直、化粧をする心境をすべて理解できたとは思わないけど、今の話を聞いて、君たちが〈シャクドウ・ギア〉やメイク、そのアイシャドウに対して、どんなふうに向き合っているかは伝わってきたよ。変身のきっかけと手段を両方提供してくれてるんだよね」

「譲、それとこれとは話が別だろ。丸め込まれてどうする」

肩を掴む翔平の掌をどけた譲は、澄子の顔を正面から凝視し、思い切って言ってみた。

「秋になって〈シャクドウ・ギア〉を剝がしたら、僕たちにはちょっぴり立派になった身体が残る。そして君は、本当にすべすべの素肌を手に入れるんだね」

澄子はいたずらっぽく笑った。

「ちょっぴり立派になった心も、よ」

譲もふざけてこくこく頷く。

「了解。これまでの自分から歩を進めようとする人は嫌いじゃないよ」

「おいったら。お前いつの間に、そんなナンパのテクを――」

突っかかってきた翔平の頭を左腕で押さえ込みながら、譲は続ける。

「でも、もうひとつ教えてほしいことがあるんだ。実を言うと、最初に会った時から君が妙に気がかりだった。サブリミナルがなにがしかの効果を上げていたのかもしれない。先週の目瞬き映像を見せてくれないかな。自分がどれほどの影響を受けていたのか、知りたいから」

彼女は、呼吸ひとつぶんほどの間考え込んだが、照れ笑いしながら目元のビーズに指を伸ばす。

「いいわ。私の目瞬き用画像は先週と同じままの設定よ」

ぱちり、と澄子は瞳を閉じた。ビーズを二回タップすると、カモメのいる風景が切り替わる。

「は？」

譲はだらしなく口を開いてしまった。

「本当にこれ？　ただの紺色グラデーション？」

「そうよ」怪訝《けげん》そうに澄子が答える。「僅かな光が射し込む海の底っていうイメージだったんだけど？」

もっとセンセーショナルな画像が用意されているものだと思い込んでいた。ちらりと閃くだけで自分の心を捉えてしまう、そんな画像が。

譲は納得がいかなかった。あれほどの探究心をそそったはずの画像が、色彩だけで構成されたものだったなんて。これでは、凡庸な、ありふれた、普通のアイシャドウでする目瞬きと、何の変わりもないではないか。

もしかしたら自分の深層心理は、海底に沈没船のロマンでも感じていたのかもしれない。暗いところに目を凝らして、あるはずのないものを見つける様はそれで説明が付く。

けれど……。

けれど、もしサブリミナルが毛ほども効果がなく、純粋に彼女への好奇心を抱いていたのだとしたら？　日々進歩していたいと願う自分が、変化しようとする彼女の努力を仄《ほの》かな輝《ひ》きとしてうすうす感じ取っていたのだとしたら？　十人並みの容姿の地雷女なんかに気が魅かれるわけがないと決めつけて、その実、我知らず親近感を抱いてしまっていたとしたら？

「そんなはずは」

譲は茫然自失で呟いた。

肩に伸びてきた翔平の手は、今度は同情を含んで柔らかく包み込む動作。

「よかったじゃないか、譲。お前の気がかりってやつは、アイシャドウのせいじゃなかったんだよ。人物ですらないもんな。片や俺のほうはひどいもんだ。超美人の顔を刷り込まれたんだぜ。俺がまだ許せないの、判ってくれるだろ」

「美人の、顔、ですって？」

一音節ずつ区切って麻理奈が反芻《はんすう》する。

「どんなにアイシャドウの解像度がよくても、顔なんか見えるわけないじゃないの。私がこのあいだ用意してたのは、リルの全身画像なんだから」

えええええっ、と翔平が素っ頓狂《すとんきょう》な声を上げた。

「で、でも、俺はずっとリルの顔がちらついて」

「だから、顔なんか小さすぎて見えなかったはずよ。言ったわよね、私はリルのイメージを身に着けたかったの。私、彼女のポージングが醸し出すミステリアスな雰囲気が好きなのよ。山田リルがファッションモデルもできるってことはあなたも知ってたから、私はてっきりスタイルや雰囲気を褒めてもらったとばかり……。私、チビなのに似てるって言われるのはアイシャドウのせいかなあ、だったら効果がありすぎて怖いなあって……」

「じゃあ、俺はいったい何に騙されたんだ」

「それはこっちが訊きたいんだけど？」

麻理奈の眉間に皺が寄る。

あとは言葉にならなかった。

しだいに赤く染まりゆくビーチで、途方に暮れた四人は動けずにいる。

困惑の中にもどこかしら気抜けしたのんびりさが漂い、真如《しんにょ》の閃光など待てど暮らせど訪れそうにはなかった。

いつもと変わらぬ平穏な夕陽は、あくまでも凡々と四人を照らし続けている。

トーラスの中の異物

家の外にまで、うねりを持った声が漏れていた。

丸ぼったい円錐状の小屋は茅の上に土を載せただけの簡素な作りで、内部の緊張もそのまま外へと浸み出させている。

赤ん坊はまだ声を上げない。

——泣け、泣け！

〈祈る女〉は嗄《しゃが》れた声で叫び続け、半地下に掘り下げた土間を石棒で一心不乱に叩いている。

父親に足を持たれて逆さ吊りにされている新生児は、全身が青紫色だった。

——背を叩きなされ！

呪術者に言われて、父親はおそるおそる赤子の背に触れる。

——もっと強く！　汚物と邪気を吐き出させるのじゃ！

赤子に負けないほど顔面蒼白となっている父親は、ぱんぱん、と強く背中を打った。

幼い兄と姉は、弱々しい妹がその打擲《ちょうちゃく》によって本当に死んでしまうのではないかと、壁際でぎゅっと身体を寄せ合う。産褥《さんじょく》の母は、まだ汗ばんでいる掌を伸ばし、ふたりの膝を交互に撫でて落ち着かせようとする。

〈祈る女〉が石棒で床を打つたびに、小屋の中央に切った炉で炎が揺れる。

――目覚めよ、大地！　躍れよ、炎！　この子に力を分け与え給え！

母親は、兄たちのほうから赤子へとゆっくり視線を移した。小さな両腕がだらだらと揺れている。臍《へそ》の緒の血がしたたり落ちている。母親は強く目蓋《まぶた》を閉じて涙を散らした。

――もそっとこちらへ！

鬼気迫る形相の〈祈る女〉に命じられ、父親は逆さ吊りの赤ん坊を彼女へ近付けた。

――もっと低く！　炎に近く！　大地と火の力を！

父親が、子供の頭を炉のぎりぎりにまで下げた。

――目覚めよ！

大音声《だいおんじょう》を発して、〈祈る女〉が力一杯に石棒を床へと振り下ろした。

がぐん、という鈍い響きが小屋を揺する。炉に焼《く》べられていた木の枝が弾けるように崩れた。

と、その時。

赤ん坊の全身が大きく波打った。口と鼻から、水っぽいものを勢いよく吐き出す。

そして、咳き込むような産声《うぶごえ》をなんとか上げ始めた。

父親が脱力してすとんと腰を下ろした。〈祈る女〉も、ぐずぐずと座り込んだ。

――もう大丈夫だろうて。あたたかくしてやりなされ。

母親が、自分の上にかけられていた毛皮を差し出す。赤子を抱き替えた父親が、それを受け取り

ながら、

――おや。

と、眉間に皺を寄せた。

ようやく血の気を戻しつつある赤ん坊の右頬に、小指の爪ほどの大きさの黒い破片が刺さっていたのだった。

そっと抜いてやろうとするのを、〈祈る女〉が止めた。

――炉の薪が飛んだようじゃの。しばらくそのままにしておきなされ。それのせいで泣き出したのであれば、それこそが大地と火の力じゃ。

その言葉を聞いて、母親はようやく安堵の涙を流し始めた。

産声を聞きつけた邑《ムラ》の者たちが、入り口の斜路から次々と狭い屋内へ入ってきた。

喜びの声にかき消されぬうちに、と、〈祈る女〉は声を張り上げる。

――この娘は、〈炭埋《すみうず》み〉と名付ける！

毛皮にくるまれた赤子の泣き声は、しだいに力強くなっていった。

○　○　○

お肌の悩み、はさみ撃ち！

――千蘭《ちらん》ビューティクリニック　施術案内

フローラル、グリーン、シトラス、ムスク。何でもいい。選《え》り好みはしない。なんなら、レザーやスモークだって構わない。

別院奏子《べついんそうこ》が香水を選ぶポイントは、ただひとつ、持続性だった。

老人ホームには独特の臭いがある。奏子が勤める〈野の花ホーム〉だけでなく、老いた人々の暮らすところはどこも同じ臭気に満ちる。その甘ったるいとも言えなくはない臭いは、実は糞便と尿からきているらしい。それを教えたシルバーケア講座の先生を、奏子は今でも繰り返し恨んでいた。

臭いというのは、ある物体から発散されたエアゾル状の分子が嗅覚器官に届いて、知覚されるそうだ。ということは、少しお下《しも》が緩くなった老人の便や尿そのものの微粒子があちらこちらに漂っていて、奏子の鼻の奥にまで届いている、ということだ。嗅覚だけではなく、きっと、口や目の粘膜、耳の奥、髪の中、皮膚一面にびっちりと……。

ああ、やだやだ。

奏子は、僅かに顔を上げて、思いっきりあたりの空気を吸い込んだ。

東京湾に浮かぶメガフロート施設〈プリン〉の四階には、華やかな芳香が溢れている。ゆるく弧を描いた壁面や陳列台いっぱいに、意匠を凝らした色とりどりの化粧品が並び、それぞれがうっとりするようないい香りを発散しているのだ。奏子は、夥《おびただ》しい香料を何度も深々と呼吸し、自分の全身をそれで洗い流そうとした。

老人たちのことは嫌いではない。どんなに苦労を重ねた人間でも、どんなに幸せに暮らした人間でも、歳を取ったらみんなこうやって衰えていくのだと思えば、彼ら彼女たちの若い頃を想像することで慈《いつく》しみが湧く。

奏子の祖母は、最期はボケ果てて手間がかかった。投げつけられるのは被害妄想と叱責、オムツ換えや褥瘡《じょくそう》の処置、身体を拭いたり髪を洗ったり。長時間に及ぶ食餌の最中、ちっとも咀嚼せずに昔のアイドルソングを口ずさまれると、いらいらしてしまうことも少なくなかった。そんな時には、祖母が若い時は歌ひとつ歌ったことのない気丈夫だったと思い出すようにしていた。そうすると、無邪気に歌う祖母を許せる気がしたのだ。この経験から奏子は、手のかかるホームの人々にも同じように、彼らの過去の苦労を慮《おもんぱか》って優しく接しようと努力していた。

しかし、老人たちの来し方をいくらいいように想像しても、臭気は四六時中奏子を悩ませる。ベテラン介護士は「慣れるわよ」と言うが、ちっとも平気にならない。手を洗うついでにそっと鼻の下に消毒薬を塗り、香水をじわじわ発散させる持続性パフュームシートを胸元に貼り付け、香料の強いガムや飴を口に入れ、万全の対策を取ってもまだ、老人臭はまつわりついてくる。

感覚鋭敏者のための嗅覚を鈍麻させる薬剤や手術もあるらしいが、食事がおいしくなくなると聞いていたし、褥瘡や異常便、入れ歯の不具合による口臭など、老人たちの異変に気が付かなくなる恐れがあるので、奏子はそこまでは踏み切れないでいた。

目が眩むほどの色彩に満ちた化粧品棚をうつろに移動していた奏子の目が、新製品の立体ポスターのところで止まった。

時間差で弾けてゆくカプセルに芳香を閉じこめ、香りが三日間持続する……CGによる模式図が自慢そうに訴えている。

そんなものはどこも新しい技術ではないし、奏子に必要なのは怠《なま》け者向けの三日間続く微香ではなく、勤務時間中だけでもいいから絶対に減衰しないでいてくれる強い香りなのだ。

奏子の視線は、またうろうろと香水コーナーを彷徨《さまよ》った。きつい臭いは他人への迷惑に他ならないので、奏子の求めるタイプはそう簡単には見あたらない。

打ち消しの選択肢がないんだったら、いっそのこと〈シャクドウ・ギア〉とゴーグルとマスクで守りを固めるしかないかもなあ。

と、全身に塗布する形式の日灼け止めアイテムに思いを馳せたその時。

「別院さん？」

ピリッとした声が疑問符付きで飛んできた。

振り返ると、店内の白い照明に、千載千穂子《せんざいちほこ》のキリリとした美貌が照り映えているのが見えた。

「あ、先生。先日はありがとうございました」

千穂子はおそらく奏子と同じ二十代後半だろうが、化粧と態度に隙がないので、自然と頭が下がる。

「イヤねえ。先生じゃないってば。このあいだのは宣伝を兼ねたボランティアだったんだし」

目が切れ長で髪を肩で切り揃えているせいか、一見冷たい感じもする千穂子だが、頰笑むと一転して少女の愛らしさを湛えた。さすがメイクアップ・セラピストだなあ、と奏子は改めて感心してしまう。

千穂子は、先週、ホームの談話室で老女たちに化粧を施してくれたのだった。新興化粧品メーカー〈コスメディック・ビッキー〉からの催事提案ということで、老人たちの財布を狙った体《てい》のいい即売会かと懸念したが、千穂子は商品を売りつけたりはしなかった。まるで事務机のような談話室のテーブルに、ローズピンク色のクロスをかけ、その上にきらきらと光り輝くかのような化粧品を並べ立てて老女たちを迎えると、あとは優しい頬笑みと手際のいい施術を繰り出すのみで、いっさい販売の話はしなかった。

化粧が老人の心理療法として確立されているとは知っていたが、奏子たち職員一同は、まるで千穂子が魔術を行なっているかのような錯覚を覚えた。

ちっとも言うことを聞いてくれない頑固なお婆さんが、千穂子の誘導で素直にマッサージを始める。

身なりを斟酌《しんしゃく》しないお風呂嫌いの老女が、拭き取り化粧水で熱心に顔を撫でている。表情の固まった無口な老人が、口紅を引いた自分の顔を見て、「あらまあ、素敵」とにっこりする。

〈ビッキー〉は、〈コスメディック〉という医療と美容の狭間を名乗るだけあって、衰えた肌をめったやたらに塗り込めて隠す化粧はしないようだった。「即効性はないんですけど」と、千穂子は申し訳なさそうに言いつつ、皺は埋めるのではなく保湿でふっくらと持ち上げ、シミには美白効果のある成分パッチを貼り付けた。

刻一刻と垢抜け、若返り、華やかさをまとっていく老人たちがさんざめく談話室には、いつもの糞尿臭ではなく、心地よい化粧品の香りが満ちた。彼女たちはいつの間にか背中をぴんと伸ばし、なんとなく動作や口調が速くなり、近くに座った人と積極的にお喋りをし始めた。老女たち自身が忘れていた美的本質は彼女たちの瞳からきらきらと零《こぼ》れだし、我こそが〈ビッキー〉専属モデルの山田リルなのだ、とでも言いたげに若々しい自信を漲《みなぎ》らせている。

女の業は灰になるまで、とはいうが、奏子にとってその日は、装うことがいかに身に染み込んだ快楽であるか、どんなに年老いてもいかに化粧が楽しみであるか、を思い知らされた一日だった。

化粧品棚の前へ身体を移して人混みを避けてから、奏子はもう一度丁寧に会釈する。

「みんな、また来てください、と言っています。お爺ちゃんたちも羨《うらや》ましがっちゃって」

奏子がそう言うと、千穂子は嬉しそうに小首を傾《かし》げた。

「じゃあ、今度は〈ビッキー〉のアロマ・セラピストも連れて行きますね。男性には、基礎のお手入れとともに香りでのお洒落《しゃれ》を楽しんでもらいましょう」

「それは是非」

奏子は勢い込んで頼んだ。

「それはそうと」

と、千穂子はさらりと髪を鳴らして、頰笑みを崩さないまま言う。

「藤崎多美恵《ふじさきたみえ》さんという方が、こちらへ連絡を下さったんですが、商品やコースをご紹介しても差し障《さわ》りはありませんか？」

ああ、やっぱり、と、奏子は思った。セラピーの日も、案の定、人一倍興味津々の様子だったし、彼女ならきっと食らいつくと思っていた。

「ええ、大丈夫です。念のために、身内の方にはお知らせしておきます」

「安心しました。せっかく興味を持っていただけたんですから、色々とお話しできたらいいなあと思って。綺麗なお婆さまですよね、藤崎さんは」

確かに、藤崎多美恵はいつも小綺麗にしている。八十歳を優に越しているが、銀髪をいつもきちんとセットしているし、服装にも気を遣っている。肌の艶めきなどはホーム随一だろう。

かくして〈ビッキー〉の化粧品も、多美恵の化粧台《ドレッサー》へ仲間入りというわけか。化粧水や美容液、クリームや美容小物がずらりと並んだ化粧台を思い出して、奏子はそっと苦笑した。

「それで」

と、千穂子は僅かに首を傾けた。

「藤崎さんは、透析やインシュリン自動放出などの体内留置型医療機器を使ってらっしゃるでしょうか」

「は？」

質問の関連性が判らない奏子は、思わず千穂子の顔を凝視してしまった。


「だって、綺麗な顔で死にたいじゃないの」

〈オーロラ粘土〉を捏《こ》ねながら、多美恵はそう言った。

その日の午後は作業療法《OT》にあてられていた。粘土に親しむことで、老人たちは創る喜びが味わえ、指先の訓練にもなる。指は第二の脳とも呼ばれるため、老人ホームでは痴呆防止策としてこのようなOTが活発に行なわれていた。

原色を組み合わせたヨーロッパ調のスカーフをヘアバンド代わりに結んだ多美恵は、粘土から目を離さずに続ける。

「お棺の中の私を見た人は、もう聞こえないからって、勝手なことを言い合うんだわ。口に出さずとも、すごい皺だ、とか、小汚い婆ぁだなあ、なんて思うのよ。そんなの、悔しくて嫌」

ぎゅーっ、と彼女の指先に力が籠もった。

奏子は、死んだら悔しさも感じなくなるのに、と口を滑らせそうになった。どうして老人たちは、こうも死んだ後の心配ばかりするのだろう。

談話室に集まった六人の老人を順番に見回っていたOT専任の栃村由摩《とちむらゆま》が、近寄りながら笑った。

「でも、〈ビッキー〉の〈素肌改善プログラム〉は、いったん肌を荒れさせてバリア機能を突破するから、とっても痛いって聞いてるわよ。多美恵さん、我慢できるの？」

多美恵はせっかく丸めた〈オーロラ粘土〉をまた平たくしながら、流行のリップグロスを塗った口を軽く尖らせる。

「できるに決まってるじゃない。なのに、あの千載千穂子って先生、〈素肌改善プログラム〉はお薦めしないって言ったのよ。ほんと、年寄りをバカにしてる。若い子がこらえられる痛みなら、私にだってこらえられます」

むくれてしまった多美恵にフォローを入れるつもりで、奏子は由摩に教えた。

「プログラムコースを断ったとはいえ、千載先生は多美恵さんの熱意をちゃんと汲《く》んでくださったんですよ。〈はさみ撃ち〉っていう宣伝文句の美容コース、知ってます？　最近、雑誌にちょこちょこ載ってる、アンチエイジングの」

「見たことあるけど……あれ、〈ビッキー〉じゃなかったような気が」

「ええ。〈千蘭ビューティクリニック〉っていうところ。でも、技術提供は〈ビッキー〉なんですって。千載先生、よかったら紹介するのでそっちのコースを受けたらどうか、って」

「わあ、いいじゃない、多美恵さん。最新の施術を受けられるのよ」

大袈裟に機嫌を取って肩を抱いてきた由摩に、多美恵はあからさまな不快を示した。

「だから年寄り扱いするなって言ってるんですよ。栃村先生も千載先生も、短絡的すぎるわね」

「あらまあ、どういうことかしら」

「綺麗になりたいっていう気持ちの奥底には、自分なりのポリシーってものがあるのよ。最新の技術で綺麗になれてよかったわね、などと簡単に言うのは、まったくもって浅薄ってものでしょ。私はね、美しくなるためなら整形も厭《いと》わないっていう考えは嫌いなの」

目を丸くした由摩が、奏子に訊いてきた。

「〈はさみ撃ち〉って、エステティックじゃないの？　整形手術のことなの？」

「それが微妙なラインで……」

〈千蘭ビューティクリニック〉が謳うところによると、〈はさみ撃ち〉コースはアンチエイジング美容の中でも大きく医療に傾いた施術方式であるとのことだった。

人間の肌は過酷な環境に打ち勝つために、表皮の下にバリア機能を備えている。化粧品や経皮薬は、そのバリアを突破して有効成分を真皮《しんぴ》に届ける工夫に余念がない。

ナノテクノロジーの発達で成分分子を小さくすることができるようになり、浸透は格段に良くなった。

技術力も向上したので、成分そのものの代わりに誘導体を入れて身体自身が有効成分を作り出す機能をバックアップしてみたり、ドラッグ《D》・デリバリー《D》・システム《S》で薬品を確実にターゲット器官へ到達させたりすることもできるようになっている。

〈はさみ撃ち〉とは、皮膚の内側と外側両方から老化現象を食い止める施術だった。表皮からは化粧品を浸透させ、体内からはＤＤＳで薬剤を効かせる。主な成分は高い抗酸化機能を持つ生体適合型フラーレンで、テロメア維持、メラニン生成抑制及び紫外線防御、皺やセルライトの改善、赤ら顔緩和、ニキビ治療、毛穴引き締め、など、全方位的効能で老化に対抗できるという。

「多美恵さんがこだわってるのは、その内側からの届け方なんです。サプリメントのように薬を飲むのならいいんですけど、即効性や持続性の面で今ひとつということで、成分を直接血流に乗せるためのデリバリー・システムの基地を、身体の中に埋め込まなければならないそうなんです。マイクロ透析機や糖尿治療のユニットをすでに入れている人だったら、そこにちょこっと付属させるだけでいいんですけど……」

老女が、アイシャドウで丁寧に縁取られた目で奏子を振り仰いだ。

「私はね、親から貰った自然のままの身体でいるのが誇りなの。お蔭様でこれまで、余分なものを身体に入れるような手術はしないでこられたし、美容整形はもちろんのこと、ピアスの穴だって開けたことないわ。いくら若返れるからといっても、機械を埋め込むのは真っ平御免よ」

「多美恵さん、粘土を捏ねる力が強いのは素晴らしいけど、もうそろそろ形にしてくださいな。できれば今週中に乾燥させて、窯《かま》へ持っていきたいの」

話を転換させた由摩を一睨みしてから、多美恵は粘土を小鉢状のものへ整えだした。

「あら、今日はカップを作るのよ。そんなに薄くしちゃ把手が捻り出せないわ」

「あとでくっつければいいじゃないの」

どこかしらまだ憤然としている多美恵に、由摩は吐息をついた。

「〈オーロラ粘土〉は、焼き上がると虹色の筋がゆるゆる移動するって説明したはずなんだけどなあ。把手は後付けじゃ駄目。虹の動きがうまく回らないのよ。まずボールに丸めて、端に穴を開けて把手に、残った部分をカップの形に、という具合に、ひとつの塊から全体を成型しないと」

「じゃあいいわ。私だけ、小鉢にするから」

「小鉢やお皿だと綺麗に循環しないらしいのよ」

単純な形のほうがうまく虹を動かせるんじゃないの、と言いたげに、多美恵はようやく素直な不思議顔でOT担当者を見つめた。

「なんでも、トポロジーっていう学問が関係してるらしくってね」

由摩は半信半疑な口調で説明を試みる。

「穴の開いていない塊は、どんな形であれトポロジー的には球体と同じものとして考えるの。そして貫通した穴がないと、どうしても不動点という動かないところができてしまうみたい。浮き輪やドーナツみたいに穴が開いている形なら、虹色はどこにも留まらないで上手に流れてくれるのよ」

多美恵は首を傾げている。奏子にもよく判らない。

「あの……。浮き輪とドーナツは同じ形だけど、カップはずいぶん違うと思うんですけど」

奏子が質問すると、由摩は今度はちょっとばかり晴れやかに笑って、手近な粘土で実践してみてくれた。

「こうして、ボールの端っこに穴を開けて、すごく偏《かたよ》った形のドーナツにするじゃない？　それから、ごつい部分をコップの形に窪ませていくの。ほら、どこも千切ったり貼り付けたりしないで把手付きのカップになったでしょ。トポロジーの世界では、コーヒーカップもドーナツも、同じトーラスという形なんだって」

「立体に穴がひとつだけ開いていれば、どんなシルエットでもトーラスってこと？」

「たぶん。これを教えてくれた造形の先生は、人体も口と肛門が繋がっている円筒みたいなもんだからトーラスと呼べる、なんて変なこと言ってたわ。だから人間はいろいろなものを上手に循環させて生きていけるんだって」

奏子は、へえ、と感心した。そう言われてみれば、人の身体は消化器官という上下端が外部へと通じる管に貫かれている。身体の中に中空があると認識するのは、固定観念をひっくり返されたかのような何とも言えない心地悪さだった。これから先、ホヤやナマコを見るたびに同族意識を感じてしまい、由摩を恨むことになるかもしれない。

多美恵は、由摩の説明を聞いた瞬間から、妙な笑い方を続けている。

「じゃあ、そのトーラスとやらに、余計な穴を開けたらどうなるんでしょうねえ。例えばピアスの穴を開けるみたいに」

由摩は困った顔で返答を試みる。

「多美恵さんは、ピアスの穴を開けると健康に悪い、みたいな答えが聞きたいんでしょうけど……。そういうのは、同じ形ではない、つまり〈同相ではない〉けれど、性質は同じらしいわ。コーヒーカップの両側に把手を付けても不動点は発生せず、トーラスと同じように虹色は巡るって。〈二つ穴のトーラス〉とか〈三つ穴のトーラス〉という言い方をするみたいよ」

「あらまあ。性質は同じでも形が違う、呼び方も違う。じゃあやっぱりピアスなんぞする人は、異形の人間もどきに成り果てる、ってわけですねえ」

勝ち誇って言う多美恵に、奏子はやれやれと吐息をついた。性質は同じだって言ってるのに、都合のいいところだけ取り出して納得する才能には恐れ入る。

「その伝でいけば、豊胸手術なんぞは以《もっ》ての外《ほか》よね。胸の中に異物を入れるっていうのは、混ぜ物をしてるみたいなものだから」

「そうなるかもねえ」

由摩はもう邪魔臭そうだ。

「ボール状のものを作るとしても、中の詰まった球体と、がらんどうの球面では、別次元の話になるでしょうし。球体は押しつぶすと平面になるけれど、球面は中に空間があるから、どこか一箇所を切り裂かないと平面には展開できない」

多美恵は〈オーロラ粘土〉を見つめたまま、くふくふ笑った。

「胸にシリコンや食塩水パックを入れた人っていうのは、形の学問からすると、がらんどうの膜になってしまうってわけよね。だから〈千蘭〉の〈はさみ撃ち〉は嫌だっていうのよ。ああ、おかしい。外見《そとみ》を気にする人は中身が空っぽ――すごくぴったりくるじゃないのねえ」

奏子は、八十を越えた多美恵の必死さがだんだん可哀想になってきた。

もう少し思考能力が衰えれば、この人はもっと楽になるのかもしれないのに。うちのお婆ちゃんが、歌を歌いはじめたように。

多美恵の縁者は、生真面目そうな中年男性だった。

映話画面の向こうから柴田《しばた》康輔《こうすけ》と名乗ったスーツ姿の男は、誠実に顎を引いて視線を落とす。

「そうでしたか。こちらにはまったく連絡をくれないんですよ。相変わらず、面会には来るな、ですし。こうして介護士さんに様子を伺わないことには、何も判りません」

「お知らせが遅くなってしまって申し訳ありませんでした。多美恵さんは、〈ビッキー〉の美容師さんとのやりとりなら身内に逐一伝えてある、とおっしゃっていたもので」

つられて俯きそうになった奏子に、康輔は慌てて手を振ってみせる。

「あ、いや。何も問題はないんですよ。たとえその美容コースが高額だったとしても、金銭管理はこちらがやっているので、支払い限度を超えるような契約は勝手にできないですから」

康輔はそう言ってから、ふっと笑い、続けた。

「受けさせてあげたかったですね、〈素肌改善プログラム〉ってやつのほうを。あの人ならきっと、どんな痛みも我慢できるだろうに」

〈野の花ホーム〉の映話コーナーは、目が痛いくらいに明るくしてある。老人たちが少しでも元気に見えるように。そして、話しているうちに泣いてしまうのを防ぐために。

その代わり、康輔や奏子のように現役でばりばり働いている者同士が利用すると、勢いのある声が妙に白々しく聞こえてしまうように思う。奏子は、康輔の真意を量りかね、おずおずと口を開いた。

「当ホームとしては、美容師さんと同じ考えです。まだ〈はさみ撃ち〉のほうがご負担が軽いので、お受けになるとすればこちらをお薦めします。ご本人は、そちらは嫌だとおっしゃっていますが。いくら綺麗な肌になれると言っても、高齢者に痛さを味わわせる方法はよくないと思うんです」

「ごもっともです」

と、康輔は、人付き合い慣れした肯定と笑みをまず返してから、

「でも、介護士さんもご存じの通り、あの人はとても自我のしっかりした女性だから……。彼女が痛みをおしてでも綺麗になりたいと言うのなら、きっと今こそがその時機なんでしょう」

「時機？」

「タイミングですよ。美しくなるにもタイミングが大事なんです。あの人は、そのことをとてもよく知っているはずです」

だって、綺麗な顔で死にたいじゃないの。

奏子の脳裏に、ＯＴの時に聞いた多美恵の声が響く。

彼女は自分の死期を悟っているとでも？

奏子の不安を知らず、康輔はにっこりして言った。

「前向きな気持ちこそ、本当の若さの表われ。好きなようにさせてあげてください。仮に身体へ異物を入れるのを承知するのなら、〈はさみ撃ち〉のコースでも何でも、僕のほうで援助しますよ」


それから一ヵ月ほど経った、ある晴れた午後。

藤崎多美恵は大腿骨を複雑骨折した。美容のためにと勝手に踏み台昇降をする習慣があり、自室でステップ台の上から派手に転げ落ちたのだ。

すぐに近隣の病院へ担ぎ込まれたが、彼女は手術を頑《かたく》なに拒否した。

「人工骨だなんて、人間でなくなってしまうじゃありませんか！」

痛みで涙目になりながらも、多美恵は気丈に言い放つ。

我慢強い担当医は、「あなたのケースではセラミック製の人工骨を使うのが一番恢復が早いんですがね」と何度もなだめたが、結局、彼女の悲痛なほどの要望を容《い》れて、せめて折れた骨を鎹《かすがい》で固定させてくれ、と譲歩を示した。

それでも、彼女はけっして首を縦には振らなかった。

奏子たちは、高齢者にとって自分の足で歩けるということがどれほど大切かを必死になって説いた。車椅子や寝たきりになると、得られる身体情報が少なくなるし血行も悪くなるから、あっと言う間にボケますよ、と脅した。

「もしボケたとしても、身体に異物を入れるのだけは絶対に反対してみせるわ!」

髪を振り乱した多美恵は叫んだ。

外科部長が訪室し、精神科医が助っ人に呼ばれ、法務担当者を引き連れて病院長までやってきた。それでも多美恵は明確に自分の意向を主張した。

医師たちは取り敢えず痛み止めという名目の口封じ麻酔を施し、奏子たち〈野の花ホーム〉の介護士に、

「こちらへ向かっているお身内とやらは、成年後見人の手続きをしているでしょうか」

と、気弱に訊ねた。


夕食の配膳が始まると、病院の中が騒々しくなった。

多美恵の入った個室にも廊下のざわめきが薄く流れてくるのだが、本人は几帳面に口を閉じて深く寝入ったままだった。

ひとり残って付き添っている奏子は、落ち着かなかった。

康輔がまだ来ないのだ。

急を知らせた映話では、すぐにでも飛んできそうな驚き顔をしていたのに。

やはり、肉親でないから——。

そう考えて、奏子は力無く吐息をついた。

ホームの記録によると、康輔と多美恵には血縁がなかった。康輔の亡父が多美恵と仕事上の知り合い、というだけの関係でしかない。彼に金銭管理を任せるくらいだから頼りにしているとは思うのだが、果たして康輔のほうはどうだろう。いったん疑いを持つと、好きにさせてやってくれ、という映話の時の言葉が、多美恵の意思を尊重しているのではなく投げやりの表われだったようにも感じる。

奏子は、化粧をしたままの多美恵の顔を覗き込んで、またひとつ吐息をつく。

いくら綺麗に若作りしていても、お婆ちゃんの顔だよねえ。あの人も、頑固婆さんの説得より、若いタレントさんの差配してるほうがいいに決まってるよねえ。

康輔は芸能プロダクションに勤務しているようだ。芸能界関係者はなんとなく胡散臭《うさんくさ》いものだという先入観と、スーツ姿の康輔が垣間見せた誠実さが、奏子の心の中の天秤で上がったり下がったりする。

多美恵は康輔に騙されているのではないだろうか。多美恵の気がしっかりしているせいか成年後見人手続きがなされていないのがまだしもの救いだが、彼女の財産管理こそが彼の目当てではないだろうか。知人の息子という立場と、一見真面目そうなあの風体で、気丈な多美恵を上手に化かしているのではないだろうか。

芸能界にもまともな人はいるのだろう。けれど、事故から四時間経ってもまだ現われないのが彼の本性だ、とも思う。

もうちょっとしたら、もう一度映話をかけて急《せ》かしてみよう。

奏子はそう思い、気を落ち着かせるために深く息を吸った。

と、その時。

軽いノックの音がし、奏子の返事を待たずにドアが開いた。

「遅くなってすみません」

映話から想像していたよりも大柄な康輔が、丁寧に頭を下げながら入室してきた。

奏子は知らず知らず疑惑の面差しをしてしまっていたのか、彼は、

「この人を説き伏せる準備を、いろいろとしていたものですから」

と、問われもしないのに言い訳を口にした。

「このたびは本当にお世話をおかけしてしまって」

改めての、深々としたお辞儀。

「いえ」

と、目礼した奏子が視線を戻すと、康輔はもうベッドの脇に歩き出していた。

「ああ、やっと面会できた。相変わらずお綺麗だ」

康輔は目尻に皺を寄せて頬笑んでいる。まるで初孫を愛《め》でる時のような顔だ。彼は優しい手付きで多美恵の乱れ髪を撫で、

「いい話を持ってきましたよ。だから手術を受けて下さいね」

と、眠る老女に呼びかけた。

「いい話？」

怪しい語感に、奏子は思わず目を眇《すが》めてしまう。

康輔は意に介さず、「はい」と晴れやかに頷いてみせた。

「今、お医者様に、この人と話ができるように麻酔の緩和処置を頼んできました。この人は、きっと僕の提案を喜んでくれると思いますよ」

「どんなお話なんでしょう」

訊くと、康輔はすまなそうな表情に切り替わる。

「この人のプライドに関することですので……。申し訳ないけれど、この人が目覚めたら、お医者様にも介護士さんにもしばらく席を外してもらうことになります」

「でも、多美恵さんの身を預かるホームとしては、そのお話とやらを聞いておかないといけません」

「ごもっともです」

戻ってきたのは、人当たりのいい笑み。

「うまくいった暁には、〈野の花〉の方々にもご説明しますから——おや」

言葉半ばで、彼は多美恵に目を移し、彼女の口元に耳を近付けた。

「歌ってますよ」

「えっ？」

多美恵が歌うところなど見たことがなかった。驚いて奏子もベッドを覗き込む。

「本当だわ」

記憶の中で、奏子の祖母が甦る。

「この歌、聞いたことがあります。うちのお婆ちゃんも歌ってた。若い時に流行《はや》ったんだ、って」

ハニー、ハニー、オネスト・ハニー、と、奏子も懐かしく呟く。

それを聞いた康輔の笑顔は、複雑な色を湛えていた。

「光栄ですね。藤咲《ふじさき》エミの歌を覚えていてくれるなんて」

一瞬、これを昔に歌っていたのは康輔のいるプロダクションの歌手だったのだな、と納得しかかった。けれど、彼の視線を辿って多美恵に目を落としたら、弾けるように判ってしまった。

「藤咲……藤崎……。タミエとエミ……。まさか、嘘でしょ？」

彼が返事をくれないうちに、麻酔医が装置を携《たずさ》えて入室してきた。


五十年前の藤咲エミを画像で見ると、奇跡的なほどの素肌美人だった。色が白くてくすみひとつなく、黒々としたストレートヘアに可愛い顔立ち、豊かなバストと細いウエスト、すらりと伸びた手足。

三十歳を過ぎてからデビューした遅咲きの女性シンガーは、歌唱力と美貌をも凌駕《りょうが》する話題性を持っていた。それは、彼女の健康的な容姿が、美容整形の手を借りない彼女本来の美しさである、という点だった。

マスコミはこぞってエミの生活習慣を取り上げた。好みの食べ物、常用しているサプリメント、エクササイズの種類とスケジュール、化粧品とアロマの選び方、バスタイムのお供、安眠グッズ。

果ては性格分析、ストレス値の二十四時間グラフ、遺伝的考察、などなど。

絶大なる賞讃と膨大なる嫉妬を浴びながら、エミはナチュラルな自分を誇り続けた。

全盛期の彼女は、次のような談話を残している。

「エステには行きます。一種のリラクゼーションだから。でも整形手術は絶対にしません。病気でもないのに自分の一部を取り除いたり、シリコンや金属を入れたりって、自然の法則に反する行為だと思うんです。自分の身体には、ピアスの穴も許せないですね。レーザーでシミを取る、何かの光で毛穴を引き締める、高周波でたるみをリフトアップする、そこらへんがボーダーラインかな。そういうのは、刺激を与えることによって自然治癒力を活性化するって印象があるので。今はまだ、ちょっと勘弁、って思うけど、歳を取ってきたら力を借りることがあるかもしれませんね」

しかし当時ですら、美容整形が安全と簡便さを高めて〈プチ整形〉などと呼び習わされて久しかった。それに、映像技術によって多少の肌荒れや打ち痣《あざ》もリアルタイムで補正できる。もはや、人工であろうとなかろうと美しいものが勝つのであって、エミは少しばかりユニークな考え方を持つタレントとしてしか扱われなかった。

年齢のわりには綺麗だと褒《ほ》められても、最新の美容整形を施された十代のアイドル歌手と並ぶと、所詮は見劣りする。いつまでも変わらないと讃美されても、所詮は寄る年波に抗《あらが》えない。凋落の中でもエミはナチュラル・ビューティを標榜し続けた。

ただ一度、白髪染めに付き合うマネージャの前で、

「今だったら、高周波ぐらい受けてもいいかなあ、って思うんだけどね。タイミングを逃しちゃった」

と呟いたという。その口調は、もうどんなにポリシーを転換しても世間の目は自分に向けられない、と判っているかのようだった。

彼女の貴重な後悔の言葉を耳にしたのが、康輔の父だった。

「父は、藤咲エミのマネージャとしてではなくひとりのファンとして、彼女の美に対する姿勢を心の底から尊敬していました。だからこそ、その時はかなりの衝撃を受けたのだそうです。彼女なら、老い衰《さらば》えるにしても自然に任せて美しく、との考えを持っていると信じていたのに、と。その頃からエミはだんだん口が悪くなったようで、まるで整形美女たちをせせら嗤《わら》うことでのみ自我を保っているかに見えたのも、痛々しかったそうです」

父親の影響で、康輔自身も小さい頃からエミの信奉者だった。彼女はプロダクションにはすでに籍を置くだけになっていたが、康輔は父の跡を継いで彼女の担当をさせてもらった。身内を早くに亡くしていたエミが、老人ホームへの入所に手間取っている、と相談しに来た時には、喜び勇んで保証人を買って出た。

ハニー、ハニー、オネスト・ハニー。

軽やかな歌声が響くのは、骨折から二ヵ月後の、人でいっぱいの談話室。その片隅で奏子は康輔に感謝を伝えた。

「長年、多美恵……いえ、エミさんを見守ってきたあなただからこそ、彼女をここまで元気にできたんですね。本当にありがとうございました」

康輔は晴れやかな笑顔で二度ほど頷いたものの、もっともっと晴れ晴れとした壇上のエミから目を離さない。

エミは栗色の髪に映える黒いシックなワンピースを身に纏《まと》い、優しい頬笑みを浮かべていた。顔はもちろん、手指や脹《ふく》ら脛《はぎ》も、かつて以上の健康な張りと艶で輝いている。持ち前の美貌は明るい表情でさらに魅力的に見え、三十代にしか思えなかった。

彼女の後ろには〈千蘭ビューティクリニック〉のロゴが大きく映し出されている。「お肌の悩み、はさみ撃ち！」という例のキャッチコピーも、社名に負けず劣らずの派手さだった。壇の上手《かみて》には、多少遠慮がちなサイズで、「野の花ホームなら、入所したまま、はさみ撃ち！」との宣伝文句が光を放っている。

「エミさん、すごく素敵。嬉しそう」

「あの人は、ようやくタイミングを捉えたというわけですよ」

康輔は満足を隠しきれない口調だった。

人工骨を頑なに拒否していた老女を陥落させたのは、まさしく今日の晴れ舞台という条件。康輔は「あなたが藤咲エミのポリシー通りに自然な老いを迎えたいのなら、人間性を損なう危険のある寝たきり状態は避けるべきだ」と、まず切り出したらしい。

曰く、自分が自分らしくあり続けたいなら、健康のため、人工骨という異物を受け入れなければならないのではないか。肉体の衰えが精神の衰えを呼び、ピアスの穴も開けていないのに肝心の脳がスカスカになってしまっているなんて、笑い話にもならない。

多美恵はかなりむっとした表情をしていたらしい。OTの時に交わした、〈一つ穴のトーラス〉こそが人間のあるべき姿だという主張を持ち出し、それとこれとは文字通り次元が違う、と反駁《はんばく》したようだ。トポロジーの考えでは、自分でないものを身体に収めると、脳はおろか全身ががらんどうになるのも同然だ、と。

康輔は構わず追い打ちをかけた。

曰く、そもそも人間の身体は異物だらけだとも言える。誰だってウイルス性疾患に罹《かか》るのだから。ウイルスは細胞のひとつひとつにまで侵入していく。あなたの言い方に倣《なら》うと、人間は誰しもスポンジと同じ穴だらけの存在だということになる。

「あなたは、異物を入れるのは次元が違う、と言いましたね。僕もそう思います。大昔、人間は身体の悪いところを切り取るしか能がありませんでした。輸血や移植など身体に入れるほうの治療は技術が進むのを待たねばならず、まさしく次元が——進化のステージが違っていたんです。あなたの頑なさはまるで原始時代礼讃だ。悪い部分があるのなら、〈現状の技術を自然体で〉受け入れるのが、本当のナチュラル・ビューティではないですか。自分らしく生きるための最善の方法を享受しないのは、自然の法則に反する行為だとは思いませんか」

そして康輔は、方針転換のタイミングは今しかない、と力説した。

「〈ビッキー〉の〈素肌改善プログラム〉に興味を持たれたということは、どんなにありのままを唱えても、本心ではご自分の衰えを苦々しく思っているのでしょう？　だったらこの際、人工骨を入れるついでに〈千蘭〉のコースを体験するのも一案だと思います。実は、僕、ここへ来る前に仕事を取ってきました。〈千蘭ビューティクリニック〉のイメージキャラクターを務める仕事です。これまで美容整形をしなかったあなたなら、このコースだけでいかに老化から脱出できるかを証明できるんです。エミさん、これからの人生で一番若いのは、今この時です。一秒後には一秒歳を取っているんです。先で後悔しないように、今すぐ、もう一度賞讃と嫉妬を浴びるチャンスを捉えましょう」

敏腕マネージャの口上に、彼女がどれほど納得したのかは判らない。けれど少なくとも彼女は、自分自身の力への信頼と若き日のたゆまぬ努力を思い出したのだろう。ナチュラル・ビューティであり続けた執念をステージアップの原動力として花開かせるチャンスは、今しかない、と。

そうして今、藤崎多美恵は藤咲エミとなって甦り、華やかな笑みを振り撒いている。

「ホームの他のお婆さんたちも大騒ぎです。柴田さんが〈野の花〉と〈千蘭〉の提携企画まで持ち込んだものだから、気の早い入所者さんたちはもう施術費の算段をしてます」

「それは申し訳ない。お年寄りから搾り取るつもりはまったくなくて、僕はただ、あの人がお世話になっているホームの新規募集に役立つかな、と」

「あ、いえ」

奏子は慌てて手を振ってみせた。

「そんな気の張りも、お年寄りには大事なんです。活き活きしてるものだから、まだコースを受けてないのに軽く十歳は若返って見えますすよ」

「それはよかった」

答えながらも、康輔はやはりエミから目を離さない。

熱心なファンの顔は、少年のように若々しく見えた。

○
○
○

赤ん坊はまだ声を上げない。

——泣け、泣け！

〈炭埋み〉は、半地下に掘り下げた土間を石棒で一心不乱に叩く。

——こっちへ来て！　もっと火に近く！　大地と火の力を！

鬼気迫る形相の〈炭埋み〉に命じられ、父親はぐったりとした赤ん坊を炉へ近付けた。

老いた〈祈る女〉の代わりに〈炭埋み〉が働くようになってから、命の助かる者が増えた。彼女には、兆しを読みとる力が〈祈る女〉以上に備わっているようだった。風や香り、暑さ寒さの気配、水の過不足、作物の出来。〈炭埋み〉はそのことごとくを敏感に察知し、人々に伝えることができる。

だから弟も助けてくれるに違いない。

家の長男である〈多き栗〉は、同い年の少女を縋《すが》る目で見つめていた。

母親は〈炭埋み〉を呼んでくる前に、すでに息をしなくなってしまっていた。その上に弟まで死んでしまったら、きっと自分は狂い果てる。

炉の炎がちらちらと赤子の頬を舐めても、父親のごつい腕の中で赤子はぴくりとも動かない。泣くのを堪える父親が、喉から獣のような唸りを漏らしている。

——泣け！　泣け！

まじないの石棒が間断なく土を叩き、〈炭埋み〉の細い顎から滴る汗が地面に染みを描く。

——もうよい、〈炭埋み〉。

父親の声は、悲しみのあまり、怒ったような響きになった。

――逆さに振っても叩いても、この子は水を吐き出さない。

――駄目よ！

凄絶な顔で少女が励ます。

――身体にぬくみがあるうちは、諦めちゃいけない！

そう言うが早いか、〈炭埋み〉は石棒をかなぐり捨て、炉の中に手を突っ込んだ。

――何を……。

驚く父親から赤ん坊を奪い、彼女は消し炭を小さな口へねじ込む。

すると。

異物を入れられた赤ん坊は、手放しかけていたなけなしの本能で嘔吐し、一気に炭ごと羊水を吐き出した。

〈多き栗〉も父親も、信じられないという顔で身を固くしてしまっている。

やがて、空気が漏れるような弱々しい泣き声が上がった。

感極まって大泣きを始めた父親に、〈炭埋み〉はにこりともしないまま子供を返した。

――大地と火のお恵みを。

そう呟いて、彼女は赤ん坊の両頬に炭をなすりつけた。

哀悼だか感謝だか判然としない叫びを聞きつけ、邑の人たちが及び腰で小屋の中へ入ってくる。母親が亡くなっているのでみな複雑な表情だが、ひとまず安堵の雰囲気が満ちた。

入り口の人垣を掻き分けて出て行く〈炭埋み〉を、〈多き栗〉が追いかける。

――お礼なら、要らないわ。

早足を遣う彼女は、前を向いたまま固い声で言った。

——あの子、可哀想だけれどみなと同じようには育たない。手足が不自由だろうし、おそらく、智恵も……。私には、動き方で判ってしまった。息をしてない時間が長すぎたのね。

〈多き栗〉は、目の前が真っ暗になって立ち竦《すく》んでしまった。母親もいないというのに、なんてことだ。

彼を置いて立ち去りかけた〈炭埋み〉は、突然くるりと振り返り、

——ごめん。

と言った。

——〈多き栗〉たちが気が付くまで黙っていようかとも思ったけど、判ってしまったものを隠すのは好きじゃないの。

これは優しい言葉掛けなのだろうか。それとも痛烈な宣言なのだろうか。

〈多き栗〉はそのどちらとも解せないまま、ただ蹲《うずくま》って声高に泣いてしまう。

——お前はどうして判るんだあ。その頬の印のせいかあ。

わあわあ泣きながら、〈多き栗〉は訊ねる。

涙のせいでゆらゆらと見える〈炭埋み〉は、手で自分の右頬を触った。

——でしょうね。

——だったら、俺の弟もお前のように色々と判る人にならないか。同じように死にかけて生まれたのだし、お前はあの子にも炭を付けてくれただろう。

——そうなればよいと願って、炭を塗ったの。

少女は、つらそうな吐息を交えてから続ける。

——でも、あの子の炭は洗えば落ちてしまう。私のように肉に食い込んで留まっているのではないわ。この炭は一時も離れず、私の肉の中から「ここにいる」と伝えてくる。だから少しも気が休まらない。子を孕《はら》んだ者の心持ちに似ているのかもしれないわね。私の中の私でないものは、私から落ち着きを奪い、心をつんつんに尖らせてしまう。心の昂ぶりは、他の人が見逃してしまうような変化の兆しを捉えてしまう。

そして〈炭埋み〉は、傲然と顔を上げて天を仰いだ。

——自分でないものを身体の中に持っている、邑のみんなとは違う私。お前は違うのだと追い出されても仕方がないのに、それどころかみんなは私を便利に思ってくれているわ。それならば私は、この力を邑のために臆さず使わなければならない。いいことばかりを口にするのではなく、時にはつらい真実も告げなければならない。

〈多き栗〉は見た。こちらを向いた〈炭埋み〉の顔が歪んでいるのを。それはごうごう流れる自分の涙のせいなのか、彼女が表情を崩しているのか。

——ごめんね。

〈炭埋み〉はもう一度そう言うと、〈多き栗〉を置き去りにして駆けていった。

シズル・ザ・リッパー

ワタシを誤解していませんか?

——コスメディック・ビッキー　イメージ広告

東京湾のメガフロート施設、通称〈プリン〉。その四階にある巨大コスメ・ブティック〈サロン・ド・ノーベル〉は、その日、さすがに人が多かった。

多山静瑠《たやましずる》には、美しくディスプレイされている夥《おびただ》しい化粧品が、着飾った女性たちの背中に隠されて少しも見えない。BGMとしてかかっているポピュラーアレンジの「ノクターン五番」は、彼女たちのじゃわじゃわした話し声でほとんど聞こえない。

ときおり、女性たちは頭上を見上げてわあっと声を上げる。

ゆるく弧を描いたサロンの天井付近に青い光が滲み出し、人気モデル山田リルの立体映像がうたかたの海の中を軽やかに泳ぎ抜けていくのだ。

一見すると、リルは素っ裸に思える。が、人工皮膚のようなもので全身を覆っているようで、本来ビキニで隠すべき部位はただのっぺりしていた。

その柔らかそうな胸元《デコルテ》には、ひときわ目を魅《ひ》く大きなピンクのハートマークが描かれている。あとはセミロングの黒髪だけがボディの彩り。彼女が均整の取れた肢体をしならせるたびに、胸のハートマークはかすかによじれ、髪は海草のようにたゆたう。

濃いめの化粧をした麗顔は、眼下の顧客たちを一瞥《いちべつ》もしない。それは、雑誌の半立体広告でも映像メディアを使った宣伝でも同じだった。もともと笑顔で媚《こ》びるタイプのモデルではないのだが、切れ長の瞳の吸引力をまったく用いないとなると、もったいないというよりは宣伝としてどうなのだろうと人を不安にさせるほどだった。

広さを感じさせる海の中を、ただ前方を見据えたまま楽しげに泳ぐリル。

彼女の映像は、バームクーヘンを切った形のサロンを悠々と滑りゆき、併設された喫茶店の手前でイルカの動きの後方宙返りをしてから、胸のハートマークを閃かせてすうっと消えた。

天井の青みも溶けていく。視線を化粧品や友人に戻した客たちは、またざわめきをはじめた。

静瑠にとって、人の気配は確かな質量を持っているかのように感じられる。それは全身を包み込む、人肌の温度の、僅かに煙《けぶ》った、重い何か。気体とも液体ともつかない中で自分が呼吸できているのが不思議なくらい。

圧《お》され続けていると、だんだん眠くなってくる。静瑠は皮膚という頼りない膜の内側から、外界をぼんやりと眺めている体《てい》だ。揺れる人々と渦巻く音の中で、自分がみるみる縮んでいく気がする。

この状態は、人混みに酔っている、とか、ちょっと意識が乖離している、とかと呼び習わされているらしい。人格障害のカテゴリで言う離人感もこんなふうなのかもしれない。

なんにせよ、周囲の華やぎに潰されて消滅してしまいそうなこの感覚を、静瑠はさほど嫌っていなかった。できることなら、この場で丸まって永遠に眠ってしまいたい気分。

　ああ、でも今は駄目。約束があるもの。

　静瑠は眠気を惜しみながら、切れ込みの入ったブラウスの左袖を捲《まく》り上げ、右手の爪で腕を強く引っ掻いた。縦横無尽に走る条痕に鋭い爪先が食い込み、新しい赤い線が五本生まれる。その痛みで、静瑠の身体は少し軽くなる。

　右側の誰かが、血に気付いたのか、小さくキャッと声を漏らして身を引いた。

　静瑠は、不格好なフリンジのように切り裂いたブラウスの袖を元に戻す。彼女は無表情のまま心の中で苦笑していた。

　驚かせたんなら、一応謝っておくわ。一人前にお化粧をして、いっぱしのコスメオタクみたいな顔でここにいるけど、このぼろぼろのブラウスやスカート、ほっぺたの引っ掻き傷なんかを見れば私の本性は判るでしょ。私、切り裂き魔《リッパー》なんだよ。で、今はね、自分に活を入れないといけないんだ。今日は特別だから。私なんかでも楽しい気持ちになれるかもしれない日だから。

　静瑠は横を見ないまま、聞こえない呼びかけを続ける。

　あなたも時間になったら行くんでしょ、山田リルのイベント。だったら、祈っててね。美容の最果てにしがみついたまま動けないでいる私たち自傷者《セルフ・インジュラー》が、ささやかなテロを成し遂げられるように。

　太古の昔から、人々はみずからの皮膚を傷付けてきた。身分証明や呪術のために。それらは民俗学で「身体変工」と称され、頭蓋や唇、首や足先を変形させる風習すら存在した。

健康な身体の大切さを知った後も、女性たちはコルセットで胴体を締め付けた。たとえ肋骨が変形しようとも、それはまだまだ「しなければならないこと」に近かった。ウエストの細い女性を、男性中心社会が持て囃《はや》していたからだ。日本における既婚女性のお歯黒や眉剃りは、女性が男性の所属物である証《あかし》だった。

時代が下り、自分の身体は社会や親や亭主のものではなく自分自身が所有しているという考えが定着すると、身体の異形化はやっと自主性を獲得した。ピアスしかり、タトゥーしかり、貴金属やプラスチックを歯に埋め込む装飾的インプラントしかり、整形による変身しかり。当初、それらは他人から奇異の目で見られたが、体制より個性が重視されゆく風潮の中で、しだいに市民権を獲得していった。

けれど、当事者がどれだけ声高に「私はこれでいい」と主張しても、眉根を寄せられてしまう種類もある。グロテスク系装飾だ。故意の火傷、皮膚の傷害、わざと化膿させて作った瘢痕《はんこん》などで身体を飾るスカリフィケーション。これらは取り敢えず美容の極北に位置付けられているとはいえ自傷行為と区別しにくく、他の人に不快感を与えるというのだ。

区別なんかあるわけない、と静瑠は常々思っている。ファッションに見えようが自傷癖と見えようが、本人が好きでしているのだから他人にとやかく言われる筋合いはない。

例えばピアスの快不快はどこで選別するというのだろう。耳ピアス、眉ピアス、唇のピアス、舌ピアス、スプリット・タン。それらを目にする人は、お洒落《しゃれ》と嫌忌《けんき》の境目がどこにあると定義するのか。

ワンポイントのタトゥーはファッションで、全身を豪奢に彩る彫り物は俠客の象徴。では、関わり合いたくなくなる目安は、彫り物の割合が身体の何パーセント以上になった時？

エステティック・サロンへみずから足を運んでおいて、「スクラブで皮膚を削るゴマージュは大歓迎だけど薬品で皮膚を削るケミカル・ピーリングは断るわ」と、きっぱり線引きを言い放てる人はどれくらいいるのか。

皺を伸ばすのにボツリヌス菌から作ったボトックス注射すら厭《いと》わない人は、「ちょっとだけ皮膚を切りつめればさらにリフトアップできますよ」との美容外科医の甘言に抗《あらが》えるのか。

「私のはただのプチ整形だから」と一見胸を張っているかに見える人は、絶対に、原形を留めなくなるほどの美容整形中毒《ジャンキー》へ転落したりはしないのか。

拭ってしまえる化粧とは異なり、生まれ持った肌を加工するには勇気が必要となる。しかし、一度でもその美容法を選び取ったが最後、道は自分を異形化する自傷者の邑《ムラ》へと続くゆるやかなスロープを形成していて、区別は意味をなさなくなるのだ。

近年、邑境はますます境界線が淡くなってきた。唇を蒼く塗ったビジュアルバンドやゴシックロリータ系愛好者が台頭した時代を発端として、「死のイメージ」がファッションに取り入れられ始めたからだ。美少女キャラクターの魅力のひとつにグロテスク趣味が付け加えられ、包帯や眼帯はもはや服飾品であり、精神を病んでいる振りをするのはかわい子ぶることとほとんど同義となっている。

気持ちのやり場がなくなると猛烈な破壊衝動に襲われる人たちについても、二年ほど前からは一部の自傷者が〈リッパー〉と呼ばれはじめ、風俗扱いされだした。

リッパーは、これ見よがしのリストカッターや狂言自殺者《シェムスーサイダー》たちが抱える複雑な心理のうち「自分を確かめようとする」部分がとりわけ表出している変種、と世間では言われているようだ。

彼ら彼女らは、過激な憂さ晴らしとして、ぬいぐるみやカーテン、服や家具、果ては自分の肉に切りつける。物を切れば、取り返しのつかない破壊をしているのは紛れもない自分だ、と、自我がしゃっきりする。肌を切れば、鮮明な痛みの刺激はもちろんのこと、それによって脳内麻薬物質を出してくる自分の生命力にけなげさを見いだせ、気が落ち着く。

気晴らしの破壊行動のたびに物や服を買い換えるわけにはいかないから、すぐに彼らの身の回りは荒涼とした光景となる。その、まともな物がひとつもない部屋と、ずたずたの服装、傷だらけの身体が、コーディネートされた新奇なライフスタイルだと認められはじめたのだ。

よって静瑠自身も、世間が自分を正真正銘の自傷癖患者と見なしているか、最先端のファッショニスタだと憧れられているのか、判然としないのだった。確かなのは、自分は切らずにはいられない人間だ、ということ。

スカリフィケーションのカッティング技法で刻まれた十字架模様と、リストカッターが泣きながらつけたバツ印との差異は、所詮他人には判らない。ぼろぼろに切られた服はお洒落番長を目指す者がわくわく切ったものなのか、リッパーが抑制の利かない衝動で鋏を入れたものなのか、本人にしか判らない。

確然としているのは、皮膚という儚《はかな》い被膜の中に棲む自分の精神だけなのだ。奇異も異端も、膜の〈外〉から勝手に圧し貼られた分類タグ。自分に正直でいる限り、他の人なんかどうでもいい。

こうしてしっかりと自我を確立したつもりの静瑠は、けれども常に怪訝《けげん》に思ってしまう。

なぜ自分は、どうでもいいはずの〈外〉からの圧力を感じ取ってしまうのだろうか、と。たったひとつの明確な境界である自分の皮膚を、他者の領域はなぜ粘りを感じるほどに重く圧してくるのか。

見えない力は静瑠の身を縛る。そしてだんだん頭がぼうっとしてきて、音があわあわと遠くなり、ひどく眠たくなってくる。まるで、数は正義だと叫ぶ人々が、邑奥の異端者を死の影の濃い消滅の淵へと落とし込もうとするかのように。

そんな時こそ、負けるもんか、と静瑠は手当たり次第に切り刻む。そして自我を取り戻す。しかし悲しいかな、露命を繋ぐ正当な行為がまたもや異端視され、視線の気配は皮膚を圧し続ける。そしてまた自分は刃物に縋《すが》り……。この循環力で自分は辛うじて生きているのだ、と静瑠は察している。

山田リルが出演する〈プリン〉のイベント券をくれたのは、スカリフィケーションを施したキョウタだった。

美容と医療の融合を謳う〈コスメディック・ビッキー〉関係の広告でしか姿を現さないリルは、人間離れした美しさゆえに実在ではなくCGか何かではないかと噂されるほどだった。その彼女が生身を人目に曝《さら》すとあって、イベントはかなりの話題になっている。

若者たちの多くが、海中を泳ぐ例のイメージ広告に添えられた「ワタシを誤解していませんか？」とのコピーは今回のイベントにかこつけたリルのメッセージのように受け止めていたし、催しの正式名称である「メガフロート施設第三期工事竣工記念フェスティバル」を差し置いて、「リルのイベント」という単語があちこちで途方もない回数発せられていた。

両腕の手首から肩までを見事なケロイドの螺旋で飾ったキョウタは、見掛けとは裏腹に大手建設会社社長の次男坊というご身分らしい。〈プリン〉はイベントの正式名称が示すようにテナント部分以外の工事がまだ継続しているため、関係者であるキョウタの親は、通常の手段で申し込めば百五十倍の競争率だったチケットを優先的に手に入れられたのだそうだ。

「プラチナチケットが四枚もあるってのに、親父も兄貴も化粧品なんぞに興味ないもんで、女子社員の争奪戦でも見物するか、なんて言いやがった。んで、うちのブスどものキャット・ファイト観戦より、幻の美人モデルを眺めるほうがよっぽど有意義だろうが、って怒鳴り倒して引ったくってきた」

テロ決行日の一週間前、キョウタは、グループ通信用の小さな立体画像でもそれと判るほどにニヤニヤしていた。それぞれの携帯端末には、彼から送られたチケット・データが到着している。

「自分だけで行って、余りはダフ屋にでも売っ払おうかと思ったけど、せっかくリル様にお目にかかるんだったらもっとオモシロイようにしてやれるじゃん、って閃いたんだ」

肌という眠気の詰まった被膜の中の静瑠は、別にどうでもいいけど、と朧《おぼろ》に思っていた。

みんな、なんでそんなに一生懸命になれるのかなあ。どんなに綺麗でも、どんなに神秘的でも、リルは所詮〈外〉の人。いてもいなくても自分には関係ない。ぼんやりとした圧力をかけてくる影のひとつというだけ。確かさを感じられないものの正体探しに相乗りできる気力はない。

けれども、キョウタの右隣りに映ったマキは、真紅に染めたザンギリ髪を揺らして、キャアキャア喜んでいた。派手に切れ目を入れたセーターを着ている彼女は、リッパーを自称しているくせに喋り方が明るすぎて、自己確認のための破壊行為をするイメージがしっくりこない。腕に走る自傷の痕も服の切り方もどこか計算が働いているように思えるし、ことさらに見せびらかしている気配がある。彼女はリッパー・モードという新種のファッションを楽しんでいるだけに見えるのだ。

まあ、それも静瑠にとってはどうでもいい区別だ。かつて〈サロン・ド・ノーベル〉の一角でマキと出会ったのはなんとなくの運命というやつだろうし、彼女が、「リッパーって、皮膚を裂いて中身を出すことで、やっと他の人と触れ合ってる実感が得られるんだよね」などという噴飯ものの定番解釈で話しかけてきてあまりにも脱力したがため、ずるずると仲間扱いされるようになってしまっただけだ。やかましいと思うことはあっても、注意をする気もない。

二人とは違って、トシはさすがにはしゃいだりしていなかった。自傷の王者は滅多なことで笑わない。

彼は精緻な芸術品めいている。ボディはおろか顔面まで、びっしりとタトゥーや瘢痕に覆われているのだ。

伝統的な総身彫りとは異なり、刺青《いれずみ》の柄に脈絡はない。髑髏やトカゲ、バニーガールに機関銃に幾何学模様。そこへさらに故意の傷痕が重なり合っている。肥厚《ひこう》した瘢痕組織や瘡蓋《かさぶた》の凄まじさは、ところどころ元の彫り物が見えなくなっているほど。逆に、先にあった瘢痕の盛り上がりを活かしてデザインされたと見える、新しく色鮮やかな刺青もある。

明らかに彼は、装飾のために痛みを堪えてきたのではなく、痛みを得んがために装飾という名目を受け入れるタイプの人間だ。痛覚刺激の痕跡が複雑に入り交じり組み合うトシの容貌は、禍々《まがまが》しさを超えてむしろ神々《こうごう》しい。

彼は、文字通り完膚無き《かんぷな》までの身体破壊が自己のすべてを語ってくれていると信じて、ほとんど喋らない。キョウタの画像の左側で、頬の大クレバスをまたぐ原色の幾何学模様をかすかに歪めながら、沈黙を保っていた。

データの送信終了を確認したキョウタは、酷薄な愉しみとでも呼ぶべき笑い方をしながら言った。

「では皆の衆、当日はド派手にいこうぜ」

皆の衆、と一緒に括られたことに、静瑠はかすかな嫌悪感を覚える。たとえ似たもの同士でも、私は私、〈外〉は〈外〉だ。けれども、この流れに身を任せ、ド派手なことに加担するのは、少しだけ気を惹かれた。

もしかしたらそれが、リルの綺麗な顔を歪ませ、〈外〉の粘っこさを揺らがせ、鈍麻を進める自分の膜をも打ち破るほどの刺激になるかもしれないし。

〈サロン・ド・ノーベル〉を出ると、空気の密度は少しだけ薄まった。

それでも、ドーナツ形に配置されたテナントを眺めながら行き来する人たちの声は、じゃわじゃわじゃわじゃわ、静瑠の耳を圧してくる。何百枚もの腰のある紙を、耳元でくしゃくしゃされているみたいだった。服やアクセサリーや雑貨の色が我勝ちに静瑠の視神経を目指し、もっとしっかり目を開いて、と叱られているようだった。

周りは重くてねっとりしている。泥の中で泳ぐ感じ。とてもとても、眠い。

待ち合わせを控えた静瑠は、慌てて、目覚ましに顳《こめかみ》のあたりを縦に引っ掻いた。

エレベータを使わず、キョウタの指示通りに非常階段の薄闇へと足を踏み入れる。イベントの会場は、海面下二階の扇型ホールだ。非常階段は空気が冷たい。肺を満たす清涼感が、束の間、彼女に自分を取り戻させる。

　踊り場の表示がＢ２を示す前に、下の方からマキの甲高い声が響いてきた。

「こんなとこに集まってると、スパイみたいだよねー」

　残響を帯びて続くのはキョウタの声。

「スパイじゃなくて、テロリストみたい、って言ってくれよな。せっかくカッコつけて、これは俺らのテロだ、って思ってるんだからさ」

　彼の声はいつもより上ずっている。きっとすごく楽しいんだろうな、と、静瑠は溜息を吐き出した。

　壁に背を凭《もた》れさせて腕組みをしていたトシが、まず、階段を降りてくる静瑠に気付いた。ミロとモンドリアンをごちゃまぜにしてキャンバスを切り裂いたかのような顔が、のっそりと動く。

　ソフトワイシャツにジーンズという簡素な身なりのトシとは対照的に、マキの服装は妙な方向に気合いが入っていた。バランスよく切り込みを入れたダークグリーンのワンピースは、ブランドロゴが目立つ高級品だったのだ。いつもより瞳が大きいように感じるのは、化粧が念入りなせいだろう。元来、顔は傷付けない主義のようだが、やむにやまれず頬を引っ掻こうにも、この厚化粧ではファンデーションに邪魔されて皮膚まで爪が届かないのではあるまいか。

「来た来た。シズルだあ」

　マキはぴらぴらと手を振った。手首に巻いた血糊つき包帯が、あまりにもわざとらしい。

「いいじゃないの、それ」

それ、と言われたのが何なのか、静瑠には判らなかった。きっと、きょとんとした顔でもしていたのだろう。マキはにこにこしながら人差し指を自分の顳にあてて見せた。

「血、出てるよ。ああ、拭わないで。リッパーらしくて、すごくいいんだから」

リッパー、らしくて？

静瑠の身体を被う膜が、マキの言い様を力無く拒否する。

リッパーは、リッパーらしさにこだわる余裕なんかないはずだ。必要があって切る、その結果血が出る。以上、終わり。らしいとからしくないとか、そんな他人の視線が入り込む余地を、少なくとも静瑠は持っていない。

タンクトップの上に仕立てのいいグレイのジャケットを羽織ったキョウタが、

「これで揃ったな」

と、満足げに顎を上げた。

きっとリーダー役に陶酔しきってるんだろうなあ、と静瑠は予想を巡らせる。

騒ぎになるかどうかも判らないささやかな行動にテロの名を冠してみたり、自慢の螺旋模様をさらけ出す時の効果を狙ってジャケットを羽織ってきたり。挙げ句の果てに、「これで揃ったな」だなんていう映画脚本も裸足で逃げ出すほど恥ずかしいセリフを吐いたり。

いいなあ、浮かれられるって。

静瑠がふわふわと考えているうちに、キョウタはさらなる差配をした。

「イベントが始まっても、十五分ほど待ってから中へ入ろうぜ。最初のほうは〈プリン〉の工事の話みたいなんで、そいつらが喋ってるうちに、立ち見の奴らに紛れて下手《しもて》の通路をじりじりと前へ移動する。いいよな？」

ああ、声なんかひそめちゃって、ほんとに楽しそうなんだから。

静瑠は膜の中の深いところで、ちょっと笑ってしまっていた。

テロなどとキョウタは大仰《おおぎょう》に言うが、予定の行動はほんのささいなものだ。

精一杯化粧して着飾ってきた観客たちに囲まれながら美しさについて得々と喋るであろう舞台上のリルへ向け、キョウタが質問か野次かをぶつける――それだけのことだ。

キョウタたちの姿を思わず見てしまった美の権化は果たしてどんな顔をするのか。また、会場のお洒落さんたちは、どんな反応を示すのか。それらをじっくり見物しようというわけだ。

けれどそうそう巧くはいかない、と静瑠は踏んでいる。どきどきする刺激がほしいのは山々だったが、十中八九、リルはキョウタの声をすっぱり無視する。傷痕を見せつけられてしまったとしても、軽く眉をひそめる程度だろう。お客たちの視線を集めることには多少の期待ができるけれど、彼らには正面切って批判をする勇気はないと思う。つまり、まったく相手にされずに終わる可能性が高いということだ。テロの名にふさわしい、会場が阿鼻叫喚の坩堝《るつぼ》になる、などということはけしてあるまい。せいぜい、警備員に両脇を挟まれ思想犯めいて退場させられる、ただそれだけのこと。

いつの間にか、トシが静瑠の近くに寄ってきていた。

キョウタとマキが壁越しにホワイエの様子を探る姿を眺めながら、珍しくトシは口を開いた。

「来ないかと思ってた」

貴重なコミュニケーションの機会にぼんやりしてしまわないよう手の甲に爪を立ててから、慎重に返す。

「私は、トシが来ないんじゃないかと思ってたよ」

彼が顔を振り向けた。頬の深い傷が笑いのテンポで引き攣《つ》れている。

「何でそう思った？」

静瑠も笑みを浮かべてみようと努力してみたが、久しぶりに使う顔の筋肉はあまりうまく動いてくれなかった。

「トシってさ、カラダが勝手に語っちゃうのは仕方ないけど、かといって見せ物じゃない、って考え方してるでしょ。そして、そんなことを声高に主張するのも自分のスタイルではない——」

煉瓦色で縁取られたトシの目が和《なご》む。

「お前、マゾの薄らバカかと思ってたが、なかなか判ってるな」

「あら、ありがとう」

「言葉責めも好きなのか？」

「違うわよ。判ってる、ってほう。褒められたことないから、びっくりした」

微笑の気配を幾何学模様に閉じこめたまま、トシは再びキョウタたちに目を向けた。

そしてぽつりと呟く。

「刺激、あるといいな」

静瑠が自分の耳で捉えた「そうね」という返事は、小さな泡の弾ける音に似ていた。

千五百人収容のホールは満席で、立ち見客も多かった。お客たちの年齢層は幅広く、二割ほど男性の姿もあり、リルが広く人気を集めているのが窺えた。

ホール全体を、青い照明が覆っている。

海の中みたい。

静瑠は身体がふうっと浮力を感じる気持ちがした。

〈サロン・ド・ノーベル〉に流れていた人魚のイメージ広告と同じコンセプトにしてあるのだろう。足元がふわふわして、皮膚が水の色彩に溶け出して、天上へ昇っていけそうな感覚。

この感じは嫌いじゃない。自分が上手に消え去ってしまえそうで。

テロなんかどうでもいいから、本当に身体を被う膜が溶けてくれればいい。静瑠はそう念じた。が、今は、泳ぐような頼りない動きで、下手通路をじわじわと進むしかない。

華やかに着飾った立ち見の女の子たちを擦り抜けるたび、さまざまな香水の匂いがした。見るとはなしに目に飛び込んでくる彼女たちの顔は、きっちりと化粧を施され、肌は揃いも揃って陶磁器のようにすべらかだった。

ステージでは、飾り気のないベージュのスーツに身を包んだ年齢不詳の女性が話をしている。黒髪をひっつめにした知性的な美人だ。先ほどから、美容、という言葉が繰り返し彼女の口からこぼれだしている。

彼女が何者であるのか、前情報を仕入れる気力を持たない静瑠には判らない。けれどどうも工事関係者はもう引っ込んだらしい。工事の説明やメガフロートの将来像なんぞは今日の客にはお呼びでないと知って、早々に場を譲ったのだろうか。

壇上の女性は、海の底に似合う穏やかな声で話し続ける。

「では、みなさんは、なぜ自分が美容に興味を持っているのかを考えたことはあるでしょうか。お化粧やエステが当たり前になりすぎていて、改めて意識する機会はほとんどなかったんじゃないですか？」

どうです、と問いたげに、彼女は客席を見回した。

この調子でリルも語りかけ口調を使ってくれるなら、キョウタも発言しやすくなるだろうなあ、と静瑠は半ば朦朧《もうろう》としながら考える。

水中の薄闇を少しずつ進む行動は、静瑠の感覚をどんどん鈍くしていっていた。舞台を食い入るように観る人々の視線は、自分に向けられていないにもかかわらず、常にも増して質量を感じる。客たちの熱心さが会場いっぱいに重く重く垂れ込めて、何事にも熱心になれない自分を爪弾《つまはじ》きにする。

ここは海中。重く重く、水圧がかかっている……。

眠り込みたい衝動と、静瑠は必死に戦った。

懸命に身体を動かして、眼前に次々と立ちはだかる人たちを右に避け左に避け、腰を屈《かが》め、背中を擦り抜け、身を進めることに集中しようとする。

しかし、服と服がこすれ合うかすかな音は、しゅ、しゅ、しゅ、とあまりにもかすかで、擦れ違いがもたらす皮膚感覚は被膜越しの曖昧さしか持たず、香水はすでに嗅ぎ分けできないほどに混じり合い、それらは単なる圧力に変換されて、静瑠をいとも簡単にゆるやかに続く死の領域へと落とし込んでいく。

眠い。講演の声が遠ざかる。

……アンケートの結果……重複回答……男性は、異性にもてたいから、という理由が群を抜いて一位……身だしなみ……清潔感が大事で……社会常識という……。

被膜を有する静瑠にとって、対人関係の話題はことさら〈外〉の世界の雑音にすぎない。膜に阻《はば》まれて、声も内容もどんどん崩れていく。

……女性は、同性の視線も気にしていて……情報交換能力が……流行に後《おく》れるのは恥ずかしいという……それよりも注目すべきなのは……女性による回答の第一位は何かと……。

さっきから、この人はいったい何を喋っているんだろう。

判りきったことなのに。お化粧や美容にいそしむ理由なんて、ひとつしかないのに。

それは――。

「自分のため」

ぱちん、と何かが爆《は》ぜた。

自分が考えていたとおりの言葉が膜を貫いて届き、静瑠を一気に覚醒させる。

静瑠は壇上へ目を見開いた。

スーツの似合う女性は、もう一度きっぱりとその単語を口にする。

「自分のため。いわば自己満足。そういうことなんです。一位になったところをみると、女性のほうが正直なのかもしれませんね。女はたったひとりで無人島へ流されても化粧をする、と言いますし」

観客たちが小さく笑った。

「今回のアンケートではさまざまな答えがあがりましたが、私は、それらはすべて自己満足に通ずるんじゃないかと思っています。異性に好かれたい、は、好かれる状態の自分を望んでいる、と言い換えができるでしょ。面倒と清潔を天秤にかけて後者を選ぶのも自分だし、化粧は社会常識だからと思っている人も、自分は非常識な人間になりたくないからこそ反抗もせずに唯々諾々《いいだくだく》と則《のっと》ってるんでしょ。他のも同じですよ。流行について行けてる自分が自慢。化粧で嫌いなところを隠したり改善したりするとほっとする——ほら、全部、自己満足へと言い換えができません？　全てを自己満足に言い換えられると嫌な気分になる人もいるかもしれませんけど。自己満足って、利己主義のイメージが強いですからね」

客席に戸惑いの雰囲気が流れた。

けれど、かねてよりミーイズムを礼讃してきた静瑠には、彼女たちの逡巡こそが理解できない。何もかもは自己満足。そんなの当たり前ではないか。

先を行くマキが、ちらりとこちらを振り返ったのが見えた。静瑠は、思わず立ち止まってしまっていた自分の身体を再び前へ運ぶ。

講演者は、ゆったりと首を巡らせてから続けた。

「だったら良い方に言い換えてみましょうよ。向上心、はどうですか？　人間は誰しも向上心を持っています。自分の欲求に正直になれば、必ず、より良い方へ顔を向けているものなんです。もちろん、いつもうまく実現できるとは限りません。金銭、権力、薬物の魅力、人間関係のしがらみ、いろんな障害がありますし」

観客の混迷は深まるばかりだった。大好きなコスメの話を聞きに来たはずなのに、話がずれてきているからだ。

彼女たちの心中を読み取ったかのように、論者は一度小さく頷いた。

「そんな時こそ、私たち〈コスメディック・ビッキー〉の今期イメージ広告を思い出してほしいんです。キャッチコピーは『ワタシを誤解していませんか？』。今日のイベントを表わしたコピーだと思い込んでいた人もいますね？　はい、残念でした」

低く「ええー」と不満の声が流れる。

女性は声を受けて、十代にすら見えるいたずらっぽい笑みを浮かべた。

「リルがCGだという噂を意識しなかったわけじゃないけど、眼目は『ワタシ』をカタカナで強調したところにあるんですよ。ワタシとは、みなさんお一人お一人のこと――要するに、あなたは自分自身を誤解していませんか、と問題提起したかったんです。さあ、今だけでもちょっと体裁を捨てて、自分を我儘《わがまま》モードに切り替えてみてください。原動力は向上心。手段やお金に糸目を付けないで、社会常識にも囚われないで、もっと幸せに、とだけ考えた時、どんな自分のイメージが浮かび上がってきますか？　世間体に負けて好きな自分を曲げたりしていませんでしたか？」

彼女はそこで少し待ち、大きく息を吸ってから断言した。

「〈コスメディック・ビッキー〉は、みなさんのご自分に対する誤解をなくしたいと思っています」

そして今度はにっこりして、

「先鋭的な人も保守派の人も、私たちと一緒に最良の折り合い地点を見つけましょうよ。私たちができることは全部ご提案します。何が、どこまで、できるのかをまず知ってください。その上で、選ぶのはあなたたちよ。さあ、あなたがなりたいあなたはどんなふうなの？　ワタシはどうありたいの？　できるわよ、どんなことでも。あなたが望めば、きっと」

立ち見客の半数ほどが、うんうん、と頷いている。

彼女らをかいくぐって先頭を行くキョウタの動きが乱暴さを帯びてきた。

彼は今こそ野次を飛ばしたいに違いない、と静瑠には思えた。グレイのジャケットを音高く脱ぎ捨てて、ケロイドの螺旋を天高く突き上げて、「こんな俺らと世間サマの折り合い地点も見つけてくれるんですかね！」とでも。

しかしまだ、肝心のリルが登場していない。

スーツの女性は、いかにも話の終わりめいて声のトーンを下げた。

「私たち〈コスメディック・ビッキー〉は、化粧品《コスメ》と医学的《メディカル》、両方の力をフルに使って、あなたがあなたらしくあるお手伝いをしたいと思っています。私たちの技術をもってすれば、いずれ、お魚みたいに海の中で自由に暮らす、といった夢を叶えることができるでしょう。あの広告、いつもより濃いめのメイクをして幸せそうに泳ぐリルで、その充足感を伝えられればいいと……」

そこで彼女は、くすりと笑う。

「じらすのはもうやめますね。そろそろ呼びましょうか。私の自慢の娘であり〈コスメディック・ビッキー〉の代表モデル《ミューズ》、山田リル！」


高い歓声がホールいっぱいに満ち満ちた。

水を模した照明が、白い網目模様をせわしく動かし、輝かしく揺らめいた。

静瑠は二の腕に強く爪を食い込ませる。

圧される、圧される。声に圧される。女性たちの昂奮に圧される。熱狂できない自分がぎゅうっと縮んで圧し潰される。頭の中がわんわん鳴り響いて訳が判らなくなっている。いっそ眠ってしまいたい。

前方へ詰めかけた立ち見客と押し留めようとする警備員たちの混乱に巻き込まれ、四人は下手側のステージの下で身動きが取れなくなってしまっていた。

圧される、圧される。身体が圧される。人いきれと体温に圧されて、ますます眠くなってくる。

ああ、でも……。

睡魔の酩酊の中で、静瑠は奇妙な感覚を得る。

実際に身を圧されるのは、気圧《けお》されるのと全然違う。

何だろう、この感じ。なんだかとても懐かしいような。

そして、静瑠は不意に思い出した。

そう、これは抱きしめられる安心感。自己を守るために張り詰めていた被膜が〈外〉からさらに包み込まれた時の、許容と庇護のあたたかさ。海中をたゆたう時の、胎児だった時の、そこはかとない回帰の感触。

きゃあっ、と再び会場が沸いた。もったいぶるかのような間がついに終わり、リルがようやく舞台に現われたのだ。

バレリーナの優雅さで歩み出してきたリルは、思いがけないほどに幼い笑みを見せながら軽く手を振った。

三度目の歓声。今度はその中に「綺麗」と「かわいい」の言葉が混じっている。

ステージにはいつの間にやら小洒落た椅子が三脚おいてあり、下手にさきほどまでの話者が美しく脚を流して座っていた。彼女の前に、山田キク、とテロップが透過投影される。上手《かみて》側には、地味な風体をした紺スーツ姿の女性がいた。膝の上のデータ端末からしておそらくインタヴュアーなのだろう。彼女のテロップは、広報部・真鍋珠恵《まなべたまえ》。

リルが中央の椅子に腰を下ろす。彼女は上品な花柄のブラウスを着ていて、オーシャンブルーが黒髪によく似合っていた。ボトムは引き締まった下肢をより一層魅力的に見せる純白のスキニー。顔をしっかり見定めたいのに、静瑠は眠くて眠くて目がよく見えない。

「山田リルです」

クールと称される容姿とは裏腹に、甘く可憐な声だった。

歓声と拍手が轟き渡る。

身体は観客に、心は状況に、圧され圧されて、静瑠の意識は夢の崖縁を行き来しはじめる。

……まずは一言どうぞ……恥ずかしいけど嬉しいです……この子は照れ屋だからいつも損を……。

……人魚姿の撮影の時は……ハートは人工鰓《えら》のつもりらしくて……とっても素敵に出来上がったと……本当にああなったら……。

……お家の様子は……この子の部屋をみんなに……それはやめて……美容法……母の言うなりですから……〈素肌改善プログラム〉ももちろん……ええ、痛いですよね……営業妨害しないでよ……痛さと引き替えるだけの価値を……自負……セルフ・イメージ……みんな偉いなあ、って……。

「リッパー」

呼ばれた？　と静瑠は眠りの淵から這い上がろうとする。けれども、もがくばかりで目は覚めない。引っ掻こうにも人垣の中では手に力が籠もらない。

……スカリフィケーションやタトゥーも……逃げてる……満足している……美容整形ジャンキーだって同じ……リッパー……リッパー……リッパー……。

静瑠は足掻《あが》き続ける。

呼ばれているのに、答えたいのに、話を聞きたいのに、話したいのに。

……美しいだけではないものも……セルフ・イメージ……その人にとっての最善の選択……痛さ……世間体……リッパー……リッパー……でも、リルさんとは正反対なんじゃ……セルフ・イメージ……価値観の……。

「でも、本気のリッパーって、すごく素敵だと思うんです、私」

リルの声が静瑠の耳元で大爆発を起こした。

日本を代表する美女の唇から発せられた「素敵」という言葉に驚いたあまり、静瑠は現実に引き戻される。

「自分を自分で傷付けるタイプの人は、たいてい気味悪がられたりするのに、それでもワタシはワタシ、を貫いている。とっても素敵でしょ。ファッション業界が後から必死に追いかけちゃうくらいに、素敵」

リルは細い指先を胸の前で組みさえした。

及び腰のインタヴュアーは、母親に助けを求めた。

「山田先生、医師であり美容家であるお立場としては？」

「そうですね」

と、母親は一度口籠もってから、語り始める。

「自傷する自分が嫌いなのであれば、精神科へ行くことをお薦めします。でも自信を持って選び取った道なら、私は俄然応援します。自分がそうであることを、もっと誇るといいと思いますよ。大きなことを言わせていただくと、今後の人類が発展していくためには、許容度のさらなる拡張が重要だと考えているんです。大昔、人間はそれぞれ勝手に狩りをして放浪していたけど、集まって定住するほうが楽に暮らせると知ったわけでしょう？　けれども、集落を構えるためには、自分の価値観を押し付けず、他人への許容度を拡大して、仲良くしていかなければならなかったわけです」

インタヴューアーと客席には置いてきぼり感が漂っていたが、キクは構わなかった。

「そうやって揉み合って、高度な技術力を手にし、もう少し広い世界へ出ていく力を得る。そこでまた、ぶつかり合って、許容し合って、お互いの技術を提供し、さらに世界を広げる。今や、世界中がお互いの価値観を許容し合って叡知と技術を持ち寄り、さあ次は、という段階だと思うんですよ」

「ああ、なるほど。国々が我を張らずに認め合ってうまくまとまれば、地球全体に新たな発展が望める、ということですね」

やっと納得したかのようなインタヴューアーの言い換えを尻目に、彼女の声にはさらなる勢いが宿った。

「私たちには現在、病を克服したり身体を安全に改造したりできる技術力があります。自分の生き様を取捨選択する自由も、個人主義を背景にだんだん認められてきた。そろそろ一段階上のレベルを目指してもいい頃合いじゃないでしょうか。この世界にはもう、技術も容認の精神も満ち満ちているのですから」

「満ちる……」

静瑠は鸚鵡《おうむ》返しをしてしまった。

世界に、満ちている。

幸せを紡ぐ技術が。先を目指す心が。

もっともっと広く自由なところへ出ていこうとするエネルギーが。

私をずっと圧してきた〈外〉の力の正体は、これ？　抱擁されるかのような不思議な心地良さの正体は、これ？

私が世界を認めれば、世界が私を認めれば、きっと新しいステージに……。

キクは続けていた。

「みんなが新しく切り拓く版図って、いったいどんなところなんでしょうね」

くすくす笑いでリルが合いの手を入れる。

「海の中。人魚として暮らせる世界」

青い照明が本物の海のように感じられた。

地球をひとつに繋いでいる大洋に、自分は、いる。

「無論、それもアリだわね」

「楽しそう！」

「でしょ？　でもその前に、人工の鰓を埋め込んだ人間も許容できるという、心の広さと社会の自由度が必要なの。リルも知ってるとおり、私は新しい世界を見てみたい性質《たち》だから、じゃんじゃん受け入れちゃうわよ。私の中では、整形や刺青、スカリフィケーション、リッパー、人工鰓、これらはすべて、固い意志を持って身体改造へ挑んでいるという点でとっても素敵に見える。リルと同じ感想ね。みなさんにも判ってもらえるかしら」

素敵。

静瑠は、我知らず、口の中でかすかに呟き返していた。

驚愕が、被膜の内側をびりびり揺るがせている。自傷行為をこれほどまでに強く肯定する〈外〉の力は初めてだった。

母親は、しばし口を噤《つぐ》んで客席を見回していた。しっかり頷き返している客もいれば、怒ったような顔をした人もいる。

母の視線を追っていたリルが、刹那《せつな》、静瑠たちのほうへ視線を止めた。

そして彼女は、泣き笑いのような表情を見せる。

「私、メスを使うような手術を受けてない、生まれ持った身体で勝負してる、っていうのが自慢のひとつだったけど、実は今、母の意見を聞いて少し考えが変わりました。他の人を素敵だと言うばかりじゃ駄目ですよね。私は、自分が素敵になりたい。この身体に満足できなくなったら、整形手術に踏み切ることになるかもしれません。人魚が現実になったら、おそらくそれも」

えーっ、と低く反対の声が流れた。

「だって、私くらいはワタシの向上心を誤解しないようにしないと。いつまでも、自分を好きでいたい。新しい運命や新しい世界を観たい……。あ、これ、別に、予定通りのトークの流れ、ってやつじゃないですから。その証拠に――」

リルは上半身を捻って、舞台袖に訊く。

「すみません、お客様を何人か舞台へ上げても構いませんか？　お話を聞いてみたい人たちを見つけちゃったので。一番最初に人魚の暮らしができるようになるのは、こういう、勇気ある人たちだろうなって思うんです」

「あら、どなた？」

と、面白がって身を乗り出した母親に、リルは右手を仰向けにして方向を教える。

「そう、そこのお二人。全身彫り物のあなたと、ほっぺに血が付いたあなた。きっと固い意志を持って人体改造に挑んでいるんですよね。人がいっぱいいる場所でも堂々と身体で自己主張してくれてるところが、ほんとに素敵」

呼ばれた。今度は確かに呼ばれた。

もはや静瑠の眠気は去っている。不思議なことに、しょっちゅう自分を苛《さいな》んでいた圧力までも消失していた。〈外〉から突然呼び出されても萎縮していない。被膜の中の自分はいつになく玲瓏《れいろう》で広々とした気持ちだった。

でも、驚愕が過ぎて、身体が動かない。

「こちらへ上がってきていただけませんか？　ご迷惑でなければ、ちょっとだけ、人の身体と意識についての考えをお聞きしたいんです」

人垣が蠢《うごめ》いた。

その動きは、困惑の極みにある静瑠とトシを壇上へ押し上げようとしていた。

あの不意打ちは、まさしくテロだった。仕掛けるはずが仕掛けられてしまったけれど。

もう一年が経とうとするのに、静瑠はいまだ、思い出すたびに苦笑してしまう。観客の中には嫌悪を顕わにした人たちも多かったが、いつもの被膜の論理で、所詮は〈外〉のことだ、と弾き飛ばせた。そうして自分自身を守り愛しているのだと説明を試みた自分の声が、ひどく偉そうに響いていたのは今でも恥ずかしい。

恥ずかしくないほうが変だろう、と思う。

あの時静瑠は、皮膚の中で大事に囲ってきた自分を、言葉という音声メッセージにして自己防衛膜の〈外〉へと曝《さら》してしまったのだから。圧し潰されて壊れそうだった自分の膜を、あろうことか自分自身の選択によって内側から破ってしまったのだから。

それにしても、群衆の中に取り残されたキョウタとマキの、ぽかんとした顔は忘れられない。

主役を奪われた形になってしまったキョウタはへこんでしまうかに思えたが、さすがに変わり身が早かった。イベントの僅か三日後、彼は「すげえよな。リルたちの理想どおりに異端への容認が進んだら、自己嫌悪で引き籠もるタイプの自傷者たちも、もっとカミングアウトしてくるだろうな」と嬉しそうに予測を語った。そうしたら、リッパー現象がそうであるように、一般人のほうからも歩み寄りが進む。身体変工のムーブメントがいっそう大きくなる。

その浮かれ方は、商売の種を見つけた事業家のそれだった。今は、マキが引っ張ってきた同じ趣味の仲間たちと、お洒落度の高いスカリフィケーションや彫り物を提案するデザインスタジオを手掛けているらしい。

トシは——あの日、ステージの上で一言も喋らなかったトシは、信じられないことに、〈ビッキー〉の技術で普通の肌を取り戻しつつある。

久しぶりに映話をかけてきたトシは、まったく別人のようだった。頬の大クレバスの名残りだけを留めた健康的な顔で、彼は照れ臭そうに言った。

「いまさら普通に生きたいつもりじゃないさ。だから、負けたんでも飽きたんでもない。ただ、ボディが俺を語るのか、俺がボディに語らせるのか、自分でもどっちが好きか判らなくなったから、いったん素に戻したんだ」

そして、画像のトシは妙につるんとした顔でにんまりする。

「その新しい額の傷、お前はまだリッパーみたいだな」

「もちろんよ。これでも、自傷は少しましになったのよ。他の人にメスを振るわれてばかり」

「その調子でやれよ。無理していい子ぶることはない。俺ももっと考える」

彼がそう言ってくれた瞬間、静瑠は、彼がまた自傷に耽溺《たんでき》するのではないかとの予感を得た。以前と同じ方法ではないかもしれないが、痛みとの対話で自分を深めるのが、あの人のスタイルだから。

まあ、どうでもいいことだ。自分は自分、〈外〉は〈外〉。

そう切り捨てながら、静瑠はイルカの動きで後方宙返りをした。

海中に射し込む光が、くるりと軽く一回転する。

人工皮膚に伝わる水圧が心地よかった。試験段階の人工鰓は、埋め込みできるほど小さくはない現状で、ハート形でもなかった。けれど、地球の七割を覆い尽くす大洋と一体になった喜びで、震えてしまうほどだった。

肌を圧してくる海の重みが嬉しい。

まるで、地球に自分を丸ごと抱き締めてもらっているかのよう。

リッパーたる静瑠は、新世界を切り拓きつつあるのが本物の切り裂き魔である状況が、とてつもなく愉快だった。

星の香り

高床式の住居は、静謐《せいひつ》な夜明けの中に佇立《ちょりつ》していた。

朝日の香りが床柱を這い上がって流れ来たったかと思うと、それにはふくよかな花の蕾《つぼみ》が咲き開く気配が含まれていた。

簾《すだれ》の隙間から見える空はいまだ暗く、星が画然と冷たく光っている。

――〈観る子〉様。

闇の中で〈伝《つと》う人《ひと》〉の声がぷくりと湧いた。彼は、お目覚めですか、とは決して訊いてこない。〈観る子〉が〈伝う人〉の訪問をとっくに察しているのは当然なのだから。

念入りに洗い晒《ざら》して匂いを抜いた麻布を跳ね上げ、〈観る子〉は床《とこ》から身を起こす。

〈伝う人〉がすかさずに、荒々しい縄目模様の付いた無骨な器を差し出した。そこにたっぷりと張られた水を使って身体を清めながら、〈観る子〉は伝達を口にした。

――弔《とむら》いの準備をしなさい。〈藤蔓を編む女〉は明日にでも亡くなるでしょう。日の沈む山の麓でちょうど梅が咲いたから、手向《たむ》けてやるといい。

――はい。

――瓜の垣からは虫の臭いがする。今はまだ少ないですが。

――実を食われないうちに取っておきましょう。

――それと……。風が新しい人々の訪れを教えてくれました。十人は下るまい。迷っているような足取りが聞こえます。むつかしい話を持ち込むのかもしれませんね。

つう、と顔を上げ、〈観る子〉は、鼻孔から大きく息を吸った。

頬を覆う精細な文様を指先でたどりながら。

――感じ取る力が鈍いようでは困る。あとで彫り物を入れ直してくれませんか。

ここに、と示すかのごとく、文様の粗い顎のあたりに指を止める。

――判りました。茲《ここ》に坐《いまし》ます〈観る子〉様のお力が、いっそう強くなるように、一心に彫りましょう。

――そうしてください。みなみなのためにも。

もっと痛く、もっとひりひりとしていなければならないから、と〈観る子〉は声なき声で呟いた。

訪問者はおそらく、底すぼまりのつるりとした土器を携《たずさ》えているだろう。金属の刃先や水稲の籾《もみ》もいくらか。そして、それらを差し出して、これまで邑《ムラ》へ入ってきた同じような人々と同じような訛《なま》りで同じようなことを、平身低頭で願い出るのだ。争いごとから逃げてきた、どうかここに住まわせてください、と。

胸乳《むなち》を拭きながら、〈観る子〉はそっと吐息を流した。

入れ墨で傷付けて敏感にした肌は、あらゆることを感じ取る。〈伝う人〉にはまだ話せない、世界の大きな揺るぎさえも。

〈観る子〉は簾の合間を仰ぎ見た。

夜はまだ明けず、星は冷たく瞬いている。

○　○　○

〈ステラノート〉で遊びましょ。

私たち、三一四二社がご一緒します。

――香粧品関連会社の協賛広告（企業名リスト略）

日本の空港に降り立つと醤油の匂いを感じる、という話は本当だった。

樹脂の香りが抜けない床を踏んで行き交うビジネススーツ姿の人々は、香水やトニック、後に従う自走式トランクのオイル、アタッシェケースの金属臭など、何らかの微香の尾を曳いている。けれどその奥、まるでバックグラウンドミュージックのように、少し酸味のある懐かしい調味料の香りが確かに横たわっているのだった。

グレイとアイボリーに統一された到着ロビーを見回しても、飲食店はない。別のフロアから調理の排気が流れ込んでいるとも思えない。当節、感染症予防の観点から、建物内の気流経路は綿密に監視されているはずなので。

日本に住んでいた頃には思いもよらなかった大気に潜む醤油の匂い。そんなものを感じ取れるようになるほど、自分はアメリカ暮らしを長く続けてきたんだなあ、と、古谷田純江《こやだすみえ》は感慨深かった。

思いに浸りすぎて煩《わずら》わしい過去まで湧き出してこないうちに、あたりを見回す。

出迎えの人々の中に、純江は待ち合わせの相手をすぐに見つけ出すことができた。

さすがに化粧品メーカーの美容部員《ビューティ・アドバイザー》は、黙って立っているだけで目立つ。黒い襟なしのスーツとコンパクトな纏《まと》め髪が、優しい色でメイクされたバランスのいい目鼻立ちをよりいっそう引き立てていた。

その人を目指して歩いていくと、彼女のほうも気が付いたようで、きりりとした目元と薄い唇をわずかに和《なご》ませて会釈してきた。

「古谷田純江さんでいらっしゃいますか」

「はい。どうも」

握手の手を差し出そうとして、純江は思いとどまった。そうだった。ここは日本。身体接触よりもお辞儀で返す国。

「わざわざお出迎えいただいて恐縮です」

純江が頭を下げると、相手も美しい返礼をする。すると、ほんのかすかに香りが流れた。記憶にないフレグランスだが、相手のシャープな顔立ちとメイクの甘さをよく反映した、心地良い配合だった。

「長野美晴《ながのみはる》と申します。どうぞよろしくお願いいたします」

艶のある黒スーツの胸元に、金色のバッジが光っていた。アルファベットのVと可愛らしい鍵マークをうまく組み合わせた社章だ。日本ではもともとの社名である〈コスメディック・ビッキー〉

で通っているので、アメリカ向け法人〈Ｃｏｓｍｅｄｉｃ Ｖｉｃ Ｋｅｙ〉と同じく鍵を用いたデザインなのが意外だった。

美晴は、つるんとした剝き卵のような頰を柔らかく笑みの形にして、

「法務のほうとお話しになる前に、ご見学も兼ねてサロンでご休憩を、と上司から申し遣っております。それでよろしいでしょうか」

と、丁寧に訊いた。

まるで敬語の洪水だ。純江は嘆息しそうになるのをこらえた。予想通り、〈ビッキー〉側はこの調子で回りくどく話し合いを進める気なのだろう。慇懃《いんぎん》な口調で、婉曲を多用し、のらりくらりと、けれども決して譲らずに。

純江は、相手に倣《なら》って日本式のゆるやかな微笑を湛え、答えた。

「はい、結構です。日本の〈プリン〉を見るのをとても楽しみにしていましたから、たいへんありがたく思います」

美晴は、

「ご期待に添えるとよろしいのですが」

と、隙のない返答をしてから、過不足ない仕草で先に立って歩き出した。

純江に日本行きを命じたのは、取締役のジェシカ・キーンだった。

「私、ダメなのよ。ああいうやりとり。にこにこ笑ってくれてるから、こちらの言い分が正しいのかと思うじゃない？　そしたら、そのまんまの顔でノーって言うのよ。信じらんない。どうやった

ら、顔と心を別システムで動かせるようになるっていうの？」

毎朝ヘアセットに行くというかっちりしたウェーブを揺らせて、ジェシカは肩をすくめて見せた。臙脂《えんじ》色の口紅をつけてフルメイクをしていると、純江と同じ三十代前半としか思えないが、彼女は正真正銘の五十五歳だ。弱小ながらも〈グリーン・フィールズ〉という名うての化粧品会社を切り盛りしている。その百戦錬磨のジェシカが音《ね》を上げるのだから、〈Ｖｉｃ　Ｋｅｙ〉の日本人役員はよほど喰えない態度だったに違いなかった。

〈グリーン・フィールズ〉は、カリフォルニア沖に建設されるメガフロート施設のテナントになろうとしていた。そこは広大なワンフロアをまるまる美容関連の店舗で埋める予定になっており、完成すれば、芸能と美容の最先端の地ハリウッドを背負う美の一大集積地となる。

ところが、その円錐台をしたメガフロート施設の立役者は、建築業者でも映画産業でもホテル王でもなく、医療と美容の融合を謳う〈Ｃｏｓｍｅｄｉｃ　Ｖｉｃ　Ｋｅｙ〉なる新興会社だったのだ。日本人モデル山田リルを代表モデル《ミューズ》とするこの企業は、一般消費者向けにはまだまだ馴染みが薄いが、美容整形技術や化粧品の素材などを各メーカーに提供することで急速に力を付けてきているらしい。

それにしても、とジェシカは嘆いた。

「美容フロアだけならまだ判るわ。でも〈Ｖｉｃ　Ｋｅｙ〉は、でっかい施設全体を牛耳ってるみたいなのよ。しかも、世界各地に建設予定の同型施設は、みんなここの関連だって言うじゃない。ただの化粧品メーカーができることじゃないわ。各国政府も後ろ盾についてて、なんだかね、アヤシイ感じ。出店したさにうっかり相手の言うことをきいたら、にこにこ笑いで抜き差しならないところへ追い詰められそう」

ジェシカのアヤシイ予感を引き出したのは、〈Vic Key〉の奇妙な提案だった。

「いくら雑談の最中とはいえ、テナント契約にやってきた人間にいきなり、おたくの香料に〈Vic Key〉の基材を混ぜませんか、なんて、話題のすり替えもいい加減にしてよ、って感じだったわ。私は製品特許や原料購入の話に行ったわけじゃないのよ」

「香料に、基材？」

純江は思わず訊き返した。

「ねえ、ジェシカ。基材って、クリームとかジェルとか、有効成分を混ぜ込むベース・テクスチャのことでしょ？　製品の基材、じゃなくて、香料に、とはどういう意味なの？」

上司は、先週リフトアップ整形したばかりの頬を軽く撫でながら、中途半端な声を遣った。

「なんでも、どのメーカーの化粧品を混用しても変な香りにならないようにする、特殊な触媒のようなものらしいわ。たまにあるじゃない、エレベータやなんかで、匂いが混ざってオソロシイ事態になっちゃうことって。朝鮮人参パックとコティーの〈ロリガン〉、みたいな組み合わせ」

それは確かにつらかろう、と純江は小さく笑ってしまった。朝鮮人参独特の薬草臭と、フローラルスイート系を高々と主張するフランス製香水は、いかにも反《そ》りが合わなさそうだ。

「〈Vic Key〉の基材を使うと、元の香りを損なわないまま、いざそういうぶつかりがあった場合にだけ不快感を軽減できるんだって。香りは化粧品選びの着目点のひとつだから、お客さんが自分のドレッサーの定番を気にしないで買い足ししてくれるとなると、うちみたいな小さい会社には有利だろうけど……」

「でも、いったいどうやって？　別々の商品の香りをうまく混ぜることができる基材なんて、見当も付かないわ」

「私もその質問をしてみたわよ。方法は企業秘密だってさ。国際宇宙開発機構と組んで研究した新素材技術なんだって。で、例のにこにこ顔で、多くのメーカーはすでに導入を始めていますから、あなたがたも乗り遅れないほうが得策ですよ、なんて言うの。パワーハラスメントもはなはだしいわ。アヤシイでしょ」

〈Ｖｉｃ　Ｋｅｙ〉は、別に、表立って新素材導入をテナント採用の条件にしようとしているわけではないだろう。だが、ジェシカは日本人の愛想笑いに騙されまいと肩に力が入ってしまっている。基材使用は絶対にテナント争いの〈勝利の鍵《ビッキー》〉ではないと言われても、新参のくせになぜだかコングロマリット並の権力をつけてきた会社には、不思議な闇の力が作用しているような気がして信用しきれないのだ。

かくして純江は、〈コスメディック・ビッキー〉の本拠地である日本へ、様子を探りに行かされる羽目になったのだった。

メガフロート〈プリン〉の内部は、ゆるく弧を描く窓から太陽の光をいっぱいに入れていた。ありとありゆる化粧品メーカーの商品を全国一の面積に並べたコスメ・ブティック〈サロン・ド・ノーベル〉には、平日の午前中だというのに若い女性たちが群れ集っている。

陳列台の上に並べられた化粧品が、陽光を浴びて色ガラスをきらきらと輝かせる。曲線ばかりでできた優雅な壜は丸い照りを宿し、カットグラスめいたシャープな容器は毅然とした光線を放っている。アイシャドウの棚は虹のようで、口紅のコーナーは花畑のよう。口を開けた白粉《おしろい》コンパクトは歌いさざめく二枚貝の群れ、ペンシルやブラシの立てられた一角は天を目指す糸杉の森。すれば、頭の上を漂うリルは宙に舞う妖精といった役どころだろうか。抜群のプロポーションを持ったモデルの立体映像は、〈ビッキー〉の今期キャッチフレーズ「星の苑《その》で遊びましょ」という文字を従え、流れる銀河からスターダストを掬《すく》い上げていた。

「確か、前回は海がモチーフで自由を象徴していたんですよね。今回は星ですか。国際宇宙開発機構と作り上げたハイテク素材を、ロマンチックなイメージにくるんでアピールしてるんですね」

上を見上げたままで純江が呟くと、横の美晴は「ええ」と相槌を打った。

「新しい香料基材の名前は〈星《ステラ》〉に内定しています。星は、一つ星も美しいけれど、よりどりみどりに集めても綺麗なものですわ。星屑で遊ぶリルは、いろいろなものを混ぜる楽しみを表わしているのです。もうじき〈星の香り《ステラノート》〉システムに参加する企業が名を連ねた第二弾の広告を出しますから、その前振りなんです」

美晴が軽く胸を張ったのを見ると、純江の目蓋《まぶた》はぴくりと動いてしまった。

「さすが〈ビッキー〉さんの広告だわ。うちなんか、新製品情報をいかに時間や予算の枠内に詰め込むかが悩みどころで、イメージ広告なんて企画する余裕もありません。細かい商品を売ることに汲《きゅう》々《きゅう》としなくても、どんとイメージを押し出せば、メーカーたちがこぞって右へならえしてくれるなんて、夢みたいに優雅な商売のしかたですよね」

美晴は陶磁器製のような顔を軽く傾《かし》げ、そつなく返してきた。

「〈グリーン・フィールズ〉さんは、社名そのものがイメージ豊かですから。〈ビッキー〉は、カタログ的な広告を打とうにも、売り物は専門的な技術や原材料。コンシューマー向け化粧品もそれらの開発からスピンオフしたようなものばかりです。雰囲気に逃げず、明確に購買欲へ働きかけることのできる〈グリーン・フィールズ〉さんが羨《うらや》ましい限りですわ」

　彼女の瞳は、底光っているようにも柔らかい光を映しているようにも見え、純江は自分の当てこすりが効果を上げたのかどうか判断できなかった。

　なるほど、これが新興コングロマリット、謎の権力者の受け答えか。ジェシカが煙に巻かれたのも無理はない。あからさまに相手を持ち上げることができるのは、秘めた自信があってこそだろう。

「でも実際に、〈ビッキー〉さんはここを切り回してらっしゃる――。見掛けは各メーカー寄り合いの〈サロン・ド・ノーベル〉ですが、内実は〈コスメディック・ビッキー〉の技術見本市のようにお見受けできますよね。ほら、あちこちにある各社の３Ｄ広告《ポップ》は、みんな誇らしげにハイテクを説明しているじゃありませんか。ここにあるアイシャドウは、映像を目蓋に載せることができる超薄膜フィルム。さっきあったファンデーションは、選択的濾過《ろか》構造で皮脂は粒子が吸着しつつ汗はすみやかに表面へ導出。〈ロリーアル〉社でしたっけ、遺伝子の終端コード《テロメア》に着目したアンチエイジング美容液の宣伝は。私の思い間違いでなければ、どれもこれも〈ビッキー〉の研究室が発表した論文が元ですよね。このフロア全体が、うちも〈ビッキー〉の最先端技術を使ってますよ、って主張しているようなものでしょ。すごい影響力ですわ」

　美晴はくすっと笑った。

「あら、それは違いますよ。ご存じだとは思いますが、ここは〈ビッキー〉の取引先だけを集めたわけではありません。少なくともうちは、テロメアを自由に延ばす化粧品などという遺伝子に影響する危なっかしい技術は、他社に提供していません。おそらく、〈ロリーアル〉が独自展開するイメージ戦略でしょうね。うちの試験管レベルの実験データを元にしたというだけでしょう」

純江はきょとんとしてしまった。

「そう……なんですか？」

ジェシカの話から受けた印象とずれている。純江は、日の出の勢いを持つ〈ビッキー〉なら、すでにこのフロアの化粧品会社はすべて我らの傘下である、くらいの傲慢なセリフを吐くものだと思っていた。

美晴は綺麗な扇型に広げた睫毛《まつげ》をゆっくりとしばたたいて、いたるところにポップ映像の蠢《うごめ》く店内を見回しながら言う。

「海外からいらした古谷田さんが、ハイテク自慢に着目されるのはごもっともだと思います。あちらでは、化粧品広告でこれほどの科学礼讃をしませんものね。〈ロリーアル〉も本国フランスではテロメアテロメアと喧伝してはいません。日本人は昔から、最新の化粧品素材に弱い民族なのかもしれません。文明開化して、渡来品の無鉛白粉を使うと寿命が延びると知ったのが、よほどショックだったんでしょう。そういう下地があるからこそ、この国では、シミが薄くなりますよ、と言うよりも、西洋科学的に、アルブチンやコウジ酸がメラニンとチロシナーゼに働きかけます、と伝えたほうが説得力があるように思われるんですよ」

まさしく〈ビッキー〉はそこに食らいついてのし上がってきたんじゃないか、と純江は思った。

人類の進歩の証《あかし》である科学の発展。人間の文化力の証である美への興味。この二つを器用にお手玉して見せながら、万人が身近に思う医療と美容を謳い上げる。それが〈ビッキー〉の十八番《おはこ》。

純江が嫌味な発言をこらえているうちに、美晴は、彼女の考えを読んでいるかのような言葉を継いだ。

「〈ビッキー〉は今回、国際宇宙開発機構との共同研究を臆面もなく打ち出していますが、最先端科学のみを評価しているわけではありません。スローライフを選び取る方々の余裕にも敬意を払っているんですよ。ほら、あちらのカーブを曲がったあたり、自然派化粧品のコーナーもあるでしょう」

美晴の細い人差し指の先に目を向けた純江は、やたらと裸木やグリーンを強調したディスプレイが目立つ、ナチュラル系の一角を見つけた。

「私たち〈ビッキー〉は、人の征《い》く先を狭めるつもりはないんです。みなさんの自由な主旨、自由な選択、その中でうちが最善のパートナーであれば、と。新しい世界への扉は、うち一社で開けるものではありませんからね」

「はあ……」

美晴は、改めて深い笑顔を見せ、力を籠めて言った。

「ですから、〈グリーン・フィールズ〉さんも遠慮なさらずテナントに応募していただければと思います。ただせっかくですので〈ステラノート〉に参加されたらいかがでしょうか、と。まずは〈ステラノート〉のことをよく知っていただき、ご検討をお願いします。知れば、きっと納得していただけると思いますよ」

にこやかに笑む彼女の胸に、社章が目立つ。

純江は、我知らず目を眇《すが》めてしまっている。

いくら髪をキャリアふうに纏めても、かっちりしたスーツを着ていても、この人は社章を外したら、人の、だの、世界の、だのという巨きいことを簡単に口にしたりはできまい。

それとも〈ビッキー〉の〈素肌改善プログラム〉で桃の肌を手に入れた感動が、社章をイコンとする宗教へ連れ込んでしまっているのだろうか。

アヤシイ。アヤシイわよ、ジェシカ。日本人が綺麗事を言う時は、たいていアヤシイのよ。

心の中でそう呼びかけた時、自然派コーナーのほうで大きな声がした。

「かぶれたと言ってるのよ！　オーガニックって書いてあるから安心してたのに！」

中年女性の声は、曲面のガラスを回り込んで響き渡る。

品定めをしていたお客たちは、いっせいに声の方角へ顔を向けていた。

客たちの後頭部や３Ｄポップが邪魔をして、純江の位置からは声の主の姿がまったく見えない。けれども、その人の容姿は目に浮かぶようだった。

彼女の服装は、生成《きな》りか草木染め。木の実のネックレスくらいはしているかもしれない。髪にはパーマっ気がなく、化粧もしていないだろう。本当に自然素材しか受け付けない敏感肌なのか、ライフスタイルとしてそれを求めているのかは、肌を見てみないと判らないが、いわゆるよくあるタイプのナチュラリスト。

クレイマーは、さらに声を張り上げた。

「ええ、ええ、私がバカだったのよ。こんなところに出品しているということは、商業ベースでものを作ってる証拠ですものね。無添加とかナチュラルとか適当に書いておけば、ちょっと割高でも、私たちみたいなエコロジストが喜んで買うと思ってるんでしょ。ああ、騙された、騙された!」

純江は、ぶん殴ってやりたいほど典型的ね、と、そっと毒づく。〈グリーン・フィールズ〉にも、同種の人々が頻繁にねじ込みにやってくるのだ。

無添加を標榜していても安全性を鵜呑みにしてはいけない。添加物とは法律で表示を義務づけられている指定物質のことであり、その範疇でないものは危険性を多少指摘されていても微量ならば無添加だと言い張れるのだ。

純粋エキスなら安心かというと、そういうわけにもいかない。天然がすべて人間にとって安全ならば、極端な話、漆《うるし》の汁や山芋の擂《す》りおろしだって顔に塗れるはずだ。多くの人に良いものでも、体質によってはアレルギーを起こすことだってある。自分がセンシティヴなタイプだと判っているならパッチテストを略してはいけないし、アロマオイルのマッサージは避けるべきなのだ。

要するに、自然派という言葉はイメージ以上のものではない。少なくとも、真のナチュラリストならそうと判っていることだろう。ろくろく調べもせずに苦情を言い立てる人々は、ただ、店員がおろおろする様子を楽しみ、ちやほやされていい気分になり、他の製品も前もって試さないといけないと称して大量のサンプルを巻き上げるのが目的なのだ。

つん、と肘のあたりを引かれた。

「古谷田さん、こちらへ。お見苦しいところをお見せしてしまって、失礼しました」

化学物質で整えられたナチュラルな自前の肌、という複雑な来歴を持つ美人は、眉を曇らせて謝る。

純江は、ふう、と一息ついてから同情の口調で言った。

「いつでもどこでもいますよね、ああいう人が。なんだか懐かしいです。叔母がこの手の賑やかなタイプだったんで」

あっ、と純江は自分の言葉にびっくりする。仕事相手に叔母のことを持ち出すなんて、どうして口が滑ってしまったのだろう。

叔母と離れたくて祖国を捨てたのに、叔母はもうこの世にいないのに、こんな時に不意に思い出してしまうなんて。

フロアに充満する華やかな香粧品の香りの奥から、入浴後の彼女の匂いまで立ち上がってきたような……。

湯上がりのほのかな香り。僅かに脂っぽい、人そのものの匂い。

慌てて話題を変えた。

「でも、まあ、他のお客様が動揺したり野次を飛ばしたりしなくてよかったですね」

「ええ。ここへいらっしゃるみなさんは、自信がおありなんでしょうね。誰が何を言ったとしても、自分は自分の感覚でいいものを選び取るぞ、という」

美晴の社章がきらりと光った。

なんという余裕。いや、お客のことではない。美晴の、そして〈ビッキー〉の余裕。選択の自由を提供しながらも、選ばれるのはきっと我らが手の内のものだ、と、それこそ誰が何と言おうが、確信しているかのよう。

十代の自分に、誰が何と言おうと、の余裕があったなら、叔母の元を離れずにすんだかもしれない——。あれ？

またただ。どうしてこうも昔のことを。

純江は、痒《かゆ》くもないのに耳の後ろに手をやった。

空港に降り立った時は醬油の香りを懐かしいと感じただけで、叔母のことはすんでのところで思い出さずにすんだ。

なのに、芳香渦巻くサロンで過去の記憶に襲われたのは、クレイマーの罵声《ばせい》がきっかけとはいえ、調味料の香りよりも化粧臭さのほうが叔母を強く想起させたからだったのだろう。

十四歳という微妙な年齢で亡母の妹に引き取られた純江は、新しい生活に困惑した。壁がぼろぼろで陽もほとんど射し込まない三軒長屋の真ん中暮らしにも面食らったが、なによりも、在宅で事務仕事に励んでいた母とは異なり、叔母は夜の接客業に就いていていたのだ。

「スミちゃんがもっと小さけりゃ、あたしだってもうちょっと仕事を選んだろうけどさ。あんたはひとりで留守番できる歳だし、これから学費だってかかるし、これが一番手っ取り早いってわけよ」

判るでしょ、と、マスカラを扱いながら鏡の中からくれた流し目が、子供心にも妙に婀娜《あだ》めいて見え、とてつもなくいやらしく感じた。

叔母は夕方になると、眉が濃く造作の大きな男顔へ念入りに化粧をして、ふくらませた頭頂部に独特の香りのヘアスプレーをたっぷりと吹きつけ、あまり上品とは言えない洋服にこれまたたっぷりの香水を振りかけてから、

「よし！」

と、野太い一声を上げ、勇んで出て行くのが常だった。

映話で誰かと喋る時は両隣に丸聞こえなのではと心配になるほどの豪快さで、笑うのにも、がっがっがっ、と腹筋を使って身体の中のエネルギーをすべて放出するかのごときありさま。

とにかく目を逸らしたくなるほどにエネルギッシュなのだ。声高に自分の要望を主張する姿は、傍にいる思春期の少女にとっては拷問に等しいほどだった。些細なことであちこちの店や役所に難癖をつけるのも恥ずかしかったが、担任教師と映話懇談をした際、学校側の教育方針やら生活指導やらへの文句、こちらからの無茶な要望などなど、思いつく限りの身勝手を並べ立てたのには、羞恥の限界を超えて殺意さえ覚えた。

おずおずと異議を申し立てた少女を、叔母はがらがらと笑い飛ばした。

「なに言ってんの。言いたいことははっきり言わないと損するんだよ。お上品に匂わすだけじゃ通じない相手もいる。そんなことじゃ、あんた、大事なものは守れないね。それに、相手が辟易《へきえき》するくらいに間合いを詰めてみるっていうのも必要なんだよ。そうして初めて判り合えることだってあるしね」

純江は、どうしても叔母の生き方に共感できなかった。忙しく寡黙な亡母の傍らで育った少女は、ひっそりと黙して相手の邪魔をしないことこそが美徳だと思ってきたので。自分の欲求を口にすると、母が……他の人が、困る。嫌われる、叱られる、捨てられる。

我儘《わがまま》を押し付けて嫌われる怖さを叔母は知ってか知らでか、何事も意に介さず、芬々《ふんぷん》たる俗臭を周囲に撒き散らすのみ。

このままでは、今に自分もこの香《か》に捲《ま》かれる、と純江は思った。嗅覚が臭気に慣れてしまうように、いずれは大声が気にならなくなり、因縁を付けるのが当たり前になり、叔母と同じ臭いを発する生き物になってしまう。ひょっとすると、養ってもらっているのに異議を申し立ててしまったことも、すでに叔母に似てきた証拠なのかもしれない。

純江は焦った。叔母の声からも化粧臭さからも身を離し、よりいっそう寄らず触らずを決め込んだ。なるべく外出を心掛け、叔母の留守を狙って家へ戻るようにした。それでも、がたつく玄関を開けたとたんに襲いかかってくるヘアスプレーと香水の残り香に、毎回愕然とした。他に帰る場所のない少女は、玄関先でしばらく息と涙を止めて立ち尽くすしかなかった。

ただ――。ふと目覚めてしまった夜中、風呂上がりの叔母がバスローブ一枚でぼんやり座っているのを垣間見た時だけ、嫌悪はほんの少し和《やわ》らいだ。濡れ髪はきついパーマをゆるやかに見せ、ほてった手足をしどけなく流し、テレビも点けずに宙を見つめている年取った女の姿は、いっそ可哀想になるほどだった。

けれどそれも一瞬のこと。なぜなら、叔母はすぐに酒を引っ張り出し、純江を見つけようものなら、さすがに店では口にできないと思える客に対しての罵詈雑言《ばりぞうごん》を吐き出し始めるのだから。バスローブ姿の彼女が酩酊して崩れていく様は、湯でふやけた無防備な叔母に、家に染みついた臭いが取り憑いていくかのよう。

学校を卒業するやいなや、純江は家を出ることにした。万が一、自覚のないままずけずけ喋っても違和感が少ないであろうアメリカを、行く先に選んだ。夜の蝶御用達の安いヘアスプレー臭ではなく、ほのかで上品な香りに包まれたくて、太陽と緑のイメージがする〈グリーン・フィールズ〉へ職を求めた。

叔母は、

「ああそうなの。おめでとうさん」

と、気のないことを言い、手切れ金ででもあるかのように相当額のお金をぽんと渡してくれた。

純江が出て行ってから二年半後、かつての同級生から、叔母はとうの昔に夜の仕事を辞めている、と聞いた。なんの職かは知らないが昼間の仕事をしていて、夜はその同級生が働く居酒屋へ、すっぴんで身なりも気にしないというだらしなさで管を巻きに来るのだという。

直後、叔母は酒が祟《たた》って亡くなった。

化粧品の香りとクレイマーの怒声の中で彼女を思い出した時、鼻孔に甦ってきたのが湯上がりの匂いだったことを、純江は自己分析にかけた。

結論は、私って自分で思っていたほどには薄情じゃなかったのねえ、だった。


オフィスフロアは〈プリン〉の八階にある。エレベータを降りたところはちょっとしたターミナルになっていて、パネルで訪問先を選ぶと放射状に枝分かれする自走路が勝手に連れて行ってくれるという変わった仕組みだった。

化粧室でメイクを直し、勝負用の赤みの強い口紅を塗ってから、純江は応接室へ向かった。待ち受けていた橘《たちばな》と名乗る法務担当者は、黒髪を一糸乱れず撫でつけた年齢不詳の男性で、懇切丁寧に〈Ｖｉｃ　ｋｅｙ〉の逃げ口上を繰り返してくれた。

「香料基材のご提案は、飽くまでもお薦めであって、無論、強制ではございません。サロンを見ていただいた通り、技術提携をテナント契約の条件にいたしてなどおりませんので、どうかご安心ください。そもそも、そのようなことをいたしましたら、たとえ〈コスメディック・ビッキー〉といえども、違法と見なされて処罰を受けねばならなくなります」

にこにこ顔から繰り出されるのは、さりげない権力自慢と、フェアであることの余裕。

「ご参考のため、日本法人としての〈ビッキー〉がこの施設で用いておりますテナント約定書を、日文英文両方、真生証明付きで、貴社オフィスと古谷田様の通信端末にお送りいたしましょう」

「お手数をおかけいたします」

お辞儀をした純江の頭頂部に、彼の声が柔らかく降った。

「……というだけでしたら、古谷田様とわたくしが通信で顔を合わせるだけで話が通ったような気がいたしますが、他の御用事はもうお済ませなのでしょうか？」

ぎょっとして顔を上げると、彼は相変わらず満面の笑みだった。そして破顔したまま彼は、

「ああ、いえ、わざわざご来日されるくらいですから、通信回線には乗せられない用がおありなのではと浅慮いたしまして。最近、わたくしどもの部署は人の往来と運輸に関しても勉強を強いられており、つい、そのようなことを」

「交通や運輸にまで、手を広げられるんですか」

「さようです。美容とは、良かれ悪しかれコミュニケーションに影響するもの、というのが当社の考えでございまして、大都市から〈プリン〉へ至る動線の確保にも努めております。いずれはこのメガフロートを移動させる予定があるらしく、遠大な計画に勉強が追いつかない有様です」

「移動、ですか？」

「はい。いえなに、すぐにというわけではありません。ここも工事はまだまだ続きますし、まして

やカリフォルニアは着工したばかりですからご心配なく。テナント契約の折りには、カリフォルニアの〈プリン〉が今後どのように発展するかをお話しできると思います。古谷田様がはるばる来日された理由は、この移動の噂を漏れ聞いて確かめに来られたか、〈ステラノート〉に関して具体的な体験などしてみるおつもりか、どちらかだろうと予測しておりました。移動のほうではないとすると、香りですね？　これればかりは通信回線に乗りませんから」

純江の来日目的はパワーハラスメントの見極めだと重々承知しているだろうに、橘は落ち着いたすっとぼけ方とでも呼ぶべき態度を示した。

純江は刹那《せつな》迷った後、日本方式に従ってことさらににっこりと笑って見せた。

「ご明察、恐れ入ります。我々〈グリーン・フィールズ〉としましても、次代のデファクトスタンダードになるかもしれない技術を無視するわけにはいかないと存じまして。もちろん、テナント申し込みに〈ステラノート〉参画が影響するかどうかも、実際のところは気掛かりでしたし……ずけずけと言わせていただくのならば、当方にも、鼻の先の人参欲しさに唯々諾々とすべてを了承するわけにはいかないというプライドがありますから」

ごもっともです、と彼は丁寧すぎるお辞儀をした。

「ご提案のタイミングが悪かったのは、わたしくどもの至らなさでした。それでもご興味を持ってくださっているとは、誠に感謝の極みでございます。では、テナント約定書を準備する間、先ほどの長野美晴に〈ステラノート〉の体験機を案内させましょう。この際どうかご存分にお楽しみください」

純江はひそかに深い息を吐いた。

確かめるべきことは確かめ、言うべきことは言った。

自分の勇気を讃えた純江は、急に怪訝《けげん》に思った。

ところで、体験機って何だろう？


〈プリン〉七階の約半分は、全従業員用の休憩エリアになっており、巨大な食堂や軽運動施設、個室ブースなどが配置されている。BA《ビューティ・アドバイザー》と呼ばれる化粧品メーカーの美容部員や、〈サロン・ド・ノーベル〉の裏方スタッフのみならず、黄色い安全服を着た工事関係者、本土と〈プリン〉を繋ぐ新交通システムの駅員など、多種多様な人々が休憩シフトの時間を楽しんでいた。

「基礎研究が終わった今は、私たちの遊び道具になってるんですよ」

純江の案内役として再びやってきた美晴が、先ほどよりも多少くだけた口を利いて、談話室のひとつに入っていく。

そこは十人ほどが寛《くつろ》げるアイボリー色の部屋で、だらだらして過ごすのにちょうどよさそうな茶色いカウチがコの字に配置してあった。

部屋の片隅に、アップライトピアノほどの大きさの、音響操作卓のようなものが鎮座している。小さなフィルム・モニター、スイッチ、タッチスライダーを一組としたバー状のセットがおよそ百五十ほど、放射線状に並んでいた。

美晴は、しっかり隈取りをした涼やかな目を遣って、純江を付属の椅子へと促す。

「マスクをかけてください」

チューブ付きの立体マスクを装着する間に、美晴は手慣れた様子でパネルのスイッチをいくつか入れる。

「まず、好きな香りを嗅いでリラックスしましょうか。どんなのがいいです？」

「あ、ええと。やっぱりグリーン・ノート系ですね」

純江が答えるやいなや美晴の指が翻り、ずらりと並んだモニターの背景色がすべて緑色系に変わった。

「グリーン・ノートばかりを呼び出してみたわ」

円形に組まれたバーのモニターは、純色の緑を最上方にして、色相環に緑のセロファンを覆せたかのようなかすかな七色にグラデーションしていた。

「じゃあ、取り敢えず判りやすいのを……」

美晴の細い人差し指が最上部に位置する真緑色のタッチスライダーを操作すると、マスクの中に爽やかな若葉の香りが漂ってくる。

「この機械は、色を混ぜる感覚で香りを調合できるの。香りと色は表現のなじみがいいらしくってね。茶色っぽいのはウッド調、黄色っぽいのはシトラス、ピンクはフローラルで、灰色はメタリック。それぞれのスライダーには、分類記号と一緒にこうやって俗称も書いてあります。私のような研究肌でないBAは、酢酸アニシル、ベンジリデンアセトン、なんていう表示だけだったら、まったくお手上げなんです。これだったら絵の具感覚で大丈夫。自分でいろいろブレンドしてみてくださいね」

「とにかく触ってみます」

純江はパネルに手を載せた。最初は遠慮がちに。

「人間の嗅覚は一万種の臭いを嗅ぎ分けられるんですって。頑張って！」

美晴に励まされて操作する体験機は、とても面白かった。

明るい青へシフトしている色を選ぶと、そのイメージ通り、アクア・ノートが混じってくる。紫がかったもののスライダーを動かすと、甘酸っぱいベリーの香りが付け足される。香料名も楽しい。ベルガモットやジャスミン、サンダルウッドやセージといった定番の自然素材の他、メントール、レザーやタバコ、日本酒まである。

「バーの一部をプリセットに置き換えることもできますよ」

「プリセット？」

「事前に調合されたものも入ってるの。既存の香水や、悪臭でない生活臭を真似て、ね。有名どころでは、ニナリッチの〈時の流れ《レールデュタン》〉、グレの〈カボシャール〉、サンローランの〈ベビードール〉、シャネルの〈アリュール〉、ゲランの〈ミツコ〉。新しいのだと、フーズーの〈モーニングドリーム〉、チュラの〈シェイム〉。インドや日本のお香もあるのよ。生活関連でも、化粧品や食べ物の匂いはもちろん、典型的な香りはほとんどライブラリに入れたみたい。〈ダウニー〉を筆頭とするランドリー剤でしょ、部屋用の芳香剤でしょ、歯磨き各種、〈クナイプ〉を代表格にして入浴剤の数々、医薬品……」

「ちょっと待って。私、もう匂いの嗅ぎすぎで鼻がおかしくなってきてるんです。そんなにいろいろ言われたら、もっと訳が判らなくなりそう」

いたずらっぽい顔をしてから、美晴は純江の泣き言に構わずコンソールを操作しはじめた。

「フレグランスをつけてないなら、いったんマスクを外して自分の服の匂いを嗅いでみて。調香師さんはそうやって嗅覚の麻痺をリセットするんですって」

助言に従って、純江はブラウスの胸元を引っ張り上げて鼻へ近付け、スカスカ吸ってみた。なるほど、生暖かい自分の体臭を嗅ぐと気持ちも落ち着くし、鼻孔に残っていた香料も消えていく。

「迷ってらっしゃるようなので、個性がありそうなプリセットを適当に選んだんだけど」

色相環の左上四分の一が、プリセットを表す白色に変化していた。そこに表示された商品名をざっと眺めようとする純江の視線は、あるひとつのバーの上で釘付けになってしまった。

「〈BPファイブ〉超ハードセット用……」

「古谷田さん、どうかしました？　それ、ヘアスプレーの香りですけど」

そんなことは知っている。知りすぎるほど知っている。シンプルな缶で、紫色のキャップが付いていたことも知っている。雑然とした叔母の鏡台《ドレッサー》の中央で、その徳用缶はいつもドテンと突っ立っていた。

「あのっ！　プリセットにグレイティアの〈ラブミー〉という香水は入っていませんか？」

一瞬面食らった美晴が検索をかけている間に、純江は急いでマスクを装着した。

「あったけど……。パネルに呼び出せばいいのかしら？」

「そうです！」

勢いよく答えながら、純江は自分の行動が信じられないでいる。

体験機の香気再現能力に対する興味？　ただの懐かしさ？　薄れつつあった嫌悪の再確認？　それとも、知らないうちに抱え込んでいた、肉親を捨て去ったという悔悟が頭をもたげた？

フィルムモニターのひとつが新しい文字を映しだしたと同時に、純江は〈ラブミー〉と〈BPファイブ〉のスライダーを最大に上げた。

マスクに包まれた鼻先へ、香りがドッと襲来する。ツンとした刺激の混じった甘すぎる匂いは、瞬時に純江の脳を掻き乱した。

太い眉、濃すぎる化粧、大きな笑い声、突っかかる言い方、壁の染みの前でひらついていた安いドレスの裾。

でも、違う。

うんざりするほど嗅いだかつての香りと、何かが違っていた。まるで、怒濤のように甦ってくる過去の中、叔母の顔だけがよく見えないかのように。

体験機は、ヘアスプレーと香水の匂いを再現しきれていないのだろうか。あるいは、古い三軒長屋の真ん中、という住居の香りをアクセントに加えなければならないのだろうか。

「古谷田さん」

怪訝そうな声で呼びかけられて、純江ははっとした。

「いったいどうなさったんですか」

心配顔で覗き込む美晴に、何をどう説明していいのか判らなかった。

「いえ、ちょっと……。昔、強烈な使い方でこの二つを振り撒いていた知り合いがいて。子供心にもキツい臭いだなあって思ってて。おとなになった今はどう感じるかな、なんて試したくなって……」

「それでどうだったんですか」

純江は、芝居がかってエヘヘと笑った。

「やっぱり今も苦手ですね」

「そんなに悪い臭いだとは思いませんけど」

香りを強くしすぎたのでマスクの外まで漏れていたらしく、軽く息を吸い込んだ美晴が言った。

「古谷田さんには合わないってことでしょうね。でも、ちょうどよかったわ。もともと、香りをランダムに複数選んでぶつけた上で、〈ステラ〉の効果を体験してもらおうと計画していたんです」

そうだった。これが本題だった。

純江は、頭を振って気を取り直した。

「じゃあ、今の香りに〈ステラ〉を混ぜますね。鼻がリセットできたらもう一度嗅いでみてください」

促されて、純江はおそるおそるマスクを顔に当てた。

一息深く吸い込むと、吐く息は自然に、

「ああ……」

という声になってしまった。

これは。この匂いは。

「どうですか？　苦手な感じは少し減ったんじゃないですか？　香水がトップ・ノートからミドル・ノートへ移ったみたいに、同じ香りなのにあたたかくて落ち着いたように思いませんか？　研究班が言うには、〈ステラ〉は人間の皮脂の匂いに近い物質なのだそうです。体臭ではなくて、飽くまでも皮脂。鼻のリセットにも通用する、もっとも慣れ親しんだ匂い。シャネルの天下に轟く名香水〈No.5〉をご存じですよね。あれはアルデヒド10という皮脂を思わせる人工香料を配合したのが成功の鍵だと言われてます」

茫然としている純江の耳に、美晴の声がかろうじて届く。聞いているようで聞こえていない不思議な感覚だった。

「恋人同士が安心を求める時に抱き合うのは、相手の耳の後ろの匂いを嗅ぐ姿勢だから、という説があります。親はよく、ふざけ半分で子供の匂いを嗅ぎます。また、一番風呂を嫌うタイプの人は湯に含まれる人の香りでリラックスしたいのだそうです。皮脂の柔らかな香りは、人類が進化の段階で忘れてしまった〈群れ〉の本能に訴えかけるのかもしれませんね。アロマ・セラピー流行《ばや》りが示す通り、嗅覚は人の心と一番よく結びつく感覚です。私たちは感知できないほどの自分の匂いをバリアにしてようやく自我を保っている、とも表現できますし、他者のそれを求めることで集団への帰属意識が高まる、とも考えられます。誰しもが持つ皮脂の匂いは、いわば〈人間の証〉というバッジのようなものですね」

〈ステラ〉を嗅いでいると、人類の進化だの人間の証だのという言葉がただの大言壮語には聞こえなかった。

これはまさしく人の匂い。安いヘアスプレーとキツい香水だけでは見えてこなかった叔母の顔が、〈ステラ〉を混ぜ込んだ今ならまざまざと思い出せる。

脳裏で鮮やかに甦る気張った叔母の表情とは裏腹に、横の美晴は急に力無く声を落とした。

「実は、古谷田さんに告白しないといけないことがあるんです。先ほど、お客様が大声を上げられた時、トラブル処理のマニュアルに従って〈ステラ〉を店内に流したんです。みんなが和をもってして穏やかな行動ができるように、と。確かな効果は望めませんが、古谷田さんやお客様を催眠術にかけようとしたのではなく、非常時対応の一環と見なしていただければ有難く思います」

純江は静かに納得した。その折りに急に叔母を思い出したのは、大声と化粧品の香りからではなく、〈ステラ〉に追憶を揺さぶられたせいだったのだろう。

皮脂の匂いだけをほのかに纏う、風呂上がりの無防備な叔母。その姿こそ真実の叔母なのだと、自分はずっと前から知っていた。派手な化粧や下品な身なりも、ヘアスプレーも香水も、そして戦闘的な口調も——そんなものども で鎧《よろ》わなければ、世知辛《せちがら》い世の中で姪を養っていけなかったのだ。

本当の叔母は、バスローブの丸まった背中が語っていた。もしも素直に問合いを詰められたなら、強い香りの背景に漂うあたたかな肌のぬくもりを嗅ぎ取ることもできただろうに。

判っていた、判っていた。

叔母と自分は、〈強がり〉という同族だと知っていた。

なのに自分は息苦しさから逃げ出した……。

「古谷田さん、ほんとうにどうしたんですか？　ご気分でも悪いんですか？」

純江は美晴の問いかけに応える暇を惜しんで、ただただ懐かしい香りを吸い込む。

そして、この懺悔の心が天界に届いて叔母の寂しい魂が解き放たれ、美しい星の苑で遊べるようになればいいのに、と、強く強く願った。

○
○
○

〈観る子〉は、腫れ物を患《わずら》った。

そして、自分の墓となる冢《つか》を造るようにと人々に請うた。

これまでずっと簾に囲われた高床に引き籠もり、星を読み、気配を嗅ぎ、大気を感じて、邑人のために尽くした〈観る子〉の、初めての我儘だった。

人々は〈観る子〉への感謝といずれ必ずやってくる悲しみを込めて熱心に働き、土塊《つちくれ》は着々と盛られていった。

——邑の人々は、同じ縄目の器を使い、同紋の入れ墨で身体を飾り、よく纏まってくれています。けれどもうじき、それだけでは安泰が守れなくなる……。

明かりも焚かない部屋の中に、痛みをこらえながら話す〈観る子〉の声が流れる。

——もはや、邑の内で互いが揃っていることを確かめるだけではいけません。外の世界に向けて我らの力を知らしめておかなければ。外には、よく焼きしめた器でおいしい水稲を存分に食べられるほどのすぐれた技術があります。よりいっそうの財産や下働きを求める彼らは、我らの邑囲いの溝など簡単に踏み越えて襲いかかってくることでしょう。しかし、遠くからでも見える立派な冢を築けば、多少はおののいて避《よ》けてくれます。私を埋めた後は、冢に登れる小径《こみち》を造り、上で盛大に祭祀《さいし》を行ないなさい。冢に眠る人ならぬ巨きなモノが、この邑を治め続けていると見せなさい。

〈伝う人〉は黙っていた。

さすがに〈観る子〉といえども彼の心を読めはしないが、何を考えているのかは想像がつく。彼は、〈観る子〉を継ぐ者が生まれていればよかったのに、と思っているに違いない。〈観る子〉と同じような勘の鋭い人物が生まれれば、冢など造らなくともよい方策が判るのに、と。

しかし〈観る子〉はそれを望んではいなかった。

鋭敏な者は、邑の人々と一緒には暮らせない。知らなくてよいことを知ってしまうし、他の者の気配や匂いは先読みの感覚を濁らせる。

人目を憚《はばか》る理由をつけるために、幼い頃から全身に彫り物を入れられてさらなる異形になるのは、自分だけでたくさんだった。その結果、倍旧の超然とした感覚を得たとしても、人々から崇《あが》められるようになろうとも、だ。

〈観る子〉は、生来の肌に邑の印だけを彫り込み、同じ器で飯を食う、普通の暮らしがしたかった。みなと一緒に、大声で歌い、笑い、罵《ののし》り合ってみたかった。

伴侶の持てぬ、男とも女ともつかぬ身体を持って生まれた〈観る子〉は、あたたかな人の香りに包まれて安寧に浸ってみたかった。

——〈伝う人〉、頼みましたよ。世の乱れで邑の心がちりぢりにならないようにね。みなの心が揃ってさえいれば、外からどんなものがやってこようとも大丈夫です。こちらの力を精一杯見せつけたら、あとは、受け容れられることは容れ、譲れるところは譲るといい。そうすれば戦《いく》さにならず、外も内もゆっくりと穏やかに変化していけるでしょう。

〈伝う人〉はまだ黙っていた。

夜陰に〈観る子〉の細い息が這った。

——本当に頼んだよ。大気がこう揺らいでしまっては、もうお前だけが頼り。みなも、私の弟の言うことなら素直に従ってくれるでしょう。

横臥《おうが》した〈観る子〉の弱々しい視線が星を探す。

けれども簾の狭間から垣間見える曇った夜空は、ただ重苦しく澱《よど》むだけで、何も見せてはくれなかった。

求《ぐ》道《どう》に幸あれ

人魚姫・人魚王子の新生活

――海中生活推進施設　人工鰓《えら》モニター募集広告

東京湾に浮かぶメガフロート施設〈プリン〉の外縁部には、三百平方メートルはあろうかという特別なレッスンルームが存在する。曲線を持った広い窓から朝日の降り注ぐ明るい室内には、マナーを学ぶための大きな食卓、優雅な腰掛け方を練習するさまざまな種類の椅子、バレエのレッスン・バー、小型のグランドピアノ、巨大な化粧台などが置いてあった。

部屋の片隅には、唐突に三十段ほどの瀟洒《しょうしゃ》な階段が設《しつら》えてある。可動式のそれはどこにも繋がっておらず、上りきったところはちょっとしたバルコニーふうになっている。今は左四十五度の螺旋階段状に捻られていて、バルコニー部分でポージングの確認をする手はずだった。

コーチのペネロペ・ルイスはそれを「世界一への階段」と呼んでいる。階段の上り下りを何百回も繰り返し、爪先の下ろし方、足首のひねり方、膝の緩め方、腰つき、姿勢、腕の表情、そしてもちろん笑顔の見せ方、果ては髪先の弾みまでをもコントロールできるようになれば、世界一の美女の座はきっと手に入る、と彼女は説くのだ。

艶やかなロイヤルブルーのロングドレスを身に纏《まと》った加藤茉那《かとうまな》は、完璧な裾捌《さば》きでバルコニーへの最後の一歩を決めると、手摺にそっと指先を載せてにこやかに頬笑んだ。

見下ろすレッスンルームの中央では、デザインチェアに深く腰を下ろしたペネロペが、厳しい顔で腕組みをしている。白茶けた髪を無造作に散らし、化粧気もない彼女は、一見するとただの神経質そうなキャリアウーマンだが、ローズピンクのブラウスと黒いタイトスカート、先の尖ったシルバーのヒールといった派手なファッションが示すとおり、この業界に長く君臨する名うてのモデル育成者なのだった。

ペネロペは、六十代にはとても見えない瑞々しい頬をわずかに緩めると、傍らに立つもうひとりの女性を振り仰いだ。

「さっきよりはよくなったと思うんだけど、山田先生の御意見は？」

黒髪をきっちりと纏めた立ち居姿の女性は、目元を柔らかくして答えた。

「とてもなめらかな動きになったと思うわ。階段はまだちょっと怖いはずなのに、さすがね。リハビリが進めば、もっともっと素敵に歩けるようになるわよ、茉那ちゃん」

世界に冠たる美容医療会社〈コスメディック・ビッキー〉の幹部に呼びかけられて、茉那は精一杯の笑みを返した。

「ありがとうございます。これも山田先生のお蔭です。リルさんのようなトップモデルになれるよう、頑張ります」

「あら、うちの娘なんて、あなたに比べたら垢抜けないもいいとこよ」

山田キクは日本人らしく謙遜したのだろうが、ペネロペは真顔で茉那に釘を刺した。

「茉那。笑顔が硬い。何度言ったら判るの。もうちょっと自然に頬笑めない？　それと、今みたいな応え方はコンテストでしないでね。感謝はオーケー。でも、自分はまだ発展途上だなんて言っては駄目。私は素晴らしい、私は世界一。そういう自信を見せつけなきゃ」

「はい」

そうだった、自信がなによりも大事なのだった。

茉那は自分の胸にしっかりと反省を刻みつけた。

ビューティコンテストに出る決心をしてからというもの、自分はやれるだけのことをやってきた。さほど不満ではなかった整形済みの顔のバランスを改めて〇・一ミリ単位で見直し、髪の毛の質を変え、肋骨の下二本を除去してウエストを絞った。節高《ふしだか》だった指は関節を入れ替えることでほっそりとさせ、爪は質の良い培養品を移植した。

整形経験の有無にかかわらない、とにかく世界一の美人を決めるというコンテストだからこそ、妥協や逃げは許されない。

コンテストの理念はこうだ。「生まれつきの資質を恨む気持ちは心身ともの不細工さを引き寄せるだけだから、さっさと美容整形をすればいい。なおも結果が気に食わなければ、さらにさっさとやり直すべき。自分の望みに忠実であり、極めて前向きな人生を送っていることこそが、内実ともの美に通じる」。手段を選《え》り好みすることなくどこまで高みを目指せるかの勝負は、素晴らしいし潔い、と茉那は思う。

それにしても、最後の大手術はつらかった。ペネロペが「世界水準に達するためには、バランス的に手脚の長さがあと二センチほしい」と言ったのが一年前。自己組織培養を待って、肘の上下と脛《すね》を長くする手術をし、厳しいリハビリを経て、一週間ほど前からようやくモデルウォークができるようになったのだ。

やれるだけのことはやった。これに対しての自信はある。

けれどそれは、ペネロペの求める自信とは少し違っていた。

茉那は、コンテストの質疑応答で、自分は世界一の美女だと思うか、と問われるのが怖かった。美人の基準は人それぞれ。リルのように切れ長の瞳が魅力的な女性もいれば、くりくりした目がたまらなくキュートな女性もいる。スレンダーが好みの人も、グラマー好きな人もいる。万人がゴールと認める場所などありはしないのだ。

一昔前までは、ビューティコンテスト独自の美的感覚というものが存在した。東洋人なら黒髪のストレート、アングロサクソンならプラチナブロンド、といった典型的な姿。先鋭的すぎて怖いほどの濃い化粧。語学に堪能でボランティア活動の経験が豊富。まるでドッグショウの犬種規格めいた専門的かつ閉鎖的な〈美人の型〉が重視されていたのだ。

しかし通信技術の発達によって、世界中の大勢の人々が審査員を務めるようになってからというもの、千差万別の美的感覚にさらされるモデルに一番必要なのは、容姿を含めた総合的な〈美人のオーラ〉である、と言われている。つまり、自信が放つ輝き、だ。

だから茉那は、自分は美人だと思うか、と問われたら、困惑を必死に隠して頬笑みを作り、「私の好みから言うと、今の自分はとても美しいと思います」と、胸を張って答えなければならない。

綺麗である自信は万全でなくとも、自分に自信を持っているという自信ならあるのだし、それを審査員たちに明確に伝えないことには票を稼げないのだから。

世界一になれるかどうかは時の運。けれども、それを目標にやれるだけのことをやってきた自信は、きっと一生の原動力になる——茉那はそう信じている。

「茉那ちゃん、今日もジムに行く?」

キクが訊いた。

「はい。夕方までこちらのレッスンがありますから、夜に」

「じゃあ、入れ違いになっちゃいそうね。向こうでも会えるかと思ったんだけど」

「残念です。山田先生が汗を流してらっしゃるところ、見たかったです」

茉那が茶目っ気を出すと、キクは少女のように肩をすくめて小さく笑った。

「運動しに行くんじゃないの。うちが後援している選手の様子見よ」

それを聞いた茉那の脳裏に、あるイメージが浮かび上がった。

自分のように〈ビッキー〉による手術を繰り返し受けた、サイボーグのような選手の姿が。


〈プリン〉のスポーツクラブは、自然光が届かない。運動に集中できるように薄暗くされた広大なフロアには、亜鈴《アレイ》やバーベルを使うフリーウエイトコーナーの他に、一般にはランニングマシンと呼ばれるトレッドミル、ベンチプレスマシン、サイドレイズ、ローイングマシン、スクワットマシン、トルソーといった、多種多様な運動器具が置いてあった。

それらが発する駆動音や、メンバーたちの靴音、話し声、無個性なBGMなどを掻き分けるようにして、村田勢津子《むらたせつこ》は隣接するスタジオからの音声に耳を傾けていた。集団レッスンを行なうスタジオでは、ちょうどバーベルを使った有酸素運動が行なわれていて、ビートの効いた流行の音楽も、やたらと元気のいい担当コーチのキュー出しの声も、勢津子の筋肉トレーニングの単調さを紛らわせてくれる気がする。

勢津子の個人コーチである黒崎正貴《くろさきまさき》は、スタジオレッスンを「アスリートの甘い罠」と呼んでいる。音楽や掛け声につられて長時間頑張るのは、一般メンバーにとって楽しく有益なものだが、競技会を目指そうかというシビアな競技選手にとっては、せっかくの筋肉バランスを狂わせる行為に他ならないからだ。

勢津子はレッグカールを指導通り十五セット終わらせると、ハムストリングマシンへと移った。ウエイトが自動設定される間を利用して、特別に調整された飲み物を口へ運ぶ。

ちらりと横目で見た黒崎は、手に持ったモニターを確認していた。男性としては小柄で、トレーニングウェアの色合わせも野暮ったく、運動に興味のない人が見れば風采の上がらない中年サラリーマンのような印象だが、その立ち姿のよさや絞り込まれた身体が示すとおり、彼はマラソン界における名うての選手養成コーチなのだった。

黒崎は、四十代にはとても見えない引き締まった頬をわずかに緩めると、傍らに立つもうひとりの女性にモニターを見せた。

「一ヵ月前に比べるとかなりよくなったと思いますが、山田先生の御意見は?」

黒髪をきっちりと纏めた立ち居姿の女性は、目元を柔らかくして答えた。

「今のドリンクの効果が現われてるということね。よかったわ。味に不満はないかしら、勢津子ちゃん」

世界に冠たる美容医療会社〈コスメディック・ビッキー〉の幹部に呼びかけられて、勢津子は晴れやかに返した。

「はい、大丈夫。おいしいです。お肌の調子もいい感じです。これを飲んで〈ビッキー〉のお手入れをさぼらなければ、私もリルさんみたいな桃肌になれそう」

「あら、うちの娘なんて、あなたに比べたら代謝が悪いもいいとこよ。勢津子さんがうちの〈素肌改善プログラム〉を受けてくれれば、あの子の肌質なんてすぐに追い越すわ」

キクはお世辞と好意でそう言ってくれたのだろうが、黒崎は真顔で彼女に釘を刺した。

「山田先生。勢津子が〈ビッキー〉の広告塔の役も担っているのは重々承知していますが、あんまり唆《そそのか》さないでやってくださいよ。こいつは飽くまでもアスリートなんですから、美容にばかりかまけて競技の結果を出せなくなっては、本末転倒です。必要なのは、まず、強気と自信なんですよ」

長距離選手はひどくストイックなところがある。黒崎もそのタイプで、軽口を聞き流せない。それをよく知る勢津子は、急いでフォローを入れた。

「コーチに言われなくても重々判っておりますよー、だ。ちゃんとやることはやってます。ほら」

言いながら、わざとらしくせっせと脚を曲げ伸ばしする。

視界の端に、優しい苦笑といったものを浮かべたキクと、早速モニターに目を落としている黒崎が見えた。

やれるだけのことはやっている。

これに対しての自信はある。

しかし、もしもインタヴューで、自分は最高峰のアスリートかと問われたら、黒崎に叱責されるくらいの困惑を顕わにしてしまうだろう。

どこまでが自分自身の素の力で、どこまでが〈ビッキー〉が提供してくれるアイテムの効果なのかが判然としないのだ。

勝利は自分の努力に対して与えられるもの。この達成感だけは手放したくない——。

孤高を誇る勢津子は、長距離を走る時の十キロメートル付近で行なう肉体との対話が好きだった。呼気が弾む。心音が轟く。頬が火照《ほて》る。汗が伝う。走ることは好きなのに、風はとても心地よいのに、身体が少しずつ重くなる不思議。そんな時彼女は、この苦しさごと丸々私、と実感する。

彼女は、頑張れ私のメカニック、と、みずからを励ます。自分は皮膚に包まれたただの化学工場だ。ATP回路、ナトリウムカリウムポンプ、ミオシン、乳酸、酸素と二酸化炭素、ヘモグロビン、アミノ酸——挙げ連ねきれない夥《おびただ》しい仕掛けが、電気信号やエネルギーでもって律儀に働いているにすぎない存在だ。

ランナーは、その長き孤独さゆえに自分自身を見つめ、愛することができる。自分の中の仕組みと、そのからくりの性能アップのために続けてきたこれまでの努力が、この一歩一歩を進めてくれているのかと思うと、たまらなく自分が愛しい。

勢津子は自分に呼びかける。

頑張ってるね、私の身体。頼りになるのは自分だけ。もっと頑張れ、私の身体。

やるべきことはやってきたという確固とした自信が、勝ち気な足捌きを支えてくれる。

あとはもう、待つだけだ。脳にエンドルフィンが駆け巡るのを。ランナーズハイの状態まで漕ぎ着けられれば、きっちりと調整した身体は自動的にゴールテープを切ってくれる。

勢津子は、何者にも頼らない姿を見せつけるためならば、いっそ全裸で走ってもいい、とさえ考えていた。

シューズやウエアの性能でタイムは大きく変わる。給水ポイントで取るドリンクの成分で、コンディションも大きく変わる。それは内在する力を引き出すツールではあっても、自分自身ではなく環境にすぎない。勝利をツールのお蔭のように言われるのは嫌だった。

本当は、ドリンクだって飲みたくない。化粧品だって使いたくない。そんなものに頼らない、身ひとつの矜持《きょうじ》を守りたいから。〈ビッキー〉の支援に甘んじているのは、これからも選手で居続けるための仕方ない妥協だった。

世界一になれるかどうかは時の運。けれども、それを目標にやれるだけのことをやってきた自信は、きっと一生の原動力になる——勢津子はそう信じている。


茉那と勢津子は、互いを見知らぬまま、翌日の同時刻に同じ喫茶店を訪れた。〈プリン〉にあるコスメ・ブティック、その一角の喫茶店〈ノヴァ〉では〈ビッキー〉関係者の割引が利くのだ。

入り口を向いて座っていた勢津子は、入店してきた茉那を見て即座に、モデルさんだな、と思った。整った目鼻立ちはもちろん、スタイルがマネキン人形のように素晴らしい。

片や、空席を探す茉那の視線は、一瞬、勢津子に留まった。テーブルに邪魔されて上半身しか見えないが、あれは本格的に鍛えている人の肉体だ、と、自然に目がいってしまったからだった。

茉那は優雅な動きで歩を進め、勢津子の二つ斜め後ろの席に座った。店の奥のほうへ身体を向けたのは、勢津子に無礼な視線を送らないため。自分にはないしなやかな強さをじっくり観察してしまいそうだったから。

離れて背中合わせになっている茉那と勢津子の間に位置するテーブルには、女らしく可愛い格好をしたふたりの女性が陣取っていた。

モデルとアスリートの耳には、抗《あらが》いようもなくその女性たちの会話が忍び込んでくる。

「でね、友達が、ビッキーメイトって呼ばれる上級美容部員《ビューティ・アドバイザー》をやってるから、ちょっと訊いてみるね、って約束してきちゃった。忙しいのにごめんね、波留華《はるか》」

声はかなり子供っぽかった。が、波留華という名前らしいもうひとりのほうは、さらに舌足らずで甘えた喋り方だった。

「えー、そんなあ。私、金バッジとはいえすごく下っ端だから、難しいことは知らないよー」

「知らなくても、奇妙さは感じない？　〈ビッキー〉、すごく変。巨大企業になりすぎて、力の使い方を間違ってる。このあいだの〈ステラノート〉だって、企業連合を組んでみんなの香りを統一するのが目的でしょ」

「えー、それは正反対だよ。他の香料が混じっても不快に思わないような基材ができたから、お客さんが新しい香水をもっと気楽に楽しめるように各メーカーも協力しましょう、ってこと。統一なんかじゃないよー」

「言い訳っぷりまで独裁の香り」

「なんでよー」

波留華の泣き入れを、相手は軽く笑っていなした。

「ただでさえ〈ビッキー〉は、基礎研究やコスメの素材やなんかで他のメーカーに影響力を持ってるんだよ。食品にだって香料とかを提供してるんだよ。〈ビッキー〉からの提供を受けてない会社を探すほうが大変なくらいだよ。ついには各国政府まで取り込んで、ここみたいなメガフロート施設を海外でもばんばん造ってるみたいだし、なんか世界中が牛耳られてる感じ」

うーん、と可愛らしい唸りが聞こえた。

「確かに〈ビッキー〉は、いまや建築や交通にまで手を広げてるしねえ」

「宇宙開発にまでね」

「……うん」

「最近の〈ビッキー〉の謳い文句を思い出してみてよ。自由だの、意志だの、人類だの、言ってることが大袈裟すぎるわ。怪しさ全開よ」

「それはそうだけど。支配されてる、みたいに言われると、社員としてはちょっとねえ」

〈ビッキー〉の恩恵に与《あずか》っている茉那と勢津子も、それぞれが複雑な心境だった。

一昔前の巨大商社や大手メディア会社のように、〈ビッキー〉の威勢はあらゆる分野に波及している。世界人類の共通願望は「人が健康で美しく快適に暮らす」ことだ。そして〈ビッキー〉が掲げる〈コスメディック〉なるものは、それこそを目的にした研究開発分野に他ならない。そして近年、〈ビッキー〉は〈コスメディック〉から敷衍《ふえん》して、「人が健康で美しく快適に暮らす」ための全ての事象を、物心共にコントロールし始めているようにも見える。

しかし、〈ビッキー〉と独占禁止法を関連づけて報道されたことはかつてないし、誰かが多大なる迷惑を蒙《こうむ》っているという気配も感じられない。

茉那と勢津子は、要するに妬《ねた》みのようなものだな、と、それぞれうら寂しい気持ちになった。ごく一般的な人々は、トップを羨《うらや》み、完全を訝《いぶか》しむ。安穏とした人々が、真っ直ぐ前を向いて進んでいるものを目にする時の、典型的な心情だ。自分もそれを受けて悩まされた経験が幾度かある。やるべきことをきちんとやっている自信があるのだったら、〈ビッキー〉は痛くも痒《かゆ》くもないだろうが……。

「ところが、よ」

波留華の話し相手は、いかにも身を乗り出しているかのような張った声で続けた。

「出しゃばりで医療分野にも詳しい〈ビッキー〉なのに、デザインド・ベイビーには乗り気じゃないんだってね。これはどういうわけ？」

「デザインド・ベイビー？」

「デザイナーズ・ベイビーとも言うわね。遺伝子操作を施された子供のこと」

「ああ、判った。そうね、あんまり賛成はしてないみたいね」

相手は、ふっ、と強い息を吐くと、絞り出すように再度訊ねた。

「なぜなの。〈ビッキー〉の影響力をもってことに当たれば、不幸な生まれつきを背負った人が少なくなるのに。病気の子供より宇宙開発のほうが大事なの？　間違ってる。絶対に権力の使い方を間違ってるよ」

波留華の声が曇る。

「……何かあった？　私に訊いてくるって請け負ったのは、そのこと？」

五秒ほどの沈黙があった。

再び口を開いた相手は、ぼそぼそした小さな声。

「自分のことじゃないから、代理戦争みたいで気が引けるんだけど。さっき話した従姉妹、ちょっとした遺伝病を持ってるんだよね。それなりの苦労もしたから、自分の子供には受け継がせたくないわけ。でも、医者は、その病名は着床前診断のリストに上がってないから調べられない、って。育つから駄目なんだって」

「育つから駄目？」

「うん。従姉妹みたいに成人できる、ってこと。薬石投じる前に死んじゃうような種類なら、着床前診断をして原因遺伝子を正常なものに組み換える処置がとれるらしいんだけど。育つんだからそれ以上は望むな、選民主義に陥るな、ってことよね」

「それ、昔からある論議ねえ。あんまり選別しちゃうと、もうすでに生まれてしまっている病気の子どもたちが差別を受けるようになる、とか、国家予算をかけて全員を無料検査するようにしないと格差ができる、とか」

「そりゃあ、社会的には考えなきゃならないことがいっぱいあるでしょうよ。けど、従姉妹にとっては、二分の一という高い確率で自分の子供が不自由さを味わうかもしれない大問題なんだよ。落っこちそうな穴が目の前にあったら、蓋をしておきたいのが人情ってもんじゃない」

どちらのものとも知れない長い吐息が流れた。

波留華がぽつりと言う。

「生死に関わる問題と、Q・O・L《クオリティ・オブ・ライフ》は、地続きなんだよねえ」

相手は怪訝《けげん》そうな声を出した。

「なによそれ」

「どこまでが治療でどこからが贅沢かの線引きは難しい、ってことよ。重い心臓病は誰が見たって急を要する疾病《しっぺい》でしょ。遺伝子の不具合なら修復しておかなきゃ。じゃ、腸の難病はどうかしら。流動食さえあれば生きていけるけど、おいしいものが味わえないっていう悲しみは治療対象になるのかな。温熱蕁麻疹《じんましん》の遺伝は治すべき？　毎晩痒くて眠れない苦労を訴えたら、着床前診断のリストに入れてもらえる？　知能だって遺伝するんだよ。頭の回転が鈍いのは治療してもらえるの？　自立生活ができないほどの人に赤ちゃんができたら、身内はどんな気持ちになるの？　治療できるものならしたいでしょう？　でもそれを言ったら、平均点が取れなくてつらいから、子供はもっと賢くあってほしいと願うのはどうなの？　もっと言えば、五体満足だけど友達ができないほど不細工、って場合は？」

これまでのんびりした口調だった波留華は、そうまくしたててから、一息入れた。

「まあ、こういう線引き問題が、遺伝子操作児に賛成しきれない理由のひとつらしいんだよねえ。特にうちは〈コスメディック〉を名乗ってるから、純粋な治療をしようとしても疑いの目で見られちゃう。例えばさあ、呼吸困難を起こす遺伝病の鼻骨形成不全を防いだとして、そのせいでちょっとかっこいい鼻で生まれてきたら、美容目的の遺伝子改良じゃなかったのか、なんて糾弾される可能性が高いんだよねえ」

「バカらしい。誤解するほうが悪いんじゃない。正々堂々、治療だと説明すればすむわ」

軽い笑いを含んだ相手に反して、波留華は依然として真剣だった。

「もうひとつの大きな理由はね、〈ビッキー〉には自信がある、ってことなんだよねえ。遺伝子操作をしなくても、病気なんかひょいひょいって治しちゃう。その自信が〈ビッキー〉にはある。だからわざわざ手を出さない」

相手は、さっきよりも不審げに、「はあ?」と声を漏らした。

「波留華、何言ってんの?」

「人が望む、ならそのようにしてあげたい、のが〈ビッキー〉の理想ってことだよー。心臓病も蕁麻疹も、お間抜けも不細工も、本人に不満があればすっきり治してあげたい。反対に言うと、それを抱えるほうが自分らしいと思うなら、そのままにしてあげたい。出生前の遺伝子操作は赤ちゃん本人の希望じゃないでしょ。つまり自分に満足がいくようにしてあげるというのが、〈コスメディック・ビッキー〉の使命。そして〈ビッキー〉には、遺伝子に手を出さなくても、いずれは理想を現実化する自信がある」

「その理想はいつ実現するのよ。いま、この、目の前の現実はどうなのよ。この瞬間にも病気の子供は生まれているのよ」

「判ってる。でも、遺伝子操作は後世にまで影響を残すんだからさあ。DNAという人類の根幹をいじるのは慎重にしないとねえ」

波留華のあっけらかんとした口ぶりに、相手は急にトーンダウンした。

「二の足を踏む理由に、人類の根幹ときたか……。ねえ、波留華。気を付けて。あなた〈ビッキー〉に洗脳されてる。〈ビッキー〉は、やることなすことが巨きすぎるわ。人工の鰓を付けて海中生活する〈人魚計画〉、世界の海で〈プリン〉建設、国際宇宙開発機構と手を組んだり、〈ステラノート〉を広めたり。そしてあなたまで、人類のため、未来のため、って。大風呂敷を広げすぎじゃないかしら」

「〈素肌改善プログラム〉を受けたら信じられるようになるよ。ああ、この会社はほんとに世界を変えるんだな、ってなんとなく判るの」

「未来じゃなくて今、綺麗事ばかり言うな。そう思っている人は、きっとたくさんいるよ」

「うん、それは仕方ないよねえ。最先端を行く者は、常に風当たりがきついからねえ。魁《さきが》けの宿命って言うか」

「トップを目指すよりもっと大事なことがあるんじゃない？　〈ビッキー〉って、まるで宿題もしないで世界征服の計画を立てる小学生みたい。そんなの馬鹿げてるって思わない？　私はね、〈人魚計画〉や〈プリン〉なんてやれる力があるなら、従姉妹みたいに今苦しんでいる人々に力を貸してほしいのよ」

それを聞いた波留華は、語りかける口調になった。

「繰り返しになるけど、遺伝子操作をしても、すべての人のすべての不満を拾い上げることはできないよね。世に存在する病を総なめにする検査を、ひとり残らず受けられるようにする制度でもない限りは。治療か高望みかの線引きもコンセンサスを取るのはむつかしい。それを承知しているからこそ、未来を見据えた世界の枠組みのほうを先に築き上げるのが最善だと思っているの」

波留華はそこで、「だからこそ、お客様」と、お茶目な声を遣った。

「従姉妹さんには、行動してみてくださいと伝えてほしいの。〈ビッキー〉は、人類全員の願いを全部叶えてあげることはできない。けれど、聞く耳持たないのとはまったく違う。人の群れから進み出て、自分の希望はこうです、と叫ぶ人の声なら、聞いてあげられるかもしれない。〈ビッキー〉は、明確なビジョンを持っている人の味方よ」

波留華は、もう一度「お客様」と、ふざけた呼びかけをした。

「従姉妹さん本人がうちの相談窓口にうんとこさ泣きついたら、もしかしたら希望のかけらぐらいは見つかるかもしれませんですよー。従姉妹さんの要望が人類の未来に関わる問題だと判れば、診断であれ治療であれ、盛大に権力行使してみせてくれるかもしれないですよー」

「愚痴ってないで動きなさい、なの？　人類の根幹に手を触れることになってもこの病は未然に防ぐべきだ、と〈ビッキー〉に言ってもらえるようにすればいいってわけ？」

相手の口調は、半ば戦闘的だったが、波留華はそれをむしろ喜んだ。

「そうそう。やれるだけのことをやる人、それこそが〈ビッキー〉の好みよ。従姉妹さんには、頑張って、って伝えてね」


マラソンランナーは、静かに席を立った。

テーブルに残された飲みかけのコーヒーは、波留華たちの話が聞こえてきた時点から少しも減っていなかった。

「なんでも治しちゃう、か」

勢津子は小さく苦笑を漏らした。

他の競技者と同じように、勢津子もこれまで数多くの故障に見舞われてきた。踵の骨折、痙攣、腰痛、スタミナ低下。お蔭で、医学が日々刻々と進歩しているのを肌で感じ取っている。腱の断裂でさえ、今や経皮薬のみで治るのだ。まことにもって医学はすごい。勢津子がしぶしぶ受け取る〈ビッキー〉からの支援品もそれを証明している。

だからこそ、医学を盲信するのは罠にかかるも同然だ、と勢津子は思う。

もしも薬で望み通りの筋力を得られるようになったら、筋肉トレーニングはしなくていいと指示されるのだろうか。

もしも疲労しない身体にしてもらえたら、長距離の走り込みで持久力を上げる努力をしなくてすむのだろうか。

勢津子は、そんな生き方はつまらない、と思う性質だった。

あまねく選手にはドーピングという楽な道がある。けれど自分は絶対にそれを選ばない。バレたら困るからではなく、自身が成し遂げるという満足感がないからだ。

傷病であれ弱点であれ、命に別状がないならば、まず自分との対話を試みるのが人生の妙味ではあるまいか。歯を食いしばり、汗水垂らし、拳を握り、地団駄を踏み、こんちくしょうと叫び、そうやって自力で苦しさをやり過ごしてこその、生き抜く自信ではあるまいか。

無論、深刻な病をも気力で治すなどという考え方はしない。一心不乱にやっても自分だけでは太刀打ちできないと判るのも、これまた妙味。その時は、全幅の信頼を置ける医師なり医術なりの力を借り、盛大なる感謝を贈ればいい。

勢津子はそっと心の中で呟く。

克己心を携えて、ありのまま生まれてくる子どもたちに幸《さち》あれ。

自分の力を信じられる、本当の、真実の、幸《さいわ》いなる人生あれ。

美貌のコンテスト出場者《コンテスタ》は、まだ席に座っている。考え事をしているうちに、いつの間にか波留華たちはいなくなっていた。

テーブルの上のビタミンジュースは、少しも減っていなかった。

「生まれつきを変えましょう、ね」

茉那は小さく苦笑を漏らした。

他のモデルと同じように、茉那はこれまで数多くの試練に見舞われてきた。体型の維持、顔貌の流行、髪や肌の状態。お蔭で、医学が日々刻々と進歩しているのを肌で感じ取っている。眉の生え方さえ、今や経皮薬だけでコントロールできるのだ。まことにもって医学はすごい。手術を際限なく繰り返したこの身体がそれを証明している。

だからこそ、生まれつきの差は重大問題だ、と茉那は実感してしまっているのだった。資質がもともとのものか後付けのものかで、同じ姿形をしていても精神状態がまったく異なってしまうからだ。

もしも可愛い女の子として幼少期を過ごせていたならば、これほど手術を繰り返さなかったかもしれない。

もしも土台が美しければ、自信のなさで笑みが硬いなどと指摘されなかったかもしれない。

しかし茉那は、そんな生き方はつまらない、と自分に言い聞かせることにしていた。

あまねく人間には自然主義という楽な道がある。けれど自分は絶対にそれを選ばない。素で勝負できない負け惜しみではなく、自身を変革するという満足感がないからだ。

天賦の才にもたれかからず、化粧であれ整形であれ、利用できるものは利用して自己変革していくことこそが、人生の妙味ではあるまいか。顔を変え、肌を整え、色味を選び、化粧法を学び、流行に後《おく》れるもんかと叫び、そうやって変化してこその、生き抜く自信ではあるまいか。

無論、美容整形中毒者《ビューティ・ジャンキー》と蔑《さげす》む人々もいる。そんな輩《やから》に、たとえ後付けであれ自分の美意識を表象したほうが勝ちだと判らせるのも、これまた妙味。その時は、なまじ妥協できる容姿に生まれついたからこその自然主義に思いを馳せ、盛大なる哀れみを贈ればいい。

茉那はそっと心の中で呟く。

生まれつきを克服した人たちに幸《さち》あれ。

自信を持って笑える、本当の、真実の、幸《さいわ》いなる人生あれ。

予選が近付いていていた。

勢津子は、普段はビューティレッスンに使うという無駄なほどに広いお洒落《しゃれ》な部屋で、化粧をされていた。

朝日を和《やわ》らげるレースのカーテンも、食卓に並んだ花柄のティーセットも、黒々としたグランドピアノも、競技生活一辺倒の勢津子にとっては優雅すぎて馴染まない。その上、色々な種類の椅子がたくさん置かれていたり、室内なのに行き止まりの階段があったりする不思議さが、どうも落ち着かないのだった。

コンテストモデルのための訓練場だとは聞かされていたが、甘く不思議な空間と訓練という語句がうまく結びつかない。おそらく、先日カフェで見かけた女性のような美人たちが、彼女たちなりの自己研鑽に励んでいるのだろうけれど、それは風を切り裂いて矢のように翔ぶアゲハチョウを思い描くのと同じくらい、想像しがたいものだった。

「はい、いいですよ」

黒スーツの襟元に鍵マークの金バッジをつけた〈ビッキー〉の美容部員が、勢津子の唇から紅筆を離した。

「山田先生のご指示通りにしましたけど、ご自分ではいかがですか」

どうもこうも、そもそも化粧の善し悪しが勢津子にはよく判らない。鏡の中の自分は、目がぱっちりしすぎて、驚いているみたいな顔だった。

「ああ、はい」

と、中途半端な返事をした勢津子に、上級美容部員「ビッキーメイト」の資格を持つ南部《なんぶ》杏奈《あんな》は
ゆるりとした頰笑みを投げた。

「まあ、実際に走ってみないと判りませんよねえ。このあとの屋外練習にも、データ取りでお付き合いしますから、何かあったらおっしゃってくださいね」

勢津子は、鏡に映った自分の素《す》っ頓狂《とんきょう》な顔から視線を外して、杏奈に頭を振り向けた。

「やっぱり走りが違うもんですか？　お化粧をするのとしないのとは」

杏奈は、きらきら光るピンクの唇を魅力的に曲げて、ふふっ、と笑った。

「違ってもらわないと困ります。村田勢津子選手のために用意した、特別な化粧品なんですから。ボディローションもファンデーションも、村田さんの皮膚の状態を快適に保ってくれるはずですよ。

汗を気にせず、涼しく走れると思います。〈ビッキー〉のロゴを背負うランナーなんですから、美しく強く凛としていてくださらないとね」

「ええと、ドーピング規約には……。いえ、念のためなんですけど」

「大丈夫です。変なお薬は入っていません。今、お召しになっているウエアと一緒に、今週中にでも認可が下りるでしょう」

「そうですか」

勢津子は、ひそかにがっかりした。

今のところ、皮膚の状態は快適だ。ウエアは軽くてさらっとしているし、顔も身体もすうっと涼しい。頭脳がさえ渡るようなこの感覚が、走っている最中にもずっと続くのだとすれば、まことにありがたいことなのだ。

けれども。

勢津子は、丁重な技術サポートを心から喜べないでいる。予選の結果は、どこまでが自分の力で、どこからが〈ビッキー〉の技術力による上乗せとなるのだろうか。

「来年から体内摂取品認可が下りやすくなるようですから、もっと機能の高い薬剤が入ったものをご準備しますね」

化粧道具を片付ける杏奈が何の気なしに言った言葉に、勢津子は悪寒を覚えた。

「ドーピング規約が緩くなるってこと？」

「まだ噂なんですけどね。なんでも、障害者も公平に戦えるようにするべきだっていう動きがあるらしくて。オリンピックとパラリンピックの棲み分けが難しくなってきてるんですよ。よくいるじゃないですか、足を失っているけれどパワーのある義足をつけてるから普通の人よりも速く走れる、とか、人工心肺の性能が良いからいくら走っても苦しくならない、とかって人が。身体の不自由な人が世界一の記録を出すこともあるんですよ。障害用の常用薬までドーピング扱いされるようでは困るでしょ」

「それはちっとも公平じゃないわ。生身の人間と自転車に乗った人が競争するようなものよ」

勢津子の声は軽く震えていたが、ファンデーションスプレーの使用後洗滌に余念がない杏奈はまだ異変に気が付かない。

「自転車は自分と切り離せる道具ですけど、身体改造はメカニック部分も含めて自分自身なわけですよね。薬だって、飲んでしまえば自分の一部。サプリメントと医薬品の境がどんどん曖昧になってきてるから、線引きの見直しも必要なんでしょうね。これ以上脱げません、とか、これを外すと健常者と同じ動きができなくなります、というところまでを肉体と見做《みな》して、そこにどんな機能が盛り込まれていようとも区別はしない、という考えもあるみたいなんですよ。要するに、素っ裸の種類がどんなであろうと、身ひとつで勝てる者が真の世界一。中には、勝利と身体改造リスクを天秤にかける時がきたようだ、とか言って、身体をいじる理由を積極的に作ろうとする選手も――」

「嫌よ！」

我知らず、勢津子は叫んでいた。

「そんなの嫌。世界一になるためには、頑健な身体はむしろ不利なの？　脳味噌だけ残して全身を改造してても、あなたが掛け値なく世界一速い人だ、と言ってもらえるの？　本来の自分の限界を押し広げるべく、毎日毎日つらい練習を積んでいる人の努力はどうなるの？」

紅筆を手に持ったまま、杏奈はきょとんとしていた。

「あの……。どんな人であっても、努力は必要ですよ。いわゆる無差別級みたいなものの他にも、それぞれの改変度に合わせたレギュレーションを設定した部門もあるはずなので……。まったく身体をいじってない選手ばかりの部門は、無差別級創設の反動で、かえってドーピング規約も厳しくなると聞いています」

勢津子の身体から、力が一気に抜けた。

なんだ。それならば自分は今までどおりだ。無印の世界記録は手に入らなくなるかもしれないが、世界一速い生身との称号を得るため、何ものにも頼らず、やるべきことを黙々とやっていけばいい。

そうほっとした瞬間。

あることに気が付いて、全身が総毛立った。

「南部さん。さっきあなたは、今よりも高機能の薬剤を使えるようになるって言ったわね。私は生身よ。ドーピング検査が厳しくなる部門だわ。どうしてそんなことを」

えっ、と杏奈がいっそう目を丸くした。紅筆を投げ捨てるように置いて、〈ビッキー〉のロゴが入った端末を慌てて取り出す。

「ああ、びっくりした。間違いないです。村田さんは身体改造者の範疇ですよ」

今度は勢津子が、えっ、と声を上げた。

「コーチからお聞きになってないんですか。あなたの血液からは、骨密度調整剤の反応が出てます。現段階では禁止薬剤ではありませんけど、徐放性《じょほうせい》のもので効果は恒常的。競技規約が変わったら、たぶん人体改造と見做されます」

「馬鹿なこと言わないでよ。身に覚えがないわ」

杏奈の細い眉が、悲しげに歪んだ。

「もしかして、骨を折った経験はありませんか。骨折治療をする医者の中には、これからは骨が折れにくくなるように体質改善をしてあげよう、と、徐放性骨密度調整剤入りの補強材を使う人もいるんです」

骨折したことはある。もう何年も前だ。その時、踵を手術した。

「私の踵に……」

勢津子は茫然と呟いた。

今まで一喜一憂してきたタイムは果たして、鍛錬の成果なのか、知らずに力を借りていた薬の恩恵だったのか。

神話の韋駄天《アキレス》は、踵が弱点。女韋駄天は、踵を強くしてもらったがゆえに心に傷を負い、ただ呆然としてしまっていた。


予選が近付いていた。

茉那は、スポーツジムで体力測定をされていた。

薄暗い照明も、居並ぶトレッドミルも、そそり立つタワーマシンも、通い慣れた茉那にとっては見慣れたもののはずなのに、妙によそよそしく感じる。自主的なトレーニングではなく、客観的に筋力や柔軟性を確かめられるともなると、どうにも緊張してしまうのだった。

おそらく、先日カフェで見かけた女性のようなアスリートなら、なんの苦もなく測定に挑めるのだろう。けれどそれは、全力を出しても どこも痛くならないという、レーザーメスとは無縁な身体に生まれついた人の特権に違いない。

「はい、いいですよ」

黒スーツの襟元に鍵マークの金バッジをつけた〈ビッキー〉の美容部員が、茉那の腕からウエイトを外した。

「山田先生の予想通りに筋力バランスが取れてますけど、ご自分ではいかがですか」

どうもこうも、そもそも力の測定の必要性自体が茉那にはよく判らない。自分が思い描くとおりのボディバランスを獲得し、綺麗な姿勢を維持できるだけの力さえあれば、アームカールの回数なんか関係ないのだ。

「ええ、はい」

と、中途半端な返事をした茉那に、ビッキーメイトの北斗《ほくと》淳奈《じゅんな》はゆるりとした頰笑みを投げた。

「まあ、実際にもっといろんなコンテスト課題をこなしてみないと判りませんよねえ。このあとのペネロペ先生のレッスンにも、データ取りでお付き合いしますから、何かあったらおっしゃってくださいね」

茉那は、変にバルクアップしないように二の腕をマッサージしながら、淳奈に顔を振り向けた。

「やっぱり運動系の課題が出たら不利ですか？　年中手術している身体にとっては」

淳奈は、きらきら光るピンクの唇を魅力的に曲げて、ふふっ、と笑った。

「ダンスはまあ大丈夫だとしても、重量挙げが出たりすると心配」

「まさか」

茉那もつられて笑った。

ウエイトを片付けながら、淳奈はさらりと口にする。

「来年からは冗談じゃなくなるかもしれませんよ。審査員たちのいろんな嗜好に対応するため、コンテストが細分化されるらしいじゃないですか。力自慢美女、なんていう部門ができたりしてね。なんたって、わざわざナチュラル・ビューティの特別参加枠を作るくらいですから」

茉那の背筋に悪寒が走った。

「整形していない素の美人を、特別扱いするってこと？」

「ええ、ほぼ決定みたいですよ。なんでも、最近の美男美女コンテストは、どれも、美容整形の技術品評会めいてきている、っていう批判が少なくないんだとか。天然の美しさをそのまま子孫へと伝えられるという能力を、もっと大切にすべきではないか、と」

「天分に満足している人は勝手ね。子供が本来の自分を嫌がるのであれば、その子も整形を受ければいいだけよ」

茉那の声は軽く震えていたが、ウエイトの汗を拭き取るのに手間取っている淳奈はまだ異変に気が付かない。

「ほんと、そうですよね。コンテストでいい成績を上げても、流行後れの顔立ちを受け継がせてしまって泣きを見るかもしれないというのに。整形の有無を問うなんてプライバシー侵害もいいとこだし、ナチュラル・ビューティだから得票にゲタを履かせるなんて、今どきナンセンス」

「その通りよ！」

我知らず、茉那は叫んでいた。

「美人の魅力は、陰の努力が醸し出す独特のオーラを含めたものだわ。嫌いな自分を克服したという自信から放たれる輝きこそ必要だわ。たまたま綺麗な顔で生まれたというだけで特別枠を作ってもらうなんて、それは本当の世界一じゃない。果てしない不満を解消しようとして、毎月のように手術の痛みをこらえている整形美人はどうなるの？　世界一になるためには、自然主義にしがみつくほうが有利なの？　不満足な身体に生まれついた人間は、じゃあどうしたら、自信に溢れた自分が世界一美しい、と自然な笑みを浮かべられるようになるの？」

ウエイトを手に持ったまま、淳奈はきょとんとしていた。

「あの……。整形経験を問わない、いわゆる無差別級もちゃんと残されますから。ナチュラル・ビューティ枠創設の反動で、むしろ積極的な身体改造の評価が上がるはずですし」

茉那の身体から、力が一気に抜けた。

なんだ。それならば自分は今までどおりだ。持って生まれた身体をとことん直して、美の求道者としての世界一になるため、利用すべきものはすべて利用し、やるべきことを黙々とやっていけばいい。

そうほっとした瞬間。

淳奈がとてつもなく優しい言葉を贈ってくれた。

「私、理想の自分を追い求めるオーラにおいては、間違いなく加藤さんが世界一だと思います。自分の望みを叶えていく力は、絶対に誰よりも輝いていますから。男性の身体で生を享《う》けてしまった不遇を、こうまで克服している人は滅多にいません。万が一、王冠《ティアラ》を戴けない結果でも、加藤さんの果敢な笑みは、性転換者だけでなく努力するすべての人々に、きっと届きますよ」

「笑みが……届く」

茉那は言葉を嚙み締めた。

コンテストへ出場する決心は、いわば相手もいないのに仇討ちを決め込んだようなものだった。自分らしく生きてゆけるように私はここまでやっている。自分の性別に異議のないあなたたちはどうなの、ちゃんと自己研鑽に励んでいるの、その結果がそれなの、私に勝てるの、と。

茉那は、あまりにも理想の追求に汲々《きゅうきゅう》として、余裕をなくしている自分に気が付いていた。だから、コンテストを勝ち抜く柔らかな笑顔なるものも、よりいっそう努力してひねり出さなければならないと思っていた。

なのに淳奈は、茉那の笑みを讃えてくれた。

なりふり構わぬ希求の努力が、知らず知らずのうちに笑みこぼれ、果敢さという〈美のオーラ〉に加担してくれていたのだ。

もはや世界一の称号なんかどうでもよかった。努力を惜しまない果敢な姿を、精一杯の笑みと一緒に人々へ届けられるのならば、それがかけがえのない本当の自信となる。

すべてを貪欲《どんよく》に取り入れるだけだと思っていた自分は、実は与えることもできていたのだ。

そう思った時の茉那の表情こそ、ほっこりと柔らかな、天下一品の笑顔だった。

〈プリン〉の人気コスメ・スポット〈サロン・ド・ノーベル〉の天井で、山田キクの講演記録が上映されている。

髪をひっつめにしたキクの平面画像は、皺一つない目元を優しくほころばせて、会場を見渡したところだった。

「そうなの。もうお判りですね。結局は個人の満足度の問題だ、ということなんです。〈コスメディック・ビッキー〉は、これまでも繰り返しそのことをお伝えしてきました。刺青《いれずみ》などの身体変工も、人工鰓をつけるのも、〈素肌改善プログラム〉を受けるのも、すべてはご本人の幸せのため。魂が選び取る本当の生き方をするのが、一番の幸せですよね。我儘《わがまま》いっぱいのあなたがたの向上心を支えるために、私たちはよりいっそう、科学技術力の発展を目指していくつもりです。

あとは、あなた自身、どういう未来を選択するのか、ということね。

すでに、人魚姫のように暮らすという夢物語を、人工鰓と人工皮膚を利用して現実のものにした人たちもいるんですよ。そのうちに、水一滴ない砂漠で暮らす人、南極でも薄着で平気な人、月へ行ってもたいして不自由を感じないで暮らせる人なんかも、出てくるかもしれない。

アイシャドウの色を選ぶように、ライフスタイルも怖がらずに選んでみましょうよ。多数に流されることはありません。人魚の例のごとくどんなに突飛な選択をしても、あなたがそれで幸せそうにしているのであれば、仲間はずれにされたりはしないものです」

本当かなあ、と茉那の近くで誰かが囁いた。

その声につられた長身のコンテスタは、何気なく周囲を見回し、店内にたむろする群衆の中にいつぞやのアスリートの姿を見つけた。

同時に、あら、と茉那は怪訝に思う。体型に敏感なモデルは、アスリートの身体が以前のような筋肉の張りを失っているように感じたのだ。

頭上のキクが続ける。

「私たち〈ビッキー〉の夢もまた、とても奇抜なものなんですよ。

他の星の人が地球を訪れる日がくるとして、地球人はそれぞれが望む姿をちゃんと手に入れているぞ、と、感心してもらえる——そんなふうでありたいと願っているんです。

オカルトでも宗教でもありませんから、誤解しないでくださいね。〈コスメディック・ビッキー〉が掲げる真剣な目標なんです。私たちの向上心も仲間はずれにしないで。

通信や交通を発達させて世界の国々を近くできた今、私たち、そろそろ〈地球人〉という言葉を真面目に用いてもいい頃合いなんじゃありません？

ライフスタイルを拡充するんだったら、連帯意識も未来展望図も拡張しましょうよ。

仕事の都合上〈地球人〉はひとつの邑《ムラ》だと捉えている人たちがすでにいます。遠大なる計画のもとに大気圏を飛び出した国際宇宙開発機構の人たちや、将来の食糧事情を見据えた海中生活推進施設の人たち。真空の中で、海の底で、彼らは彼《か》の地の魁けとして、地球や人類のあり方を強く意識してしまうのですって。生存不可能領域へ版図を広げる時には、必ず、自分は〈地球邑〉の〈地球人〉であるという自覚が芽生える、と言っていました。

だったら今から使っておきましょうよ。自分たちは理想のままに生きる誇り高き〈地球人〉だ、っていう考え方を」

チキュージンですって、と、群衆の何人かが、忍び笑いを漏らしていた。

しかし、生来の姿を遥かに超えた美の領域へ足を踏み込んでいる茉那は、キクの話を笑い飛ばせない。

鰓を付けた人も付けていない人も、整形した人もしてない人も、向上心があれば〈地球人〉。いい話ではないか。

それに、と、茉那は他の人たちと別の意味で小さく笑う。

世界一よりも〈地球一〉のほうが言葉のスケールが大きくて、努力のしがいがあるというものだわ……。


〈プリン〉の人気コスメ・スポット〈サロン・ド・ノーベル〉の天井で、山田キクの講演記録は続いている。

髪をひっつめにしたキクの平面画像は、皺一つない目元を優しくほころばせて、会場を見渡したところだった。

「そうなの。もうお判りですね。私たちがデザインド・ベイビーを積極的に推奨していないのは、〈地球人〉として人類の行く末に頭を巡らせると、そのアイデンティティの最たるものである遺伝子を改変する行為には、多少、慎重であるべきだと考えているからなのです。人類の根源である遺伝子を身勝手に改変すると、下手したらいずれ〈地球人〉の定義も意識も価値観も拡散し過ぎやしないかと。

無論、何が何でも絶対反対というわけではありません。難病治療など、誰もが納得して行なうのであれば構わないんです。

〈地球人〉の総意に適《かな》う改良であれば、それは人工《アーティフィシャル》的な進化として、むしろ積極的に賛成するわよ、という考え方。

ただ、その総意なるものを得るのが、現段階ではたいへんに難しい。遺伝病の治療でさえ、一部の病名を除いて賛否両論渦巻いている現状なのは、みなさんもご存じの通りね」

さっさと治しちゃえばいいのに、と勢津子の近くで誰かが囁いた。

傷心のアスリートは、治療が新たな不幸の種になる可能性もあるのに、と、ますます悲しくなる。病気を治すのは当たり前。苦しんでいる人を助けるのも当たり前。

けれど、施術者の好意によって付加された治療のおまけが、本人の望まない結果を招くことだってあるのだ。

改変を簡単に元に戻せる、というのならまだいい。鼻骨の形成不全治療に美容整形がおまけされていたら、余分なプロテーゼを外して傷が癒えるのを自然に待つだけだ。けれども、遺伝子治療による後付けの付加価値が全身の細胞と不可分にくっつき、生来の資質であるかのようにふるまうとなると、勝手に私を変えないでほしかった、と言い立てても手遅れなのだ。

頭上のキクが続ける。

「まあ、もう少し待っていてください。DNAを触るのは必要最低限にしておいて、通常治療ですべての病を克服できるようになる日も、近々来ると思いますから。待てないわ、という深刻な悩みがあるのでしたら、うちの相談窓口に連絡して。個々のケースを慎重に検討して最大限の努力を惜しまないとお約束します」

キクは、そこで改めてにっこりした。

「ちっちゃい悩み、おっきい悩み。誰でも不満は持っていますよね。どんなものを抱えているにしろ、蹲《うずくま》ってしまわないで。

さあ、みなさん、顔を上げて。

自分をよりよくする気さえあれば、八方ふさがりに思えても、きっと、別の考え方や選択肢が見えてくるはず。

現状の不満を気分の落ち込みに直結しないで。ほんとの夢を見極める試練だと解釈して。そして上手に、こんちくしょう、っていう負けん気のほうへ転換してね。

もう一度言わせてくださいね。

向上心が何より大切。

〈コスメディック・ビッキー〉は、頑張る人を応援しています」

エンディングの曲がキクの映像に被ると、勢津子は深い吐息をついた。

さあ、私。顔を上げて。

今日からまた頑張ってみると決めてここへ来たのは自分でしょ。気を取り直してスポーツジムへ行かなくちゃ。骨密度調整剤に侵された全身を丸ごと入れ替えるなんてできないんだから、気を取り直して、この身体で目指せるランクのナンバーワンを獲得しなきゃ。

頑張れ私、おまけへの恨みを感謝に変えて、頑張れ、私。

映像はもう終わりだと思っていたのに、キクは最後に一言付け加えた。

「自分磨きを怠《おこた》らない〈地球人〉すべてに、それぞれの幸せが訪れますように」

大仰《おおぎょう》な物言いに、群衆の大半が笑いを漏らした。

しかし、身体と向上心の関係を知るふたりの女性だけは、周囲の失笑につられることはなかった。

コントローロ

ジョーゼット　シフォン　オーガンジー
――コスメディック・ビッキー　男性向け化粧品〈コントローロ〉シリーズ

千五百人も入るホールなのだから、もっとキンキンした化粧品臭さに悩まされると覚悟していたのだが、さほどでもなかった。

むしろ人肌のぬくもりを思わせるほんのりとした甘さを感じ、気持ちが落ち着く。

エントランスホールですれ違ったり隣り合ったりした人たちからは、それぞれ個性的な香りが流れてきたのに、全体が混じり合うと不思議な統一が得られるようだ。これが以前から話題になっている、各メーカーの香料が混じり合っても不快でなくする基材、〈ステラノート〉の底力というわけか。

加藤史彦《かとうふみひこ》は鼻をうごめかしながら、〈コスメディック・ビッキー〉社員の後について客席通路を下っていった。

東京湾に浮かぶメガフロート施設、通称〈プリン〉の海面下二階に設けられた扇形ホールは、開演前の期待にざわめいている。

席に着いているのは、女性が七割、男性が三割といったところか。世界に冠たる医療と美容のトップ企業〈コスメディック・ビッキー〉が行なうショウの観客としては、これでも男性が多いほうだ。今日は〈ビッキー〉傘下の化粧品メーカーと共同のイベントであり、男性向け美容の啓蒙に力を入れた催しになるということだった。

「この色のシートがプレス席となります」

前列中央のシートカバーが卵色をした一帯へ掌を向け、〈ビッキー〉広報部の若手社員、城ヶ崎《じょうがさき》一磨《かずま》が着席を促す。

五十ほど用意されたプレス席は、すでに大勢の記者で埋まっていた。みんなどことなく手持ち無沙汰に見える。映像素材は後ほど〈ビッキー〉から配布があるので、カメラを構える人もない。

「どうも」

史彦は城ヶ崎のほうをなるべく見ないようにして、通路脇の席に腰を下ろした。

「正面が一席空いているようですね。よろしければ、そちらへ」

「あ、いや。休憩時間にも立ち歩いて取材しますんで、ここで結構です」

「では、ひとつだけお詰め願えますか」

と、城ヶ崎が言った。

「端は、私たち広報担当が、皆さんのご質問を受けたりお手伝いをしたりするのに同席させていただきます。宣伝用記録作業を確認するため、ショウの最中に何度か中座させていただきますが、ご勘弁ください」

にちゃりとしたような、それでいて爽やかなような、強いて表現するならミント風味の蜂蜜みたいな声だ。化粧品会社に勤める男は、みんなこんなふうに女たらし系の声をしているのだろうか、と、史彦はうんざりしてしまう。

席を譲ると、城ヶ崎の身体が椅子に滑り込んできた。洗練された流れるような動作。ふわりと柑橘系のコロンが鼻孔に届く。いかにも彼が好みそうな、スマートでスイートな香り。

史彦はひそかに溜息をついた。

まったくこの男は、アスコットスカーフだけじゃなく、一事が万事洒落《しゃれ》のめしているのかよ、と毒づきたくなる。

かっちりしたスーツを着こなした城ヶ崎は、艶のある白い立て襟シャツのボタンを二つはずし、首元に臙脂《えんじ》色の布を飾っている。しかも、ちらりと見えるという体《てい》ではなく、盛大に膨らませてある。

エントランスホールで案内役として自己紹介された時から、史彦は、まいったなあ、と思っていた。胸に鍵マークの社章を付けた〈ビッキー〉社員、しかも広報部とあっては、身なりに気を付け、自社の男性用化粧品で薄くメイクアップしているさまは納得できるし不快ではない。しかしどうあっても、大振りな臙脂色のアスコットスカーフだけは目に付いて仕方がなかったのだ。

他の社員もそれぞれに装いを凝らし、マオカラーやデザインジャケットを身に着け、ループタイやポケットチーフで飾り立てているけれど、城ヶ崎ほどの気恥ずかしさは漂っていない。いわば、他の社員が自然体でお洒落をしているのに対し、城ヶ崎からは気取りが透けているように感じるのだ。

史彦は、中性《ユニセックス》ファッションにもゴシックスタイルにも寛容で、ふざけた衣装のドラッグクイーンとも仲良くしてきたが、気障《きざ》という言葉にだけはどうしても馴染めない性質《たち》だった。少しばかり意識的に、洒落っ気を崩すか隠すかしておいてくれないと、見ているだけで恥ずかしく、尻が痒《かゆ》くなってくる。城ヶ崎に対しても、目を逸らしていないとついつい、「せめて第二ボタンは止めてくれ！」と叫びそうになるのだ。

「〈ウオミニ〉さんは、記事を何ページくらい割《さ》いてくださるんですか？」

城ヶ崎が訊いてきたので、史彦は思わず彼の顔へ目を遣ってしまい、慌てて手元の通信端末に視線を落とした。

「まだ決まってません。ウチは美容専門誌じゃなくて男性向けバラエティ雑誌なんで、あまり期待しないでくださいよ」

城ヶ崎は、くふふ、と含み笑いをした。

「いやいや、充分に期待させていただいています。コスメやファッションに特化していないからこそ、一般男性にアピールできるんですからね。すでに化粧や美容に興味を持たれている方より、なんだそんなものと思っている人の目に触れるほうがありがたいんですよ」

「大勢の目に触れるためにも、あまり高尚な記事にできないってのが内情でしてねえ」

史彦は端末を見つめたまま、まずは予防線を張る。そして次に、下からぐっと城ヶ崎を見上げ、

「山田リルの独占ピンナップや、〈ビッキー〉否定派からの脅迫メッセージなんかがあれば、喜んで巻頭特集を組むんですが」

と、鎌をかけてみた。

せっかく視線を投げてやったというのに、大きなアスコットスカーフの上に乗った顔は少しも表情を動かさない。

動かさないことこそが城ヶ崎の動揺の表われだと判ったのは、三秒後のことだった。

広報担当者は、ゆっくりと作り笑いを浮かべ、大袈裟に肩を竦《すく》めて見せた。

「それはなんとも」

「でしょうねえ」

史彦も大袈裟ぶりに付き合ってやることにして、声を出して「ははは」と笑う。

まあいい、と史彦は思った。今のところは泳がせておいてやる。けれど、もしもこのショウが無事に終わらなかったら、そのケバいスカーフを締め上げていろいろ教えてもらうことになるからな。


イタリア語で男性の意味である〈ウオミニ〉は、世の男連中が興味を持ちそうなことなら何でも扱うバラエティ配信誌だ。編集部には、借りてきた服や靴やアクセサリー、健康器具、自動車の模型、面白グッズ、グラビアモデルの立体カタログなど雑多なものが散乱し、大勢のライターたちのもたらす情報が渦巻いていた。

見田《みた》幸太《こうた》という筆名で活躍してくれているフリーライターから史彦に連絡があったのは、ショウの二日前のことだ。

「カトさんが行くんスよね、取材」

端末から流れ出てくる見田の声は、最初、いつもと同じく軽いものだった。

「収入を考えると、お前さんたちに任せておくわけにはいかないさ。うちに広告を出している香粧品メーカーのほとんどが〈ビッキー〉と手を組んでいるんだから、編集長自らの筆でせいぜいしっかり提灯記事を書かせてもらうよ」

「当然、そうっスよねえ」

「なんだ、お前もリルに会いたいか」

その時点での編集方針は、表向きは〈ビッキー〉に媚《こ》びてショウのコンセプトを紹介する、しかし実際は、関連コマーシャル以外は滅多に露出しないビューティモデル山田リルに着目することになっていた。玲瓏《れいろう》な美貌で鳴らす謎めいたリルには熱狂的なファンも多く、今回のように生出演となるとチケットは奪い合い。リルをクローズアップすれば、多少なりとも購読数の増加を見込めるのだ。

「確かにリルも好きっスけど……。いや、うん、まあ、気を付けて行ってください。何も起こらないことを祈ってるっスよ」

映話端末の画像を見田のほうで切っているので表情は見えないが、声が常にない緊張感を孕《はら》み、史彦は思わず身を乗り出した。

「どうした？　何か情報を握ってるのか？」

訊くと、しばらく逡巡の沈黙があった。

「情報って呼べるほどの確実性はないっス。ただ、ここんとこ、〈ビッキー〉の周りはあんまりヨロシクない雰囲気なんで」

我知らず、史彦は眉をひそめてしまっていた。

「アンチ〈ビッキー〉の奴ら？」

「ええ。もしかしてもしかしたら、動くかもっス」

史彦も〈ビッキー〉否定派が数を増しているのは知っていた。化粧品販売、他メーカーへの原料提供、美容から医療にかけてのグラデーション領域、さらに〈プリン〉のようなメガ構造物や〈人魚計画〉と呼ばれる海中生活研究、果ては宇宙開発までをも手掛ける〈コスメディック・ビッキー〉。巨大企業に対してアンチが発生するのは、世の人の常というものだろう。

反〈ビッキー〉派の批判はこうだった。

一般人の生活に深く根差す美容や医療を〈ビッキー〉に牛耳られていては、一存で何をされるか判ったものではない。

持って生まれた皮膚を傷付けて美肌に再生したり、人工鰓《えら》を埋め込んだり、身体変工を容認したりして、〈ビッキー〉は既存の道徳観に悖《もと》る行為を推奨している。

あまつさえそれらを〈美を選び取る自由〉と位置付け、人類の進化などと謳い上げ、カルトの様相すら呈してきている。

身体が個人の主義主張の表われであり、選択肢の広さを進化とまで言うのならば、本当に自由に——誰でも無償で——望むべき施術を受けられてしかるべき。貧富の差を人間の質に置き換えるのは、最もしてはならない行為だ。

本来あまり上品とはいえない金銭問題への言及は、アンチでも信奉者でもない思想的中間層にも、「ブサイクは貧乏のせい」などという開き直りの言葉とともに面白半分で受け入れられた。

金銭問題以外の主張も付録的に広まった結果、美容整形をやってみたいけどちょっと怖いと思っている人、塗って剝がす式の紫外線防止被膜を試したいけど目立つ気がして腰が引けている人、老化防止化粧品を買いたいけど浅ましく見られそうで踏み切れない人、そういったとても小さなヤジロベエの真ん中でうろうろしている人たちが、臆病の言い訳として〈ビッキー〉否定派に賛同し始めた。

だから、数を増した否定派の多くは尻馬に乗っているだけ、のはずだった。

しかし、母数が大きくなると過激な考えの人たちも増える。常に露悪的でいたい斜に構えるタイプの人々が、アンチ〈ビッキー〉という舞台があるのを嗅ぎ付けたのだ。情報社会のアンダーグラウンドでは、最近、そのような人たちが盛んに〈ビッキー〉攻撃作戦を練っていると聞く。

「電脳世界の奥深くに、〈連載漫画《ストリップ》〉っていうアンチの牙城みたいなところがあるっスよ。匿名で存分に毒を吐けるとこ。そこに、今度のショウをぶっ潰してやる、みたいな書き込みが……。護りが固くて誰が書いたかはまだ解析できてないんスけど、今までの発言を遡ってみると、〈ビッキー〉に関することは社員並みに詳しくて、ちょっと本気っぽく見えるっス」

「詳しいって、どんなふうに？」

「例えば、今回のショウでは男性向け化粧品の新ラインナップとともに、〈オルター・エゴ〉って商品が発表される、とか」

「何だ、それは」

情報収集を焦る史彦の声は少々荒くなってしまった。が、とぼけたところがある見田幸太は、マイペースを保って説明した。

「そうっスねえ。簡単に言うと、化粧落としマシンってとこっスかねえ。細っこいポールの前に立つと、霧状のクレンジング剤が噴き出してきて、全身いっぺんにキレイにしてくれる、あとはバスタオルかなんかで拭き取るだけ、って感じらしいっスよ。ほら、〈ビッキー〉のコンセプトは、自分のなりたい自分になる、ってやつだから、全身にいろいろ塗りたくる人も多いじゃないっスか。アイシャドウや口紅みたいなフェイスメイクだけじゃなくて、ボディ用のファンデーション、人工皮膚パッチ、整髪剤、マニキュアにペディキュア、ペインティング式の刺青《タトゥ》、制汗剤にフレグランス。そんなのを一網打尽に落としてくれるってわけ」

「シャワーと何が違うんだ?」

「手軽さっスかねえ。わざわざシャワールームに行かなくても、ポール一本立てる場所があれば、いつでもどこでも何度でも、素早く変身願望を充足できるんス。全身をゴシゴシする手間はもちろん、体温を狙うだのイオン吸着がどうのという仕組みで、不思議と身体以外のところは濡れないそうっスから」

「いくら手軽でも、真っ裸で棒と向き合うのはかなり間抜けな姿だな」

史彦が呆れた声を出すと、見田幸太は軽く笑い声を立てた。

「〈ストリップ〉でも、同じようなツッコミを入れた人がいたっスよ。でも、リルが全身クレンジングのデモンストレーションをする予定だっていうバラシが書き込まれた途端、そっちに話題を持って行かれちまったっス」

特ダネだ、と声を上げそうになって、史彦はごくりと喉を鳴らした。

「生《なま》リルが脱ぐってか?」

「もちろん、ヤラシイところは見えないようになってるみたいっスけどね。ネタ持って来た発言者は、リルのヌードを餌に前評判を煽ってるのが気に入らない、って怒りマーク付けてたっス。んで、代表モデル《ミューズ》を脱がせてまで衆目を集めようとする下品な企業はほっとけない、って」

「……そこまでくると、どうもガセネタっぽいなあ」

「ガセネタならそのほうがいいじゃないっスか。むしろホントだった時のほうが怖いっス。ショウをぶっ潰してやる、も、ホントになっちゃうわけだし」

史彦は、唸るより他に返事のしようがなかった。

そして昨日、ショウの前日になって、発表される新商品の名前が各報道機関に伝わってきた。男性用化粧品ラインナップは〈コントローロ〉シリーズ、そして新機軸の美容マシンの名は、まさしく〈オルター・エゴ〉。マシンの詳細は秘されたままで、「話題性を高めるために商品名だけ先にリークしておくよ」とでも言いたげな手法だった。

果たして見田幸太の情報は本物なのかどうか。一ライターが突き止められる程度のアングラサイトなどとうに監視対象にしているであろう〈ビッキー〉は、ショウの妨害工作宣言を真に受けるのかどうか。

史彦は、ポール状のものがいつ情報通りに舞台へ登場するかと、じっとステージを見つめた。

舞台の上では、男女三人ずつ計六人のビューティモデルが等間隔に置かれたスツールに座り、それぞれの傍らに立つメイクアップアーチストの手によって化粧されているところだった。モデルたちは全員、足元まで覆う黒マントを着ているので、まるで晒《さら》し首に死に化粧を施しているようにも見える。

百貨店のコスメコーナーやサロンで行なうパフォーマンスとは異なり、大きなホールではせっかくのメイク技がよく判らない。そこで、客席の上には夥《おびただ》しい立体画像が浮かび上がり、アーチストたちの手元のアップが見られるようにされていた。史彦には、この浮遊する半透明の立体画像もまた、晒し首にぴったりの幽鬼に思えて苦笑を禁じ得ないのだが、会場の人々はみな、熱心に化粧の進行を見守っていた。

「男性の化粧が嫌われてきたのには、太古からの歴史が関係しているって知ってました？」

中央の男性モデル脇に陣取った、志馬田《しまだ》というちょっとなよっとした中年男が、大きなメイクブラシを動かしながら、一瞬だけ会場に視線を投げる。

「原始時代には、男女ともに泥やなんかを塗ってたんじゃないかって言われています。保湿とUVカットのためにね。そのうち、泥は代赭《たいしゃ》という赤いやつが好まれるようになる。赤っていうのは太陽や血の象徴で、大事な色ですから。人間は、目に見えない力を化粧によって自分に取り込もうとし始めたわけ。やがて集団生活が始まると、仲間や敵、獲物なんかの、〈外〉へ向けて力をアピールする手段になる。所属と連帯を表わすために各邑《ムラ》独特の化粧法があったでしょうし、神に仕えるものは刺青で特別さを強調し、女たちは健康で魅力的に見せようと紅を引き、男は戦《いく》さ化粧で敵に立ち向かったり、魚や獣を脅す彫り物を入れたり」

志馬田はブラシをチップに持ち替え、モデルの顔に細かな色修正を施し始める。手先を安定させるためだろうけれど、小指を立てるようにしてモデルの頬にくっつけているのが、史彦にとっては嫌な感じだった。

「けど、時の流れっていうのは簡単に価値観をひっくり返すじゃないですか。勢いづいているものほどベクトルが反転した時の凋落も激しい。特権的な飾りが、状況によっては蔑《さげす》みの象徴になったりもするのね。中国の歴史書には、日本からの使者は黥面文身《げいめんぶんしん》——要するに刺青ね——で野蛮だ、なんて書かれてるし、記紀の時代の海彦山彦伝説にも、負けたほうが、これからは文身を入れてあなたを楽しませる俳優《わざおぎ》になりましょう、って刺青を従属の証《あかし》として書いてあるのよ。天の岩戸の伝説にしても、天照大神《あまてらすおおみかみ》を誘い出すために、白装束に白化粧でさんざんおかしく騒ぎ立て、岩戸が開いて光が射すと、そのぱあっと輝いたお互いの白塗り顔を、目出度《めでた》くも滑稽だ、あな〈面白〉き、と喜んでいる。有益なはずだったお化粧が道化の象徴みたいに言われてるのよ。刺青も化粧も、力の誇示というよりはへりくだりの表明になっちゃったわけ」

　そこで志馬田は、ますますモデルに顔を近付け、少し黙った。目元の細かい作業に真剣な様子で、力の入った唇が尖っている。

　あんなに接近されてモデルは平気なのだろうか。史彦は要らぬ心配をしてしまう。自分なら、何するんだこの野郎、と、突き飛ばしてしまうだろう。

　メイクアップアーチストは、当然そんなことも知らず、一度、くふん、と笑った。

「でもやっぱりね、お化粧はいいものなんです。何度価値観がひっくり返っても、ちゃんと美容礼讃に振り戻ってくる。今日は男性のお客様が多いから、そっちを中心に考えてみましょうか」

　志馬田は、また、くふん、と肩をすぼめるように笑った。

「平安時代になってしっかりした寝殿造りが建てられるようになると、貴族は男でもこぞってお化粧したのよ。暗い室内では、顔が白いほうが映えるからね。貴族趣味の平家が破れると、男のくせに身なりにうつつを抜かすのは軟弱者だ、と男のお化粧はいったん誹《そし》りを受けたけれど、世の中が落ち着いた江戸時代にはまた振り戻る。白粉《おしろい》こそ塗らないものの、纏《まとい》持ちが文身を入れたり、月代《さかやき》のスタイルにこだわったり、湯屋で力一杯肌磨きに励んだり。で、明治大正昭和にかけての大戦時代に、またもや男のお化粧は弾圧されたけど、戦争の合間を縫うようにして、モダンボーイがポマードを広めたりして頑張ってたのよ。そして現在は、眉を整えるのも肌の色味を調整するのも当たり前になってる」

男性モデルにベージュ色の口紅を引き終えた志馬田は、モデルの髪を軽く持ち上げてカールを出す。どうやら自分の担当は完成したようだ。

「さあ、そうやって歴史を考えると、男の化粧は軟弱だと非難されるべきものではなく、余裕の証、平和の証、みたいに思うんですよ。粗野でオーケーなのは争う時代。お洒落に気を回せるのは平和な時代。要するに、身綺麗にするってことは、豊かで平和で余裕がある証なんですよね。だからお化粧こそ、人間として本当に誇示すべきこと。お化粧できるって幸せですよね」

ステージ上の志馬田は、軽い足取りで他のアーチストたちのところへ歩いていった。

次はインタヴューの段取りになっているようだ。

彼は、それぞれの表現の主旨やメイクの技術ポイントを聞き出し始める。日々の化粧に応用できる具体的な工夫が聞けるとあって、客席はなおいっそう熱が籠もった。

その中で史彦はひとり、固く腕組みをしていた。

余裕ねえ、と、客席に沈み込んで嘆息する。平時で、暇も金もあるのは大変結構だが、化粧の他に人間としてまずするべきことがあるんじゃないのか。勉強するとか、ボランティアをするとか。

「どうかなさいましたか」

柑橘系のコロンとともに、ミント入り蜂蜜の声がした。

「いや……」史彦はステージを睨み据えたまま鈍く答える。

城ヶ崎は、

「では、私はしばらく中座しますので」

と、柔らかく断って席を立った。

舞台では、化粧を終えたモデル六人が、黒いてるてる坊主のような姿で立ち上がったところだった。女らしい顔、普通、男らしい顔、という三パターンのメイクを、それぞれの性別に施してある。さすがプロのメイクだな、と思うのは、男らしい男はけしてむさ苦しくなく、女らしい女はけして弱々しくないところだ。史彦が一番あり得ないと思っていた、女性らしさを表わされた男性モデルも、なよなよしいというよりは優しげに見え、予想していたほどには反感が少ない。

「では、位置を変えてマントを脱いでみましょうか」

志馬田が促すと、モデルたちはそれぞれ男女ペアの三組に並び直し、黒い布を足元に落とした。

会場から、わあっ、と声が上がる。

男らしくメイクしたカップルは、パワーショルダーと呼ばれる肩の張ったいかついパンツスーツを着ていた。普通のカップルは、男性がカジュアルシャツにジーンズ、女性はデザインTシャツにスカート姿だった。

客たちの声の大半が浴びせられたのは、女っぽく仕上げたカップルに向けて、だったろう。着ているのは花柄のワンピース姿だったのだ。もちろん、男性モデルも。

史彦は歓声を上げるどころかギョッと固まってしまっていたが、いや待てよ、と、よく観察し直してみることにした。

男性モデルの持つ雰囲気が爽やかなのと、メイクが巧いせいで、気持ち悪さは感じない。妙に科《しな》を作っていればこちらも苦笑するしかなかろうが、モデルは衒《てら》うこともなく自然体で立っている。

これはこれで珍奇なファッションの一部として許容できるかも、と史彦は思えてきた。ボロボロの服を着た切り裂き趣味者《リッパー》や発光する服を最初に見た時には驚いたものだが、今はもう見慣れてしまっている。極端な話、外国の民族服は奇妙奇天烈に思いがちだが、そういう風俗なのだと納得してしまえば気にならなくなる。

例えば城ヶ崎のようにこれ見よがしのタイプが女装すると嫌味で鼻持ちならないだろうが、肩の力の抜けた自然体でいられる人であれば、どのような化粧と衣装を身に着けていてもありのままに眺められるのではないか。

志馬田がおごそかに言う。

「キリリとした男性スタイルを好む女性には、マニッシュという賞讃の形容詞があります。でも、華やかな女服を好む男は、フェミ男《お》だの女装子《ジョソコ》だのトランスさんだのと呼ばれて、冷やかされるばかりでしたよね。しかし、ご覧ください。メイクに気を遣って全身に統一感を持たせれば、男性が花柄ワンピを着てもおかしくないと思わない？　女装の男性が異端視されたのは、不気味だったり似合わなかったり卑屈だったりしたせいだと思いませんか？」

モデル一同が、舞台の前へ歩み出て一列になった。

「これまで〈ビッキー〉は、真剣な心身の不一致に悩む方々に、性転換手術という手段でお応えしてきました。けれど生まれつきの性別を受け入れている多くの人たちは、あんまり冒険しないんですよね。自分の性別と姿形に似合う表現のみで我慢し、常識外れだとされる選択肢については、他の人を愛《め》でることで満足しようとしていました。でもこれからは、もっと自由に、軽やかに。〈コスメディック・ビッキー〉の技術とセンスがあれば、性差《ジェンダー》すら軽々と飛び越えられます。身体にメスを入れずとも、ちょっとしたお洒落心さえあれば、もうひとつの性をファッションの面で楽しむこともできるのです。さあ、清潔感や華やかさといった普段の身だしなみを、心の求めるままに少しだけ進化させてみましょう。それは、男らしさ女らしさという呪縛からの、とても手軽な解放。〈コスメディック・ビッキー〉は、そんな自由も提案します」

拍手が巻き起こった。

舞台の上と客席の映像に花咲くモデルとメイクアップアーチストたちの笑顔が、しだいに溶暗する。

照明が落ちきると、いいタイミングで、中性的な声のアナウンスが流れた。

「続きましては、コンセプト・ショウ、〈コントローロ〉をお送りいたします」

客席の上の小画像の群れが消え、舞台中央に大きくイメージ動画が映し出された。

「制御《コントローロ》、制御《コントローロ》」

イタリア語で歌う音楽に合わせて、あまたの人種とあまたの風俗が、カットバックで折り重なる。都市の鳥瞰、雨の公園、遊ぶ子供たち、酒場で踊る酔っ払い、とあるキッチン、恋人たち。

常識的な生活を営む人々の視線は、やがてオーバーラップしてきた広大な海中や宇宙へと向けられていった。崖の上から鮮やかに海へダイブした女性は、映像加工によって瞬く間に人魚の姿へと変じる。草原でしなやかに飛び上がった少年は、青空に吸い込まれ、人工皮膚の照りを持つ被膜に覆われたかと思うと、身軽に星の中を遊泳し始める。

再び地上に視点が移ると、家の中で、店先で、街角で、ファンデーションスプレーを手にした男女が、次々に自分の肌の色を変えていくところが表現された。〈ビッキー〉のメイクアップ製品を用いて、彼らは人種や性別を超えた別の自分に変身する。

「制御、制御」

コーラスが分厚くなった。これはある種の反語なのだ。欲望を制御して自分を無難に見せるのではなく、真の望みへ顔を向けられるように抑制力こそをコントロールし、夢を実現させてみよう、という……。

ドッと音を立てるかのような唐突さで、夥しい数の小さな立体画像が客席上に復活した。それはてんでばらばらな映像でメイクを楽しむ人々を映し、人の坩堝《るつぼ》の中に放り込まれる感覚を客席にもたらす。

と同時に、舞台の両袖から先ほどの六人のモデルが歩み出てきた。彼らは、楽しげな足取りで歩き回ったり、語り合ったり。

メインのモデルに続いて、三々五々、十数名が登場した。化粧をし、思い思いの衣装に身を包んだ彼らは、もはや元の人種も性別も定かではない。

観客たちがざわめき始めた。控え目に指をさし、声をひそめて、モデルたちの性別判断をしているのだ。

さまざまな変身過程を流し続ける立体画像が満ちる中、ステージのモデルたちは、ドレスの裾を翻してターンし、武張《ぶば》った大股で歩き、ハイタッチを交わし、肩を抱き、腕を組み、寄り添い、駆け寄り、晴れやかな顔でそれぞれが自由な姿を謳歌する。

なるほど、これが〈ビッキー〉流の人間讃歌なんだな、と史彦は冷静な感想を抱いた。リルはいつ登場するのか。アンチは仕掛けてくるのか。それが気になって、他の人ほどにはショウに没頭できない。

とにかく〈オルター・エゴ〉の出現を待たねばならなかった。それが事前情報どおりの商品かどうかを確かめなければ——。

「うん？」

史彦は思わず声を漏らした。

ステージの中央に、いつの間にか、白人男性とおぼしきスーツ姿のモデルがひとり、観客席のほうを向いて立ち止まっていた。

スポーティな金色の短髪と涼しい目元が印象的なその人物は、きりりとした顔の造作に合わずやたらにこにこしている。そのまま三十秒ほども観客席を見回した後、そのモデルはがっしとばかりに頭頂部の髪を摑んだ。

観客席からの嬌声とも悲鳴ともつかぬ声が、ホールに谺《こだま》する。

モデルの身体に、しなやかな長い髪が黒漆の滝のごとく流れ落ちたからだった。自毛にしか見えなかった短い髪は、よくできた鬘《ウィッグ》だったのだ。

「リルじゃない？」

昂奮した少女たちの声が、通路を挟んだ一般席から史彦のところへまで届く。

「まさか。男の人にしか見えないよ」

「だって、首、細いよ。それに、あの髪！　あの目つき！　絶対、リルだってば」

その時だった。

舞台の上方から、太いマイクスタンドのような物体が吊り下ろされてきた。棒の直径は十五センチほど、高さは二メートルばかりある。

史彦は心臓が止まりそうになった。

〈オルター・エゴ〉。

本当にポール状だったのだ。

ポールが降下する間に、制御を歌う声が穏やかな環境音楽とクロスフェイドし、すべての映像が同じ夕焼けの風景に変わる。どうやら世界観としては日の暮れを表現しているようだった。

ポールが接地する。他のモデルたちが演技の一環として、その前側に西部開拓時代の酒場の扉を置き、奥に白いバスタオルを敷いた。中央のモデルは、退場する彼らと手を振り合ってから、おもむろにスーツのポケットに手を入れ、缶飲料そっくりの物体を二つ取り出す。

アナウンスが流れた。

「この装置は〈オルター・エゴ〉。もうひとりの自分に着替えるお手伝いをするもの。モデルの手にあるカセットには、専用クレンジング剤と普通の水。他に必要なのは、三分の時間とタオルだけ」

モデルがくるりと踵《きびす》を返して、観音開きの扉の向こうに入った。扉はちょうど胴体部分を隠すサイズで、バスタオルの上に立ったモデルが、ポールの上部を開いて二つのカセットを入れるのが見えた。

モデルは素早い動作でジャケットとスラックスを足元に脱ぎ落とした。そして、シャツと下着も。顕わになった素足は、すんなりと細かった。肩も腕も、華奢《きゃしゃ》だった。

どよめきと歓声を意に介さず、モデルはポールの前で静かに目を閉じ、少し顎を上げる。

あれはリルだ、と史彦は手を握りしめながら確信した。サイトの書き込みによると、脱ぐのは、リル。

夕焼け空だった映像は、モデルの顔のアップに切り替わった。見田幸太は、〈オルター・エゴ〉から霧が噴き出るかのように言っていたが、粒子が細かいのか目には何も見えなかった。

ただ、拡大投影されるモデルの顔が、少しずつ変化していく。

化粧に疎《うと》い史彦にも判るほど、メイクがみるみる肌浮きした。掌で軽く顔を撫でると、フィルムシール式のアイシャドウがめくれ、顎のラインを男っぽく見えるように補整していた人工皮膚が剥がれた。

「やっぱり、リルよ。すごい。最初は全然判らな――」

少女の声はそのまま悲鳴に転じる。彼女だけではなく、会場全体が絶叫していた。史彦も、大きな声を上げて腰を浮かせる。

白いバスタオルの上に、裸身のリルが頽《くずお》れたのだった。

スタッフたちがリルに駆け寄るよりも早く、史彦は客席出口へ向けて走り出していた。ゴシップ取材で鍛えられた反射神経が、舞台袖へと急がせたのだ。

エントランスホールを横切り、関係者出入り口を押し開けると、中は火事場のごとき大混乱だった。

右往左往する人々を掻き分け、混乱に乗じて下手《しもて》の袖を目指す。メインのスタッフはたいてい下手側にいるはずだ。

案の定、「リル！」「リルさん！」と呼びかける声が近付いてきた。

ステージの照明はすでにスイッチアウトしていて、舞台裏灯の頼りない光の中で、大勢のスタッフたちが蠢《うごめ》いている。

史彦は、人に揉まれながらもなんとか前に出ようともがいた。自分が訊ねるまでもなく、誰かが「どうなったんだ！」と鋭い声を上げた。

「突然、倒れて」「貧血？」「心臓発作？」「判らない」「救急車は」「もう呼んでる」「緞帳《どんちょう》下げて！」「山田先生、どうなんですか」「見て。さっきまで何ともなかったのに、肌がだんだん——」「やだ、ほんと。怖い」

「静かに！　リルを起こさないで」

凛とした声が人垣の中心から聞こえた。壮年の声からして、山田先生と呼びかけられた〈ビッキー〉の大看板、リルの母でもあるキクのようだ。

「せっかく意識を失っているんだから、このままにしてやって。今、目が覚めたら、きっと気が狂いそうに痛い」

なんだと、と、史彦は様子を見ようとして焦った。気が狂いそうに痛い？　リルはどうなっているんだ？

「表のスタッフに伝えて。救急隊が来たら、受け入れ先は中央病院だと言って。あそこには、うちの医療スタッフが詰めてる」

史彦の半身が、やっと人垣を分け出られた。

まだ薄暗い照明の底に見えたのは、床に膝をついている女性。髪をきっちり髷《シニヨン》に結ったキクの後ろ姿だった。彼女の前には、バスタオルに包まれたリルが横たわっている。

緞帳が下りきり、舞台の照明が点灯した。

タオルから伸び出した力のない脚が視界に入ってきた瞬間、史彦は思わず息を呑んだ。

剝き卵のようだと謳われたトップモデルの皮膚は、赤く糜爛《びらん》し、体液すら滲み出ているのだった。周囲を取り囲む人々は、史彦も含めて、もはや言葉もない。しんと静まり返った場に、観客席のざわめきが忍び込み、みなの心をどよどよと揺り動かす。

「……救急車、まだかしら」

キクの呟きが恐ろしいほどに響いた。

「リル、痛いわよね。もうちょっと我慢してね。病院へは連絡してあるから、きっとすぐに……。大丈夫、大丈夫よ、リル」

母親の声が次第に震えてくる。気丈に振る舞ってはいるけれど、医師免許を持つ彼女の目にも、娘の容態は酷く映るのだろう。

これは、〈ビッキー〉否定派の仕業なのだろうか。だとしたら、いくらなんでも惨《むご》すぎる。

「ねえ」

と、史彦の横で、タイトなブラックスーツを着た社員らしき女性が、小声を遣って同僚に訊いた。

「まさか〈オルターエゴ〉の不具合じゃないでしょうね」

史彦は、抜かりなく二人の胸元に目を走らせた。「ビッキー・メイト」と呼ばれる上級美容部《ビューティ・アド》員《バイザー》を表す金の鍵バッジ、名札の表記は「岡村」と「長野」だ。

「違うと思うわ。着替え部屋のは、全て異常ないんだもの。他のモデルが普通にメイク落とししてた」

「リルも、倒れた直後は何ともなかったのよ。ただ気を失っただけで。でもだんだんあんなふうに。まさか他のモデルさんたちも今頃……」

「私なら平気よ。ほら」

つんと言ったのは、バスローブ姿のアイドル歌手、風間恋々有《かざまここあ》だった。こんな大物タレントがモデルとして出ていただなんて、史彦にも見抜けていなかった。

「他の人たちは、男の子部屋も含めて無事。あんなになったのは、リルだけよ」

「彼女が個人的に狙われたのかしら」

「たぶん。あのね、女の子の着替え部屋でね、リルがカセットをポケットに入れようとしてた時、こっちのを持っていってください、って取り替えた社員さんがいたのね。きっとその人が犯人じゃない？　うわあ、よく考えると、私、目撃者ってやつ？　すごーい。ドラマみたーい」

恋々有はひそめた声ながらも、昂奮した様子でべらべら喋った。一方、女性社員の方は顔色を失っている。

「あの……。社員って、私たちみたいな？」

「うん。名札まで見てないから、誰って訊かれても困るけどね」

史彦は必死になって耳をそばだてた。

社員がさらに、「何か特徴は」と訊きかけた時。人々が大きく動き、周りからの圧迫がなくなった。救急隊が到着し、一団が場を譲ったのだ。

「加藤さん。こんなところに」

城ヶ崎に腕を掴まれたので、史彦は潮時を悟った。

「いやあ、すみません。記者根性が出ましてね」

ずい、と城ヶ崎の顔が近付いた。

「書かないでくださいよ。いいですね？　すでに警察も調査に入ってきていますし、スタッフや出演者たちには事情聴取以外は喋らないように箝口令《かんこうれい》を布《し》きます。だから加藤さんも、ここで見聞きしたことは記事にしないように。〈ウオミニ〉編集部に対し、〈コスメディック・ビッキー〉広報部が正式に要請します。いいですね？」

はいはい、と生返事をしながら、史彦は妙な違和感を覚えていた。城ヶ崎の風貌が、さきほどと微妙に違う。強いて言えば、ますます伊達振りが増したような感じ。

気を張り詰めた感の城ヶ崎とは裏腹に、背後で恋々有が「特徴と言われてもねえ」などと呑気《のんき》に話の続きを始めた。「着替え部屋はごった返してたし、社員さんはみんな同じような格好だからねえ。髪を纏《まと》めた黒スーツの女性、としか――」

「風間さん」

城ヶ崎は、右手で頭の後ろを撫でながら引き攣《つ》った作り笑いをし、人気アイドルに身体を振り向けた。

「いや、まいったな。大変申し訳ないんですが、そういう不用意なことは言わないでくださいよ」

遠慮がちな口調で注意する城ヶ崎と、むくれる恋々有。ふたりを眺めながら、史彦はしばし考え込んだ。

「んじゃ、その城ヶ崎ってのが犯人だ、と、カトさんは踏んでるんスか。社員でありながら実はアンチ派だったと？」

相変わらず映像は切られているが、見田幸太はぽかんとした顔をしているに違いなかった。

編集部の映話機の前で、史彦は目頭を揉みながら、

「ああ。事情聴取では黙ってたけどな」

と、答える。

時刻は午前四時。やっと警察署から戻ってこられたのだ。たまたま居合わせた部外者ということで、これでも早くに解放されたほうだった。恋々有の証言のせいで、ショウの裏方を務めた人たち、特に女性社員は、まだまだ警官に質問攻めされていることだろう。

「なんでそう思うんスか」

「俺は、コロンをぷんぷんさせるより、嗅ぎ回るほうの人間だからな」

舞台袖に駆けつけた城ヶ崎に対して感じた違和感。気障ったらしさが増したように感じたのは、彼の化粧が僅かに濃くなり、コロンの香りも客席にいた時より強く感じられたせいだったと思う。

そして、恋々有が女性モデルの着替え部屋で怪しい社員を見たと言った時、城ヶ崎は後頭部を触ったのだった。それは、まいったなあ、というポーズを取りつつ、確かめたのではなかったか――

自分はちゃんとシニヨンを取り去っているかどうかを。

中座した城ヶ崎は、女性社員に変身して女の子たちの着替え部屋へ紛れ込んだのではあるまいか。〈ビッキー〉の化粧術をもってすれば、ジェンダーを気儘《きまま》に飛び移れる。ショウがそう示してくれていた。

いや、変身するという言い方は正しくないかもしれない。むしろ、変身を解いたのだ。もともとの城ヶ崎は女性の体つきをしていると考えるほうが状況に適《かな》っている。史彦の目の前では男性を装っていただけで。

男装の麗人がマニッシュだと好まれるのに対し、女装の男がなかなか許容されないのは、そちらのほうがシルエット的に難しいからだ。華奢な男性はちょくちょくいても、ホルモンの関係かむくつけき女性はあまり見かけない。好感度を保った変身を目指すなら、骨太の体軀を隠し切れない男性から女性へ、より、体格を造り増す女性から男性、のほうが簡単と言えよう。両方の性を楽しむには、女性の身体のほうがだんぜん有利なのだ。

そう気が付くと、城ヶ崎の嫌味なアスコットスカーフは、細い首をカバーするために巻いていたとも思えてくる。

スカーフを外し、服装と化粧を変える。シニヨンに結ったよくできた鬘を被り、コロンを中和して別の香りにする。そして城ヶ崎は女性の着替え部屋へ潜入し、リルに何らかの経皮毒が入ったカプセルを渡したのではあるまいか。目的を達成するとすぐ、服装と化粧を戻し、鬘を脱ぎ、アスコットスカーフを巻き、コロンを付け替え、急ぎ駆けつけたかのように下手袖へ姿を現わす。

二度目の変身はかなり慌ただしかったに違いない。確実に男へ戻ろうとして、ついつい化粧が濃くなり、コロンを勢いよく噴きすぎた、というのが、違和感の正体ではなかったか。

聞いた見田幸太は、いたずらっぽく笑う。

「これをきっかけに、〈ビッキー〉とアンチの一大抗争が勃発するかもっスね。〈ビッキー〉は獅子身中の虫状態に甘んじてた悔しさがあるだろうし、アンチたちはここぞとばかりに弱みを突いてくるだろうし。で、カトさんがそれを警察に言わなかったのは、やっぱ、スクープを狙ってのことっスかね。警察も〈ビッキー〉も馬鹿じゃないから、こんなことはすぐに突き止めちまう。そうなる前に、すっぱ抜きたい」

「まあな」

「けど、広告料なんかのことがあるから、〈ウオミニ〉で堂々と配信したりはできないんスよねえ。んで、俺を朝方に叩き起こして、まずは匿名ソースを流させ、捜査がこっちのネタの後追いをする形に展開しはじめた頃に、実は発信元は〈ウオミニ〉でした、ってバラす。そんなトコっしょ?」

「そんなトコだな」

苦笑混じりに、史彦は言った。気心の知れたライターは、話が早くてありがたい。

「犯人確保より先にネタを広めなきゃなんないとなると、すげえ短期決戦っスね。じゃあこれから、噂系のサイトにいくつか書き込んでみるっスよ。書き方、難しいっスよね。特に、なんで犯人が判ったかの理由。確証はないし、匂わす程度にしておかないとこっちの正体がバレちまうし。あーあ、なんて面倒臭いんだ。三文ライターは化粧どころか顔洗う暇もありゃしねえっス」

泣き言を言いながらも、見田幸太の口調は楽しげだった。

ところが、史彦の目論見《もくろみ》に反し、その後の展開はどうにも奇妙だった。

リルの昏倒とショウの中止はすぐに喧《かまびす》しく報じられたものの、「重大ではあるが単なる事故」として取り扱われたのだった。

〈ビッキー〉は、新製品の一台がたまたま不調を来たしたせいでリルの皮膚に重篤な炎症が起きた、の一点張り。〈オルター・エゴ〉は販売を取りやめる、と発表した。

安全神話の崩壊で美容医療業界は世論への対応に苦慮し、〈ビッキー〉否定派はそれみたことかと沸き立っている。これではアンチ派の不戦勝だ。

こんな展開では、見田幸太に情報をリークさせたことが果たして正しかったのか、と史彦は不安になった。匿名であちこちに書き散らかされた思わせぶりな謎解きは、すでに野火のように広がっていたが、すっかり宙に浮いた形だった。

史彦はどうにも解せなかった。

警察調書を確かめ、スタッフたちを説き伏せてインタヴューもしてみたが、調べれば調べるほどに、城ヶ崎が犯人だとしか思えない状況だ。外部の一記者が怪しむくらいだから〈ビッキー〉も警察もとっくに真相を突き止めているだろうに、どうして泥を被ったままでいるのだろう。企業イメージ、いや業界全体のイメージ失墜よりも、内部者の犯行であったことのほうが恥ずかしいとでも言うのか。自慢の娘を瀕死の状態にされた山田キクは、なぜだんまりを決め込んでいるのか。

そんな中、大手マスコミによって、ただただ、リルの深刻な状態が報道され続けた。

全身を深い化学火傷に冒されたモデルは、いまだ死の淵を彷徨《さまよ》っている。

ショウで起こったことの真実を探ろうとする民衆の揺らぐ心に、リルの悲惨な病状はひたひたと波のように届く。

波は不安定な人々の足元を揺すり揺すって、次第に、事故であれ事件であれ、ともかく原因となる人物は許されるものではないという考えに押し流していった。純粋な事故だった場合、それは〈ビッキー〉内部で弾劾されるべきことであるけれど、もしも内部に潜り込んだアンチの仕業だったとすれば、人道的に看過できない、と。

そして人はとかく仮想敵を作りたがるものだ。こういう時には、派手に動いた方が負け。つまり、声高に批判を繰り出すアンチ〈ビッキー〉派の露悪趣味が墓穴を掘ったのだ。

「ブサイクは貧乏のせい」と嘯《うそぶ》いてきたアンチたちは、金銭よりも強い命という切り札を突きつけられて意気消沈した。不良品事故は自業自得だとして嘲笑する発言は、不謹慎だと次々に駆逐された。真実が明らかでないにもかかわらず、とにかくリルは哀れでアンチは憎いという態度が、常識人の取るべきものとして暗黙のルールとなった感がある。

アングラサイト〈ストリップ〉には、発端と見做《みな》される例の匿名氏への質問が殺到した。だが、本人は、事態を収拾しようとするサイト管理者の返答催告までをも無視し、ぴたりと書き込みを止めてしまっている。当初は匿名氏を英雄扱いしていたアンチたちも、なしのつぶてに旋毛《つむじ》を曲げたか、次第に強攻策を取ったことへの批判に転じた。時を同じくして、サイトには良識を振りかざす人々が雪崩《なだれ》を打って参入し、一気に「リルを殺しかけるほど〈ビッキー〉が憎いか！」との否定派弾劾発言が爆発した。

〈コスメディック・ビッキー〉広報部は、このアンチ狩りともいえる事態に対する感想を求められると、静かに答えた。

「人には言論の自由というものがあります。また我々は、否定派の御意見にも耳を傾ける姿勢を持っております。我が社の発展法や方針に関しての信念を曲げることはできませんが、一部の方々がおっしゃる金銭による施術の不公平は、いずれ解決しなければいけないと存じております。今はまだ我々も力不足で、良い方策を取ることができません。しかしいずれは、望む人が望むままに自己表現できる世界を実現したいと考えております」

史彦は、綺麗事すぎる、と思った。けれども多くの人は、素直に〈ビッキー〉の謙虚な対応を評価した。史彦にしてみれば、リルへの同情心が企業へのいたわりへスライドしたようにも見えたのだが。

アングラサイト〈ストリップ〉が消滅し、一気に肩身の狭くなったアンチが世間からなりをひそめていくまでに、三週間もかからなかった。

〈ウオミニ〉には、マスコミ他社と足並みを揃えた平凡な記事が載った。

記者魂に反してお茶を濁してしまった自己嫌悪を少しでも和らげるべく、史彦は中央病院へ行ってみることにした。

湾岸沿いにある中央病院は、隣接する〈ビッキー〉の巨大研究所と同じ意匠で建てられている。折しも、近くの高速艇乗り場から、〈プリン〉へ向かうホバーが出港するところだった。

白い建物、白いホバー船、白い波頭。陽の光のもとで明るく輝くそれらすべてに、〈ビッキー〉の見えない影が実は色濃く落ちている。いま自分が身に着けている服も靴も整髪料も、素材にはおそらく〈ビッキー〉の力が及んでいる。

史彦は、息苦しさを覚え、ひとつ深呼吸をした。

病院の受付でリルへの面会を申し出ると、案の定、断られた。彼女はようやく意識が戻ったものの全身の爛《ただ》れは深刻で、無菌室での集中治療が続いているのだ。

史彦は受付に、見舞いの言葉と自分の名前を託して立ち去ろうとした。

すると、

「雑誌〈ウオミニ〉編集部の加藤様、ですか？」

受付嬢が慌てて訊き返す。

「そうですが」

「失礼いたしました。いらっしゃったらお通しするよう申しつけられています。この許可コードを端末へ入れて、十九階の特別受付へお上がりください」

ざわっと嫌な予感が全身を駆け巡った。相手は〈ビッキー〉だ。きっと、情報をリークしたのは〈ウオミニ〉だと見当を付けているはずだ。見田幸太は周到なので確たる証拠を摑まれたとは思わないが、面倒なことになりそうだった。

とはいえ、走って逃げるわけにもいかない。史彦は、肝を据えてエレベータへ向かった。

軽い浮上感のあと、銀色の扉が開くと、そこには他ならぬ城ヶ崎一磨が待っていた。

ぎょっとする史彦に、城ヶ崎は、

「そろそろいらっしゃる頃だと思っていましたよ」

と、にこやかに言う。

違和感。まただ。

史彦は、城ヶ崎に妙な感覚を覚えた。病院だからコロンを控えているのは当然として、相変わらずの薄化粧にアスコットスカーフ姿なのにショウの時の気障ったらしさが薄まっている感じなのだ。

「その節は、加藤さんにもご迷惑をおかけいたしました。こちらの要望を呑んでくださって、感謝しております」

いや、と小さく相槌を打つしかない。まずは腹のさぐり合いというわけだ。

「このフロアは〈ビッキー〉関係者専用になっています。喫茶室も設けてありますので、よろしければそちらでコーヒーでも」

胸を張って廊下を先に立つ城ヶ崎の後ろから、史彦は慎重に声をかけた。

「なんだか、待ち伏せされていた感じですね。正直言って、お辞めになったのではないかと思っていましたよ」

城ヶ崎は振り返らずに言う。

「辞める？　なぜです？　あれよあれよという間に私が事故報道の渦中に放り込まれてしまった件は、会社も同情してくれていますよ」

史彦は質問を畳みかけた。

「それでなくても、あなたの部署は広報部のはずでしょう。どうしてこんなところに」

城ヶ崎の肩が笑った。

「私に対するマスコミの取材を遮断するには、病院の護りが一番堅牢なんですよ。ここから仕事をさせてもらっています。こうして来客対応もできますしね」

どう切り込もうかと、史彦はしばし思案してしまった。

振り向いた城ヶ崎の笑顔は、爽やかだった。

「箝口令ご協力の感謝の意として、加藤さんだけにはお教えしますが」

彼は、さらに一段と笑みを深める。

「実は、私もまだ治療中の身でして。ここにいるほうが便利なんですよ」

細く長い指が、するりとアスコットスカーフを外した。

目を見開く史彦の眼前に現われたのは、逞《たくま》しい、紛うことなき男の首だった。

「治療中……」愕然とした呟きが勝手に転がり出してしまう。「だったら、やはりあの時は、まだ華奢な――」

「やはり、というお言葉の意味は取りかねますが」

と、彼は建前的に白を切ってから、

「私が以前よりも男らしく見えるのであれば、嬉しいことです。もうあの時ほどには〈コントローロ〉シリーズを厚塗りする必要もなくなりましたしね」

そう言って、つっと視線を移し、広い窓に近付いて海と空とを眺めた。

「人間というものは、こうやって魂を解放していくんだなあ、と思いますよ。望みの身体を手に入れた今は、晴れやかで、軽い。世間が何と言おうと、私は〈ビッキー〉の思想を支持します。あなたと、見田幸太さんのお働きには、本当に感謝の言葉もない」

史彦は、一度、瞳を閉じた。

全身の力が抜けて、座り込んでしまいそうだった。

「俺たちをまんまと嵌《は》めましたね？　思えばヒントが判りやすすぎたな。わざと手がかりを撒いたんでしょう」

絞り出すように言うと、城ヶ崎はくるりと身体をこちらへ向け、力強い仕草で腕を組んで見せた。

「はて、なんのことでしょうか」

笑顔のまま低い声で言われて、史彦は、まったく喰えない奴だ、と心の中で毒づいた。

力ある者がそれに反する者を攻撃すれば、弱い者いじめに見えてしまう。反〈ビッキー〉の流れを断ち切るためには、〈ビッキー〉のほうが被害者になって同情を買うのが賢い方法だったろう。

それも、大っぴらでは芝居臭い。破壊工作を受けました、相手が悪でございます、と叫ぶのでは、「反対派の反対派」として同じパワーゲームの参加者になってしまう。そうならないためには、外部の人間を利用して状況を変えていくのが得策だ。

希望の人物は、手がかりを与えればリークしたい情報へ辿り着いてくれ、多少の批判精神を持ち合わせている人。それを混ぜ込んだ発信で、世論を誘導してくれる人。

史彦は、城ヶ崎を睨みつけた。

「俺たちはいい。体よく踊らされたほうが間抜けなんだからな。しかし、リルは？　自作自演の犠牲者にしては、あまりにも無惨すぎる」

「ええ。気の毒なことだと思います」

城ヶ崎は、真顔になって言った。リルの名を出されて、なお白を切り通すことはできないと見える。

「皮膚が爛れ始めるのは、気を失ってから。それが救いです。一番痛い時には感覚が遮断されているそうです。山田先生が何をお考えかは判りませんが、ご自分の娘をあんな目に遭わせるのですから、おそらく〈ビッキー〉にとっては、次なるステージへ進化する大切な準備なのだろうと信じています」

「キクの指示だったのか……」

茫然とする史彦を、城ヶ崎は強く笑い飛ばした。

「ああ、いやいや。そんなことは言っていませんよ。つらい治療に向き合うのも、医療機関としての〈ビッキー〉、ひいては山田親子の精神的成長になるんだろうな、という意味です」

「だろうね」

と、史彦は心と裏腹の肯定を口にした。

「たとえ記事にしたとしても、そんなグロテスクなこと、誰も信じちゃくれないだろうしね」

「ええ。どこにもお書きにならないほうがいいと思います。たとえ匿名の噂系のサイトであれ。きっと叩かれるだけですよ」

瞳を底光らせてそう言うと、城ヶ崎はぱっと顔を輝かせて明るい表情に戻った。

「さ、喫茶室へ行きましょう。コーヒーがおいしいんです。これからも〈ウオミニ〉さんのお力を借りて、美容に対する意識の変換を進めていかなければなりませんから、作戦会議といきましょうか」

凛々しい好青年は、にっこり笑って付け足した。

「〈コントローロ〉とのタイアップ記事を掲載してくだされば、他の化粧品会社からの広告収入も伸ばせますよ。そうですね、来月は二割増しあたりで手配しましょうか」

史彦は、眩暈《めまい》でくらくらする身体を制御するのに精一杯だった。

いまひとたびの春

外は漆《うるし》を流したかのような濃い夜陰に包まれているのに、厳重な柵に囲まれた高櫓《たかやぐら》式の屋敷の中には、幾つもの松明《たいまつ》が焚かれていた。

晩冬の夜半である。

普段なら、人々は自分たちの家で草筵《くさむしろ》にくるまっているはずだった。屋敷にのぼった人々は、部屋の隅に、あるいは濡れ縁にと、四、五人ずつが固まって、厳しく唇を引き結んだまま、身を寄せ合って座っている。

櫓の下方では、顔を白く塗った邑人《ムラ》たちが銅器を打ち鳴らして騒いでいた。貴重な金属《カネ》だが、鐸《たく》の音で生命の炎がいまひとたび燃え上がってくれるのならば、と、特別に渡してある。

邑人たちの白面は、櫓の上からでも闇に浮いて見えた。ガワンガワンと鐸を響かせ、狂ったように跳ね回り、「面白き」人々は瀕死の魂をなんとか地上へ繋ぎ止めようと必死だった。

このように一致団結して事に向かえるようになったのも、邑を統《す》べる者がいてくれてこそ。

なのに今、世の先を読み、天候や作況を教え、近隣の邑との戦いに備えさせ、海を越えてやってきた〈外人《そとびと》〉たちとの親交を導いてくれた者は、瀕死の床《とこ》にいるのだった。

眼下の騒ぎとは裏腹に、塔のごとく聳《そび》え立った高櫓の屋敷はうち沈んでいる。ぴんと張り詰めた夜気を掻き乱すのは、そこここに掲げられた松明の炎の揺れだけ。

ひとりの女が、湯を湛えた木椀を捧げ、奥まった寝所へと足早に通り過ぎる。

――〈日留子《ひるこ》〉様のご容態は。

誰ぞが、押し殺した声をかけた。しかし、女は、

――お部屋の中が判るわけないじゃないですか。

と、顔を振り向けないままに言い置いて去るだけだった。

腰を浮かしかけた男は、再び板の間に座り直すと、大きく肩を落とした。首に掛けた勾玉《まがたま》がじゃらりと鳴る。

――おいたわしい。渡来の薬草《くすりぐさ》も効かないとなると、やはりご自分の予言通りに息を引き取られるのか。

――その〈外人〉が淡《あわ》の島に船を寄せると見透かされたのも、〈日留子〉様だもの。残念だが、我々も覚悟するしかあるまい。

――家造《つか》りが間に合ったことだけが、せめてもの救いかもしれん。

――ああ。ぐるりと歩いて回れば、濡れた衣も乾いてしまうほどの巨きさだ。造るのは苦労だったが、お蔭で我らの力を広く知らしめることができた。みな畏れているから、もう誰もここへ攻め込もうとはすまい。むしろ、ぜひとも仲間に、と、こぞって品々を寄越してくるほどだ。すべては〈日留子〉様のご指示あってこそだったのに……。

——そう嘆くな。冢と共に、いつまでも〈日留子〉様のお働きは語り継がれるだろう。

その時、奥の間から女性の声がうねりながら流れてきた。

——〈日留子見子《ひるこみこ》〉様の祈禱だ……。

——いよいよか。

〈日留子〉の命を繫ぎ止めようとする祈りは、しだいに甲高く大きくなっていった。

寝所の中央で、〈外人〉とも〈淡島〉とも呼ばれる渡来人たちが携《たずさ》えてきた、絹と呼ばれる柔らかく美しい白布が輝いている。まだ何にも仕立てられておらず、藁束作りの寝台の上へ延べただけ。

しかし〈日留子〉の身体には、その幅で充分足りるのだった。

死の床に横たわる三歳の娘は、果たして異形《いぎょう》だった。遠見や先見に長《た》け、太陽や大地に祈りを通じることのできる女は、たいてい皆とは異なった姿で生まれてくる。〈日留子〉もまた、まるで骨がないかのように全身に力なく生まれ、終《つい》ぞ足が立たなかった。

小さな身体全体に痛々しく刺青《いれずみ》を施した幼な子は、隈取《くまど》った目から薄く白目を覗かせ、せいせいと聞こえる浅く速い喘《あえ》ぎを続けている。

〈日留子見子〉は、彼女の周りをぐるぐると歩き回りながら必死に祈った。降らせるかのように、揺さぶるかのように、突き刺すかのように、声を幼な子に奉じ続けた。

——なりません。まだ逝ってはなりません、〈日留子〉様。

祈りに混ぜて〈日留子見子〉は叫ぶ。

——〈淡島〉たちは、連れて行くと約束してくれたではありませんか。お船に乗って、彼らの国へ行くんでしょう？　珍らかなものを、たくさんたくさん見るんでしょう？　だったら、死んではなりません。

〈日留子見子〉は、喉が張り裂けんばかりに祈り上げる。身体中の刺青を波打たせ、首の勾玉を震わせ、どんどんと足を踏み鳴らす。できることならば手も打ちたかったが、腕はなかった。

自分の能力が〈日留子〉に劣ることを、〈日留子見子〉はよく知っていた。だからこそ、水を入れた皮袋のごときぐったりした赤ん坊が屋敷へ運び込まれてきた時に、〈その子の面倒を見る者〉という名前に変えて脇へ引いたのだ。

鏡と剣を大量に産する財力で国々に絶大な支配力を誇った〈日子《ひこ》〉という名の男王が斃《たお》れ、どこもかしこも未だかつてない戦《いく》さ火にまみれはじめてから、四十年にもなる。不安な世情ゆえ、巫女《ミコ》に教えと救いを求める人々はますます多くなっていた。

――〈日留子〉様。あなたのお力がまだまだ要るのです！

太古、複数の家族が寄って力を見せ合い、血縁を超えた邑になった。次に、邑々が濠を越えて切っ先を交え、集落をまたいだ国となった。そして今、おのおのの国は他国へ大軍を差し向け、相手を呑もうしている。

状況を予測する巫女が感じ取らねばならない範囲は、日に日に広くなっていた。そして〈淡島〉たちが来たことからも判るように、これからは海を越えてますます広大なところへと意識を向けなければならない。

なのに、〈日留子〉の発する不明瞭な声が教えてくれる時空に比べたら、〈日留子見子〉が把握できる世界など微々たるものに過ぎないのだ。

大戦に疲弊しきった国主たちが、類《たぐ》い希《まれ》なる〈日留子〉の力で戦さを収めてもらおうと、ようやく互いの利害を超えて調整をはじめているこんな時に……。

――〈日留子〉様。お願いです。逝かないでください。私が見通すには、人の世はあまりにも広くなりすぎています。

もはや〈日留子見子〉の祈りは、咆吼じみてきていた。髪の先から汗の玉が散り、顎の先からは涙が滴った。

○　○　○

青春は一度きり……ですか？

――コスメディック・ビッキー　〈総合アンチエイジング〉モニター募集広告

会ったこともない人のために、どうしてかくも熱心になれるのだろう。

と、大野花苗《おおのかなえ》は少し呆れた。

東京湾のメガフロート施設、通称〈プリン〉。その四階にある巨大コスメ・ブティック〈サロン・ド・ノーベル〉では、色とりどりの化粧品が並んだディスプレイ棚を縫うようにして、若い男女が長く列をなしている。メイクを凝らした顔つきはそろって神妙で、店内のBGMがいつもより大きく響いて聞こえるくらい整然としていた。

記録装置を構えたマスコミもたくさん来ている。記者たちはフロートカメラを飛ばして列の俯瞰を撮り、見映えのいい子を選んではインタビューに勤《いそ》しんでいた。

「いましばらくお待ちくださいませ」と、金のバッジを付けた上級美容部員《ビューティ・アドバイザー》「ビッキー・メイト」たちが、列の脇でにこやかに囁いている。

列の最後尾を目指して迷いなく歩いていく吉岡保《よしおかたもつ》の袖を、花苗はツンと引いた。

「ほんとうに並ぶの？」

「当たり前だよ。記帳に来たんだからさ」

花苗は、遠慮がちに不満を表明してみた。

「判ってるけど……。すごい人よ」

しかし、保はしみじみと言う。

「結構じゃないか。リルも喜ぶ」

なんということだろう、と花苗はそっと吐息をついた。若者はえてしてアイドルに入れあげるものだとはいえ、普段は年齢以上の分別を弁《わきま》えているように見える保までもが、こうまで山田リルにご執心だとは知らなかった。

ファッションモデルもビューティモデルもこなす美貌のリルが、事故に遭ってから今日で丸二年になる。医療と美容でもって世界を牛耳る〈コスメディック・ビッキー〉のコンセプト・ショウ、噴霧式クレンジング剤のデモンストレーション中に、事故なのか故意なのかトラブルがあり、全身の皮膚が爛《ただ》れ果ててしまったのだ。リルは現在も中央病院で手厚い治療を受けている。人工鰓《えら》を付け水槽状の医療機器に赤剝けの身体を沈めた、変わり果てた姿で。人々は彼女の快癒を願う記帳をしようと並んでいるのだった。

花苗は、やれやれ、と小さく独《ひと》り言《ご》ちた。

世の中には、意識を取り戻さない寝たきりの人もいる。充分な治療を受けられない人もいる。リルが悲惨であるのには間違いないが、みんながこぞって〈プリン〉にまで足を運んで署名するという行動が、ことさらにリルを悲劇のヒロインに祀《まつ》り上げ、彼女を奉ずる一体感に酔うものに思えて仕方がなかった。

どうにもこの一件からは胡散臭《うさんくさ》さが拭えない。普通なら警察機構が調査に乗り出してしかるべきなのに、真相がうやむやにされてしまっているのはどうしてか。〈ビッキー〉の人工皮膚技術をもってしてもリルをすっぱりと治せないというのは本当なのか。

疑問を看過して記帳の列に加わると、なんだか〈ビッキー〉の掌の上で踊らされてしまうような気になってくる。何千人もの人が記帳をしてくれたと知れば、確かに療養中のリルの励みになるだろう。しかしそれは同時に、リルの悲劇と熱心な信奉者《ファン》という美談を、マスコミを通して世間へ見せつける側面もあるのではないか。不謹慎を承知で敢えて言うならば、宣伝用のフィルムコンサートにうまうまと動員されているかのような。

こうしたイベントに熱狂できないのは自分が歳を食っているからだ、と花苗はしんみりと自己分析した。

真面目な顔でじっと順番を待っている若い男友達の横顔は、胸が痛くなるほどに頬が艶やか。

どうか今はこちらを向かないで、と花苗は願う。

私のほうを向かないで。この騒ぎに乗れない私は、本当はあなたと同じ二十五歳なんかじゃないって判ってしまうから。〈ビッキー〉のアンチエイジング技術で年齢を謀《たばか》っているのだと知れてしまうから。

二年前、義父が亡くなり、花苗はようやく四十二歳で夫と離婚した。

長く苦しい結婚生活だった。

最初は、母子家庭で育った花苗の心の隙間を埋めてくれる優しい人だと感じて交際を始めた。すこし打ち解けた頃、「父親が寝込んでいるので結婚してくれる人なんかいませんよ」と自虐されて戸惑ったが、見捨てないのは親孝行だなと感心する気持ちもあった。

結婚直後はいつも傍にいて、なにくれとなくもて囃《はや》してくれた。けれど、それも花苗が彼の家庭に慣れるまでのこと。介護を通して義父にも情が移ったとみるや、彼は家に寄りつかなくなった。優しく見えたのは、実は女の扱いに慣れていただけ。

介護をすべて押し付けて家庭を顧みない、冷たい夫だった。

実父危篤の報を聞いても二十歳の商売女のもとから戻らなかったほどの、許しがたい男だった。別れを切り出すと、あからさまにほっとした顔で、子供を作らなかったのは正解だっただろう、などと口にした、卑劣な奴だった。

けれど、その低俗さのお蔭で全身整形が安くなったと思えば、少しは溜飲が下がる。花苗は当時始まったばかりの〈ビッキー〉整形補助金制度に応募し、なぜ生まれ変わりたいのかという自分の思いの丈を悲惨な結婚生活を折り込んでぶちまけた結果、見事審査を通過したのだった。

自由に街を歩くのが夢です、と花苗は審査の席で言った。かわいい雑貨のお店にふらりと入ってみたり、お洒落《しゃれ》なオープンカフェで凝ったケーキを食べたりしてみたい。動きやすさではなくデザインで服を選んでみたい。介護用品ではなく習い事の道具を入れた大きなバッグを肩から提げて、颯爽《さっそう》とした大股で人混みを縫ってみたい。そうやって自分を大事にする感覚を取り戻すためには、何あのおばさん、という視線を浴びないですむ、若い姿が必要なんです――。

姿を変えた当初は、とても楽しかった。事務職で得るなけなしの給料を、全部自分に投資した。街角で、ショップで、夜遊びのクラブで、整えられた肢体に引き寄せられた男の子たちを軽くあしらうのは楽しかった。若い子の会話に付いていくと気持ちが若返った。

それは、今までの人生で味わったことがないほどの解放感を花苗にもたらしてくれた。真面目一徹だったつまらない自分の青春時代に復讐している気分だったし、親の苦労も知らずに遊び回る若い人たちを、一緒に遊びながらせせら笑っている気持ちだった。

それでも、ふと、自分は本当に楽しんでいるのだろうか、と感じることがあった。

友達とタレントの話をするがためだけに、ちゃかちゃかした面白くないドラマを眺めている時に。恋の相談のあまりの幼さに、思わず説教をしたくなってしまう時に。コミュニケーションツールで使われる会話の常套句がとても気の利いたもので、自分にない感性を思い知らされた時に。

いくら若ぶっても、やはり考え方は老いてしまっているのだろうか。

日本料理店の板前をしている保とよく行動を共にするようになったのは、彼がほどよく爺むさかったからだ。

祖父から譲り受けたという店に活けてあるのはタンポポやカラスノエンドウといった質素な草花、小上がりには碁盤が置いてあるし、BGMは純邦楽、壁紙は「七福神」とかいう歌詞を書き散らした柄。

落ち着いているというか達観しているというか、正真正銘の二十五歳なのが信じられないくらいに人間が完成されている。同年代の人たちには、その肝の据わり方が退屈に映るようだが、花苗は、さすがに包丁一本で世を渡っていこうとしている人は違うなあ、と感心してしまったのだった。

彼は、料理以外は興味がないらしく人間関係にも淡白なので、他の男のように花苗にちやほやすることはなかった。だが花苗のほうとしても再婚する気はさらさらないので、気楽な付き合いなのがちょうどよかった。

いずれ折りを見て真実を話すつもりだ。若作りのオバサンは愛想を尽かされる羽目になるだろうけれど、それまでは彼の身近で、真面目で頼りになるパートナー像をこっそり重ね見させてもらうことにしていた。

ただそれだけのつもりだったのに……。

珍しく年相応の熱心さを見せて、コスメコーナーの列へ連なる保に対し、花苗は自分でも驚くほどの口《く》惜《や》しさを抱いてしまっている。

保にとって、仕事以外のものは花苗も含めすべて横並びの価値だと思っていたので、とっておきの執心があったのだという事実が、惻々《そくそく》と胸に迫ってくることに自分で驚く。

恋人として付き合っていたわけでもないのに、この裏切られ感は何だろう。

花苗は、列の流れに従う保の横顔を、またそっと仰ぎ見る。

迷惑だよね。交際の確約もしていない女に嫉妬されるなんて。

それに、リルは整形未体験者《ナチュラル・ビューティ》だもんね。自然のままが好みなら、いつか私のほうこそ、裏切られた、って罵声《ばせい》を浴びせかけられるんだよね。うん、判ってる。

……それでも。

花苗は、夢を見ていた自分を哀れむ。

いっそ、本当のことを言わずにフェイドアウトしちゃおうかな。

ちびちびと進む足元に視線を落としながら、四十四歳は人知れず苦笑する。


〈サロン・ド・ノーベル〉に併設された喫茶コーナーは人でいっぱいだったので、十七階の〈ノヴァ2〉へ行ってみることにした。

現状ではそのフロアが最上階にあたる。プリンの形をしたメガフロート施設は着々と増築が進んでいて、窓辺の席からも、巨大なクレーン船や資材コンテナ船が凪《な》いだ海上に悠然と浮かんでいるのが見えた。

「ああ、よかった。気が済んだよ」

保は、一口飲んだコーヒーカップをソーサーへ戻すと、短髪を照れ臭そうに掻きながら言った。

「先週の通信で、新しい自分に生まれ変わる準備をしてる、なんてことを言ってたから、じっとしてられなかったんだ」

花苗は、キャラメルパフェを掬《すく》う手を止めて、小首を傾《かし》げた。

「通信って?」

「登録するとリルのメッセージが送られてくるんだ。思うように声も出せないみたいだし身体も自由にならないから、文字データだけだけど。脳波を拾う装置を作ってもらって、それで書いてるらしいよ」

「へえ。そんなことができるんだ」

花苗は、スプーンの先でキャラメルソースをつついた。さすがに特権階級は違いますわねえ、と嫌みが口をついて出そうだった。義父が必要とする医療器具のレンタル代に四苦八苦していた過去を思い返すだに、ついついリルに僻《ひが》んでしまう。

「で、新しい自分に生まれ変わるってどういうことなの？ そろそろ水槽を出る時期でも決まったのかしら」

保は腕を組んで、うーん、と唸った。

「だったら嬉しいんだけど、そんな感じじゃないんだなあ。何と言うか……危うい」

ちりっ、と胸に嫉妬が走った。

危うい、は、可愛いから助けてやりたい、と同義語であることを、花苗はよく知っている。一度でいいから、誰でもいいから、自分をそんなふうに気にかけてくれればいいのにと希《こいねが》っていた言葉だった。

「生まれ変わるっていうのは、多分モデルからの転身を指してるんだろうけど、前向きすぎてかえって痛々しいんだ」

「強がってるってこと？」

「ああ。自分はもう第一線に戻れないと思い知ったんだったら、普通は未練たらたらだったり自暴自棄になったりするもんじゃないかなあ。強がってるとしか思えない。彼女、これまで一度も事故に遭った不幸を嘆いたりしていないんだ。毎回、看護師に優しくされたとか、医者が冗談を言ったとか、楽しげなことばかり書いてある」

「いいとこ探し、ってわけね。いいじゃない。落ち込んで暗い心境を読まされるよりは」

ますますパフェをつついたので、中身はどろどろになりかけている。花苗の気も知らず、保は少しむっとしたようだった。

「そうかな。弱音を吐くほうが自然だと思うんだけど。最近じゃ、皮膚がないぶん敏感に世界を感じるようになった、なんて、スピリチュアルに転んだようなことも書いていた。世間と自分とを隔てる被膜がなくなって、意識が宇宙にまで広がって、まだ見ぬ知的生命体の気配が判る、なんてな。宇宙だぜ。知的生命だぜ。おかしいよ、彼女」

花苗は、思わず嘲笑を漏らしてしまう。

「薬の副作用じゃないの？　なんて言ったっけ、譫妄《せんもう》とかいうやつ？　薬や病気で脳が混乱しているのね。健康な人でも、酔っぱらったり寝呆けたりすると、幻覚が見えることもあるでしょ」

義父の例を挙げそうになるのを、ぐっとこらえる。

保は、

「むしろそうであってほしいよ」

と呟いた。

「でもなあ、事故のショックであろうと、薬の副作用であろうと、本当に気が変になっていたら〈ビッキー〉の広報部がメッセージ発信を許可しないと思うんだよなあ。文章もマトモだし、正気にみえる。でも、何考えてるのか判らん」

「前世占い師もUFO研究家も、書いてる本の文章はマトモよ。それに、周囲が正気扱いしてあげていたほうが面倒は少ないからねえ」

口調がどんどん意地悪になっていくのを、花苗は止められない。

「だいたい、リルがメッセージを発信すること自体、以前の彼女からすると普通じゃないと思うんだけど？　山田リルは、モデルの仕事以外はメディアに露出しないので有名だった。トーク番組やバラエティには出ないし、インタヴューも滅多に受けなかった。なのに、そんな文章をばら撒くようになるなんて、おかしいじゃない。薬で脳の配線がこんがらかって、妙にハイになってる証拠よ」

「単純にファンサービスじゃないかなあ。心配をかけてるから、お礼がしたいんだろ」

「話題作りのためかもよ。世間から忘れられないために、刺激的なネタを創作してるとか」

「それこそ、脳の配線がどうにかなって性格が変わらない限り、ないね」

「あら、断言したわね」

保は僅かに胸を張った。

「彼女の良さは、自分が好きだったところにある。ありのままの自分を偽る行動を取るなんてあり得ない」

「痛みを愚痴らないのは、痛い自分を偽ってることになるわよ」

「違うね。それはしっかりと生きていくのに必要な自己暗示だ。俺がリルを危うく感じるのも、弱音を吐かないでおこうと頑張りすぎてるように見受けられるからだ。薬の副作用ならともかく、モデルでなくなった自分は何ができるかを思い詰めたせいで、宇宙人が判るなんていう超感覚を得た気になってるとしたら、胸が痛むよ」

保がこれほどまでに他人の胸中について考える性質だとは思わなかった。会ったことのない人についてあれこれ思い巡らせるくらいだったら、身近な知り合いに対しても、口にはしない評価が胸の奥底にしまわれているに違いない。

もしかすると、見映えのするこの身体に入った古びた魂をも、もう見抜いてしまっているかも。

そう思うと、花苗は落ち着かない。

コーヒーを静かに口に含んでから、保はしみじみと言った。

「身も心もナチュラルなのが、リルの魅力なんだけどなあ。妄想に縋《すが》り付かなきゃいけないほどに追い込まれているのは見たくない。人間、嘘が一番よくないよ」

そうね、と返した花苗の小声は、微かに震えていた。

『地球の外にも意志を持つ存在がいる、というのは、ただの空想じゃないと思うんです』

リルはそう綴っていた。

『〈ビッキー〉が国際宇宙開発機構を支援しているのは、みなさんご存じですよね。〈ビッキー〉の持つ最新の技術で調べた結果、あちこちで、これまで見逃されていたものが見い出されるようになったみたいです。まだ研究や分析の途中なので、詳しいことを教えてもらえないのが、かえって期待を煽られちゃいます』

花苗は、自宅であるワンルームの中古マンションで、黄色いカウチに寝そべりながら携帯端末を読み進める。保に倣《なら》って、自分もリルのメッセージを購読することにしたのだ。

確かに彼女は前向きなことばかり書いていた。痛いだの苦しいだのは少し漏らしているが、どうしてこんな目に、とか、これからどうしたらいいのか、などということは、バックナンバーにもまったく表記がない。

身体全部の皮膚を失ったんだから、リルの苦痛は想像を絶するほどだろう。それでもしっかりした文章が書けているということは、一般人がまだ知らないよほどの新薬を使われているか、身を沈めているという水槽とやらがよほどのハイテク溶液で満たされているか。彼女に施された治療法は、いずれ市井に下ろされるに違いないが、現状では〈ビッキー〉の身内だけが享受できる、恵まれた看護に違いない。

いや、この呑気《のんき》なメッセージ自体が、ゴーストライターの手による偽物という可能性もある。いっそのこと、そうであってほしいものだ、と花苗は意地悪に考えた。

リルも嘘にまみれ、自分と同じところへ墜ちてくればいいのに。

軽く頭を振ってから、携帯端末に視線を戻した。

『地球外の生き物というと、宇宙人とか侵略とかを連想してしまって、なかなか信じられないと思います。私だって「そんなの、私、見たことないもん」って、以前は笑い飛ばしてました。でも、目に見える存在を探すだけでは不行き届きなんですって。神様や精霊みたいな精神生命体がいるかもしれないですからね！　〈ビッキー〉は、美容と医療を研究するにあたって、美醜や快不快の感覚の正体探しもしてきたそうです。要するに、感じ取ったり考えたりする人間の意識についても追究してきたのです（あ、いけない。なんだか〈ビッキー〉の広報みたいになってきちゃった）。とにかく、その感受性と思考の研究が今、精神生命体を探すお役に立ちつつある、というわけ。自分を綺麗にしてくれる技術が宇宙を切り拓く力に通じるなんて、ロマンですよねー』

花苗は、もっととんでもない白日夢が描き出されているのを想像していたので、これをどう捉えていいか首を捻ってしまった。自分たちの研究成果から宇宙人までを地続きのように扱っているせいか、覚悟したほど突飛ではない。

揺り籠から墓場まで生活に深く食い込んだ〈ビッキー〉なら、どんなことでもできそうな気がする。反面、よくいる詐欺師たちがなんとかエネルギーやなんとか粒子を引き合いに出してグッズを売り付けるのと同じ手練手管《てれんてくだ》だとしても、花苗には判定のしようがないのだった。

『こんなお話をしたのは、先日お伝えした「生まれ変わりの準備」の説明をしようとしたからです。遠回りっぽくてごめんなさい』

保が懸念していた話題がようやく現われた。花苗はカウチの上で姿勢を正す。

『私は、身体中が爛《ただ》れてしまってからというもの、不思議なことをいっぱい経験しました。薬品を入れた水槽に漬かってお魚さんみたいに暮らしているので、聴覚も視覚も鈍い状態なんだけど、周りのことがとてもよく判るんです。お医者様が口を開く前に何を話そうとしているのかを当てたり、病院の入り口付近を母が歩いているのが感じられたり。ここは十九階なのに！　時計を見なくても夜空に特定の星座が上がってきたのを感じることもあるし、地球の反対側の地震をニュースが流れる前に予感できたりもします。私って、皮膚と引き換えに超能力者になっちゃったの？　なんて思いました』

あら、と花苗は意表を突かれた。宇宙へ広がるほどの感覚、と聞いていたから、スピリチュアルといっても、霊感を得た、とか、前世の因縁が見える、とかの、正解かどうかが検証不可能なもっと怪しい種類かと思っていたのだ。

『お医者様は最初、夢を本当のことだと思い込む譫妄っていう状態だろうとおっしゃってたんだけど、母は「私はそうじゃないと思うわよ」ってこっそり教えてくれたんです。母も医師ですから、セカンドオピニオンのサービスってわけ。「私の見立てではね、〈全身アンテナ症候群〉よ」って。そんなの、聞いたことないですよねえ。母の造語なんですから。でも、私の状態にぴったりなんですよ。ほら、ちょっとした怪我をした時って、髪の毛一本でも触ると跳び上がっちゃうじゃないですか。皮膚を剝かれた私は、五感が鋭敏になっちゃったのかも。ぼうっとした譫妄状態とは正反対。まさしく〈全身アンテナ〉！』

花苗は、あっと声を上げそうになった。

その感覚は自分にも身に覚えがあったのだ。

アンチエイジングの大手術の直後、世界が急に鮮やかになった気がした。五感に飛び込んでくる情報すべてが粒立ち、街は光と音の粒子が飛び交っているかのごとくに知覚された。それとなく周りを探ってみると、綺麗に生まれ変わった人は多かれ少なかれ同じ昂揚に包まれるらしい。てっきり、満足感が引き起こす気分的なものだとばかり思っていたが、皮膚に薬剤やメスを入れたがための、ある種の過敏だということか。

『大昔は、わざと身体を傷つけて鋭敏さを求めたこともあったようです。巫女や戦士が身体に刺青を入れた図版を見たことはありませんか？　私なんか、お洒落だなあ、なんて単純に感心してたんだけど、あれは神様の存在や戦いの機微をひりひりと皮膚で感じるためのものだったんですね。昔の人って、スゴイ！』

夜遊びで出会った切り裂き魔《リッパー》のひとりが思い返された。花苗が若い時には考えられなかった、ファッションとして自傷を楽しむ人々だ。ボロボロの服を着て身体にくまなく傷を負ったその女は、自分が世界から切り離されたみたいに感じると、皮膚を切り刻むのだそうだ。そうすることで生きてる実感が湧くし、世界をビビッドに感じることができる、と彼女は教えてくれた。身体が傷つくと防衛本能が呼び覚まされ、眠っていた感受性が解き放たれる、とも。

『母は、「アンテナの精度によっては、まだまだあなたも人の役に立てるかもしれないわよ」って言ってくれました！　生きてるのもやっとの私が、みなさんが感じにくいものを察して教えてあげたり、目に見えない精神生命体みたいな存在を探査したりする——本当にそうなればいいな、って思います。先日から〈ビッキー〉のスタッフが、私が感じ取れるのはどんなものかを調べてくれています。これが前にお伝えした「生まれ変わりの準備」ってやつ。モデルから巫女さん（？）への第一歩。傍《はた》で見ている人にはアヤシイ超能力実験みたいに思われるだろうけど、本人もスタッフも、至って真面目です！　私、まだまだ頑張ります！　ワクワクです！　楽しみにしていてください！』

読み終わった花苗は、半ば呆然としながら携帯端末をオフにした。

どう受け止めていいのかが判らない。「生まれ変わりの準備」は単純な妄想ではないようだが、真偽も、内容も、方法も、どこまで信じていいか判断が付かない。

保は、彼女のメッセージをどう解釈するだろう。

花苗は、表示の消えた端末を手にしたまま、ぼんやりと座り続けた。

『今日から、人工皮膚のパッチテストが始まりました。私のは特別製なんだよー、えへへ。普通の火傷じゃなかったので、真皮や感覚器の損傷状態が特殊で、市販している医療用のが使えなかったんですって。爛れがまだ急性期を抜けない頃から、スタッフはいろいろと工夫してくれていたらしいです。でも、そのうちに巫女さん（？）計画が始まっちゃって。そうなると皮膚感度の面も問題になってくるわけで。ほんとうにスタッフにはたいっへんなご苦労をかけてしまいました。大感謝、です！　結局は、海中生活用の人工皮膚を改造することになりました。〈人魚計画〉に参加した元リッパーの女性の体験談が活かされたんです。彼女もずいぶん皮膚を損傷していたんだけど、海中用の人工皮膚を移植してさえ、世界中の海に抱かれているような、地球全体と繋がりを持っているような、そんな感覚があるんですって。うーん、肌で世界を感じるなんて、私とそっくり！　で、私が薬品液の中で暮らしていることもあって、海中用をカスタマイズするのが条件的にぴったりだったらしいです。みんなの努力でできあがった私の新しい肌が、〈全身アンテナ〉状態を保ったままちゃんと機能してくれるよう祈ってます！』

このようなメッセージがリルから配信された翌日。花苗は保から、祖父の見舞いに付いてきてくれないか、と頼まれた。以前、雑談の流れで「介護の大変さを知っている」と口を滑らしてしまったことがあり、参考にできることがあれば教えてほしい、のだそうだ。

はっきり言って、花苗は気が進まなかった。老人が発する独特の臭気や、看る者と看られる者の丁々発止のやりとりは、二度と経験したくない。

けれど、保に、

「父親代わりに俺を育ててくれた恩義があるし、ましてや爺ちゃんは腕っこきの板前だったんだ」

と、尊敬を込めて教えられたので、彼の思い遣りをむげにすることもできなくなってしまった。

郊外へ向かう新交通システムは、住宅街の中で蛇行を繰り返す路線だった。蝟集《いしゅう》した新興住宅は、それぞれが洒落た外見で静かに佇《たたず》んでいるが、気苦労の多かった花苗は、その中で繰り広げられる幸不幸を我知らず想像してしまう。

気を逸らせようと口を開いた。

「あなた、この間、リルは危うい感じがするって言ってたわよね」

横に座る保は、黙ったまま顔だけを振り向けてくる。花苗は話題に食いついてきた彼の興味を維持しようと、言葉を選んで続けた。

「私も読んでみたのよ、メッセージ。あなたの言う通りだったわ。リルは見えない宇宙人探しを本気でしようとしてるみたいね。不思議な感覚を得た自分には発見できる、って言い張って。ほんと、危ういわよねえ、彼女の精神」

先日、花苗がリルを手ひどくこき下ろしたせいか、保は様子を窺っているように見えた。

「あの人はきっと、すごく真面目なんだと思うの。あんなに人の役に立ちたがってて。妄想で新しい任務を作り出しちゃうほどに奉仕精神が発達してるのは、きっと、今までは何をしても感謝してもらえる恵まれた立場だったのよねえ。羨《うらや》ましいなあ」

保は、眉ひとつ動かさない。

当てこすりが過ぎたのかと、花苗は慌てて付け足した。

「私、リルのためにも、本当に宇宙人が見つかるといい、と願ってるわ。本当にっていうのは、彼女の中の真実として、という意味だけど。はっきり言うと、宇宙で調べようとしていることや、超感覚が現実にあるかどうかとか、信じられないのよ。百歩譲って超感覚があったとしても、精神生命体なんていうものに巡り合える可能性はないに等しいと思うのよね。だから、いっそのこと彼女はこのまま夢の世界に生き続けて、妄想の中でだけでもプロジェクトを成功させればいい。それだったら、彼女、幸せなままでしょ」

その時、保が思いがけなくニヤリと笑った。

「俺、もうあんまり心配してないんだ」

てっきり、一緒になってリルを気遣うと予想していた保がするりとそう言ったので、花苗は耳を疑った。

「さっき、〈ビッキー〉広報部の発表があった。国際宇宙開発機構のスタッフが、リルに会いに来るらしいよ。外部機関としての公平性を宣言してから、超感覚のテストをするみたいだ。データは素のまま全世界に公開。ここまでくれば、今までの話は譫妄でも狂気の末でもないと証明できる。ましてや、センセーショナルな創作ネタでもない。彼女は、美しい肌の替わりに特殊な能力を獲得し、はやばやと自分の役割を見つけたんだ。リルは、自分が確信する道を一心に突き進んでいるんだな。これまで通り自信を持って。ほんと、大変なのに、よくやってるよなあ」

花苗は目瞬きを繰り返すばかりだった。

危なっかしさへの気遣いから、確固とした賞讃へ。

「助けてあげたい」から「大変なのによくやってる」へ。

私も気遣われ、認められたかった、と花苗は悔しくなる。身も心もボロボロの時期に、誰かがそう言ってくれていたなら、どんなに救われたことか。

保は、なぜ、花苗の欲しいものをことごとくリルへ与えてしまうのだろう。

過去を話して同情を引けば、私にも言ってくれるだろうか。

その瞬間に実年齢を知られてしまうとはいえ、労《いたわ》りの言葉は喉から手が出るほどにほしかった。

二律背反が心で渦巻く。

花苗の中のふてぶてしい中年女の心が、モデルと張り合うなんて大バカだ、とせせら笑っていた。縮こまった少女の心が、嫉妬は止められないものよ、と自嘲していた。

中年女が、彼は若いんだから高嶺の花に入れあげるのも可愛いものさ、と突き放していた。少女は、若いんだからこれから身近にもっと思いやるべき人間がいることに気付いてくれるんじゃないの、と未練たらたらだった。

リルとは違って正直ではなく、嘘と本当の鬩《せめ》ぎ合いを多重に抱える花苗は、どうであれ、保の気遣いも賞讃も得られないのだ。

窓の外も男の顔も直視できなくて、花苗は自分の膝に視線を落とすしかなかった。


誰も私の来し方行く末をねぎらってくれない——。

覚悟と寂しさで頭がいっぱいになり、残りの道程の記憶がない。

我に返ったのは、長期療養型老人施設のせせこましい四人部屋で、保が、

「爺ちゃん。そろそろ目を開けてくれよ」

と、呼びかけた時だった。

昏々と眠る保の祖父は、歯のない口元を半開きにしている。そのだらしない姿に義父の介護生活がフラッシュバックし、花苗ははっと気を取り戻した。

老人の枕元では、四十代後半に見える女性が申し訳なさそうに立っていた。

「わざわざ来てもらって、ごめんなさいねえ。保はお爺ちゃんのこととなると一生懸命だから」

「なんか悪いかよ」

保は、少年のようにふてくされる。気安く接している様子なので、女性はどうやら母親らしい。顔立ちの整った人だった。介護エプロンもお洒落で、化粧も髪型もきちんとしているところが、さらに好印象だ。

「で、何か改善するところはありますか？」

女性が訊く。

「そうですね……」

花苗は、老人の腰のあたりが丸く盛り上がっているのを指さした。

「これはなんですか？」

女性は怪訝《けげん》な顔をした。

「トイレだけど……何か？」

「トイレ？」

「普通のタイプよ。排泄物を吸引して、お尻を洗って乾燥して、という」

花苗は目を瞠《みは》ってしまった。

「ずいぶん進歩したんですね」

そんな便利なものは、義父の時はなかった。ベッドの下に落とし込む形式で、お尻拭きはやらなければならなかった。

「臭いもなくて、楽そう」

女性は、あら、と小さく声を上げる。

「臭わないのは〈メディカル・ステラ〉のお蔭ですよ」

「何ですか、それは」

「周囲の香りをなじませて、不快感を減らすもの。こういう大部屋での介護では、エチケットが大切でしょ。消臭剤だとそれぞれの香料がかえって目立ったりして、イタチごっこになるのよ」

「……そうですか」

花苗の頃は、部屋に立ちこめる病院臭がつらかった。消臭剤はほとんど効かず、同室には香水を振り撒いて誤魔化《ごまか》す人もいて、よけいにひどいことになっていた。

うらやむ気持ちが、表情を曇らせていたのだろう。女性は、

「どうかした？」

と、心配してくれる。

もう、笑い飛ばすしかなかった。

「これじゃ、どちらが教えてもらってるのか判りませんね。私が介護していたのは、何年も前ですから」

「いえいえ、あなたのほうがずっとよくご存じのはずよ。私なんか歳ですから、若い人みたいに介護用品をあれこれ調べるのが苦手なの」

その時、保が口を挟んだ。

「知らないことはあるだろうけど、それなりによくやってるよ。慣れない携帯端末と格闘してグッ

ズの検索をしたり、長期入院時の人付き合いについて書かれた本を読んだり。きっと爺ちゃんも喜んでるよ」

「あらまあ、ありがとう」

女性は、照れくさそうに身をよじった。

花苗は、刹那《せつな》、瞑目する。

ああ、まただ。私の欲しかった言葉が、また目の前で攫《さら》われた――。

女性は、花苗に穏やかな頬笑みを投げる。

「でも、愚痴もあるのよ。たっぷりね。あなた、聞いてくださるかしら。経験者なら、きっと、判ってくれると思うわ」

昔と比べて楽になっているのだし、何よりも身近に褒《ほ》めてくれる人もいる。けれど、介護に伴う愚痴は当然あるのだろう。

うんうん、と耳を傾け、自分の体験談を織り交ぜ、「大変ですね」とねぎらってあげるべきだ。自分がそうして欲しかったことを、中身は歳近《としぢか》の私が、共感を持ってこの人にしてあげるべきだ。

花苗は苦労して愛想をひねり出した。

「もちろんです。疲れますもんね、何かと」

女性は、ぱたぱたと嬉しそうに手を振る。

「そうなのよ。こっちも老いぼれちゃってるから、腰が痛くなって大変」

「そんな。お母様は、まだお若いのに」

「お母様？」

女性は、笑顔のまま絶句する、という奇妙な表情をした。

そしてすぐに、俯き加減で、くっくっく、と忍び笑う。

「やめろよ。人が悪く見えるって、いつも言ってるだろ」

保がうろたえ気味に言った。なんのことだか、花苗にはさっぱり判らない。

「あのねえ。私、保のお婆ちゃんなの。お母さんじゃなくて」

「ええっ！」

大声で叫んでしまい、花苗は慌てて口を押さえた。

「だって……」

「お爺さんの入院が決まった頃、私、ストレスで参りかけててね。堪忍袋の緒が切れて、ちょっと若返っちゃったのよ。病院ではたくさんの人に会うから、見映えだけでもよくしたほうがいいと思って。日帰り手術で済ませられる顔と手先だけだけど。身体のシワシワもいずれ手術してやるのよ。気の滅入ることとするんだから、それくらいの楽しみがあってもいいでしょ」

保は、仕方ないなあ、という顔をしている。

「婆ちゃんは、自分がアンチエイジングしたことを自慢したくてしょうがないんだ」

花苗は、つい勢い込んでしまった。

「自慢ですか？　普通は隠したいんじゃないんですか？」

「あら、どうして？　隠してしまうと面白くないわよ。若く見えるけど本当は歳を取ってるという落差で、周りの人は驚いたり呆れたり褒めたりしてくれるんでしょ。みんなを騙してるように思うと悩んじゃうから、『そうなのよ、若返って青春を謳歌しちゃってるのよ』って言って、羨ましがってもらうほうが楽しいわ」

「羨ましがって――もらう？　本当の年齢を知ってがっかりされるかも、と心配にならないんですか」

愕然と問うた花苗を、祖母はからからと笑い飛ばす。

「そういう人は、私とお友達になるタイプじゃなかったって証拠だから、平気ですよ。むしろ、こっちから願い下げ。たとえ見掛けで釣り上げた人であっても、気が合わなければそれまでの付き合い。難しく考えないでいいのよ、整形なんて。取れないお化粧をしてると思えば。通りすがりの人には素顔なんて関係ないことだし、お友達になってくれる人ならスッピンでも付き合おうとしてくれるでしょ。私ね、お化粧や整形は、むしろお友達判定装置みたいに使ってるのよ」

さばさば言い放つ女性を、花苗は眩しく感じ、ただまじまじと皺のない顔を見つめる。

「どう？　四十代くらいには見えるかしらね。でも本当は、酸いも甘いも嚙み分けてきた七十五。若い身体にお婆ちゃんの智恵。理想でしょ？　ほんと、私、恵まれてるわねえ」

「恵まれ――」

花苗は途中で呟きを忘れ、下を向いて小さく笑った。それは、自分に向けての嘲笑だった。

若い身体にオバサンの経験値。

心は若返っていないと嘆いていたのに。

それを自慢にするだなんて、考えつきもしなかった。

開き直れば、確かに理想だ。なんだ。若い男の子たちの視線にびくびくするより、そうやって胸を張ればもっと楽しかったのか。

自分は、青春を取り戻したいから若い姿になったのだった。なら、楽しむことを主体にすればよかったのだ。ふらりとショッピング、カフェでお茶、習い事。最初、やりたいと思っていたことは、全部自分のためのもの。それがいつの間に、みんなに好意を持ってもらうために必死になって話を合わせるなどという、本末転倒に陥ったのか。

これまでの人生を誰かに労ってもらう前に、まずは自分が自分を楽しんでやらねばならなかった。ねぎらってほしいという甘えがあるからこそ人に媚び、嫉妬に苛《さいな》まれるのだ。他の人が褒められるたび、何度も何度も、鳶《とんび》に油揚げをさらわれる気分で自己嫌悪に浸ってしまっていたのだ。

花苗は、俯いたまま言った。

「やっぱり私、教えられてばかりです。過去は過去。今はとても恵まれてる……そういう考え方がいいんですよね」

「そうそう」

「私、自分の過去を見返してやりたい一心で、余分なものを捨てるという行為を忘れてました。苦労した思い出も、ひどい夫も、空騒ぎの理由に据えておかず、もっと早くに投げ捨ててしまえばよかった」

ふたりが息を呑む気配。花苗は視線を床に落としたまま、勇気を振り絞った。

「本当は四十四歳です、私」

そして保の顔を見上げ、

「どう？　最大のネタを披露したのよ。ちゃんとびっくりしてくれた？」

と、訊いた。

「すげえ。いいとこ、十歳上だと思ってたのに」

保が目を剝いてそう感心したので、花苗は座り込んでしまいそうになる。

「判ってたの？」

楽しげに、若者は言った。

「判らないと思ってた？　俺、結構観察力があるんだよ。あのね、言動のわりには頰の質感、よすぎ。〈素肌改善プログラム〉かアンチエイジングを受けるようなお洒落心の持ち主なんだな、って見てた」

「あなた、そんなことちっとも言わなかったじゃないの」

「本人が言わないのに、勝手に口にはできないよ」

「リルのことは、ずいぶん好き勝手な熱弁を振るってたけど？」

保は、首を前に出してぽかんとした。

「あれは観賞用じゃないか。手が届かない分、ファンは好きに想像してもいいいんだよ。身近な人は、そういうわけにいかない」

花苗は呆気《あっけ》にとられて、身体が痺れたようになってしまった。

なんて男なんだろう。人との距離感を遣い分けるだなんて、自分よりもずっと大人だ。

「俺、婆ちゃんの例を知ってるからさ、あんたも介護したことがあるって聞いて、やっぱりいろいろと大変で、心機一転の美容術を受けたんじゃないか、と思ったんだ。で、お節介だけど、ふたりを会わせたら、愚痴の言い合いもできるだろうし、お互いに多少は癒やされるんじゃないかな、って。ふたりとも苦労したことなんか口にしない偉い人だけど、そうすればちょっとは喜んでくれるかなあ、って」

花苗の心の中で、中年女と少女が抱き合ってわんわん泣いていた。けれど実際は、美しく整えられた頬が柔らかく緩むだけで、涙を流したりはしなかった。

だって、四十四歳。

幾多の動揺を乗り越えてきたという自負があるもの。

○　○　○

祈禱の声が、ぷつりと熄《や》んだ。

年嵩《としかさ》の巫女は、息を弾ませたまま立ち尽くしている。

寝床の上の年弱《としよわ》の巫女は、呼吸を止めてしまっていた。

〈日留子見子〉は、〈日留子〉の姿を長い間眺め下ろしたのち、のろのろと頽《くずお》れる。

やがて彼女は、両足を器用に使って、まだ温かい子供を太腿の上に載せた。今ほど腕がない身体を恨んだことはなかった。

そして、一度、瞑目して天を仰ぐと、すうっと深く息を吸い込んだ。

――〈米計《こめはか》り〉、そこにいますか。

凛とした呼びかけに、寝所の外から、はい、と答えが戻る。

――お入りなさい。

――よいのですか。

――許す。

入室した男は、〈日留子見子〉の膝の上に気が付いて、はっと身体を硬くした。

――今からお前を、もとの〈伝日子《つたひこ》〉の名で呼びます。以前のように仕えなさい。

――と、いうことは……。

口を開きかけた男を、巫女はぎりりと睨み上げた。

――いいえ。〈日留子〉様は身罷《みまか》られてはおりません！　祈禱により死の淵から甦り、私の身体へお入りになられたのです。この戦さの世、〈日留子〉様なくして誰が治められましょう。

男は愕然とした表情を見せたが、すぐに踵《きびす》を返し、寝所の外に人気《ひとけ》がないのを確かめてから、巫女のすぐ傍らに座った。

――判りました。みなにはそのように伝えます。きっと、〈日留子見子〉様のご祈禱が能《よ》く通じたのだ、と、喜ぶでしょう。

――私、いえ、私たちは、名を変えねばなりません。〈日留子〉様の在りようが変わった証《あかし》に。

――伝えます。

――〈日留子〉様と〈日留子見子〉がひとつになったのですから、これから私のことは〈日見《ひみ》子《こ》〉と呼びなさい。

――伝えます。

〈日見子〉は、膝の上に視線を落とし、震える声ではじめの命をくだす。

――この、空《から》になられた虚《うつ》ろな身体は、お前の手で海へ流しなさい。身体だけでも〈外《と》つ国〉へ辿り着けるように。あちらにも神がおられるのなら、夷《えびす》の子といえども哀れんで、いとも畏《かしこ》き姿に変じ、また我らに遣わしてくだされよう。

巫女は、長々とした息を吐くと、気力と呼吸を取り直し、厳しい面を上げた。

——国主たちには、話し合いを続けるよう、強く言い渡しなさい。このままでは、民が苦しむばかりです。

——確かに承《うけたまわ》りました。

——〈淡島〉たちには、〈日留子〉様は一緒に行かれぬようになったゆえ、代わりに〈日留子〉様である〈日見子〉から〈外つ国〉へ使者を遣わす、と知らせなさい。〈米計り処《どころ》〉に、升を能く使う賢い男がいるそうですね。彼ならば難なく役を遂げてくれよう。

——海を渡らせるのですか！

——そうです。春になり、海が凪《な》いだら。周囲を平らげるには、もはや巨きな冢だけではなく、〈日子〉が持っていたような鏡や剣、特別な証を持たねば軽んじられます。〈外つ国〉へこちらから贈り物をし、王の証となる何ぞを得てくるのがよいでしょう。それに、使者からあちらの様子を詳しく聞き出せば、私も海の向こうをより鮮やかに見通すことができます。

男は、ぐうん、と唸ってから従う。

——さっそく、ご準備いたします。

——取り急ぎは、これだけです。

〈日見子〉は、力尽きたように、がっくりとうなだれた。

刺青の肩が激しく波打っている。

——早く……さがりなさい。

〈伝日子〉は、ためらいがちに立ち上がった。
しかし、彼は戸口をめざさず、巫女の膝から遺骸を掬い上げた。
そしてそのまま、巫女の腕となって、胸に抱かせる。
――ご立派でした、姉上。
その労りの一言で、〈日見子〉の中のなにものかが失せた。
胸元の小さな子供に覆い被さり、巫女は狂ったように慟哭《どうこく》する。

天の誉れ

いろどりハート
——コスメディック・ビッキー〈セルフイメージ講座〉

　案の定、加藤編集長はこう訊いた。

「どんな手段を使って、リルとの面会を取り付けたんですか」

　下町の雑居ビルの地下にある、薄暗く寂れた喫茶店の中だった。客は自分たちだけで、綺麗な整形顔だが学のなさそうな表情をしたウェイトレスが、スツールに座って生あくびをしている。リル、という誰もが知っている名前に反応しないところを見ると、こちらの話は聞こえていないようだった。

　箕原詩衣《みのはらしい》は、予定通りの笑みを浮かべて答える。

「同級生だったんですよ、彼女。頻繁に転校していたようで、私とも二年ほどしか一緒ではありませんでしたけれど。ちょうど〈コスメディック・ビッキー〉が設立された頃、同じクラスだったたんです」

丸顔で脂っぽい髪をした編集長は、にやにやと身を乗り出した。

「それだけじゃないでしょ」

さすがに男性向けバラエティ雑誌を束ねる人物だ。手練《てだ》れらしく、表面的な回答では納得しない。

「絶対にそれだけじゃない。私はね、リルの仕事仲間、知り合い、同級生、接触できそうな人たちにはみんな連絡を取りましたよ。縁切りした親戚たちにまで、ね。でも、誰も面会の伝手《つて》を持ってなかった。全員が電子的なコミュニケーションでしかリルの生存を確認できていない。なのに、あなただけは」

「会えるみたいですね」

小首を傾《かし》げてみせる。

編集長は三秒待って、詩衣がそれ以上の言葉を吐かないことを見極めると、

「教えられない、か」

ふん、と強く息を吐いて、喫茶店のソファに背を預けた。

「では、どうしてうちなんかにみずから連絡してきたんですか」

詩衣は安っぽいコーヒーカップを人差し指に引っかけて、ゆっくり口元へと運ぶ。

「〈ウオミニ〉の記事が面白かったから。イベントの最中にトップモデルの皮膚がずる剝けになるなんていう大事件なのに、他の媒体はその原因について、事故、というだけで、いっそすがすがしいくらいに言及してません。なのに〈ウオミニ〉だけは違った……。書けない事情があるのだ、と判るように書いてある」

「まあ、含みを持たせて読者の興味を引っ張るっていうのは、三文雑誌の定石ですからね」

ふふっ、と詩衣の口から笑い声が漏れてしまった。

「事故ではなく計画だったのではないかという一文も、単なる定石の煽りですか？」

編集長の片眉が上がる。

「ほう。では、あなたは、〈ビッキー〉が公式に笑い飛ばしたあの記事に食いついて、ここまでいらっしゃったと」

「そうです」

詩衣は、かちり、とカップをソーサーに戻した。

「特に面白かったのは、〈ビッキー〉がリルをこっぴどく傷つけた理由。彼女を悲劇のヒロインにして世間の注目と同情を買い、ついでに大規模な身体改造のモデルになってもらおう、というくだりです。瀕死の身内を救うという名目があれば、ちょっぴり行き過ぎた治療実験もし放題、って書いてましたよね。世界に冠たる〈コスメディック・ビッキー〉。その影響は、美容、医療、食品、生活用品、と、私たちのほとんど全てに及んでいます。巨大企業の余裕というか、基本的にあそこは何をどう言われようとスルーしてきました。なのに〈ウオミニ〉の記事に対しては、わざわざ広報担当者が出張ってきて公式に否定したでしょ。面白いなあ、って思ったんですよ」

加藤は、ううん、と苦笑いをしながら顳《こめかみ》のあたりを掻いた。

「そのへんは、こちらにも教えられない事情ってやつがありましてね。向こうにしてみれば、タイアップして丸め込めるほどこちらは生易しくなかったってことでしょうし、こちらにしてみれば、煽り文句だからって見逃してくれるほどあちらは生易しくなかった、ということですよ」

こうでなくっちゃ、と詩衣は思った。

「それは、加藤さんが権力に屈しないジャーナリスト魂を持ってらっしゃる、と解釈していいんですよね」

「さて、どうでしょうか。そうありたいとは思っていますがね。相手が強大すぎて、もう瀕死の状態でして」

〈ウオミニ〉の足掻《あが》きは、この半年ほどの記事内容からも窺い知ることができた。

医療と美容を中心にした〈コスメディック・ビッキー〉のコンセプト・ショウで、代表モデル《ミューズ》の山田リルが薬品を浴びて瀕死の重傷を負った事件を、彼女の母である〈ビッキー〉役員・山田キクの自作自演的陰謀ではないかと臭わせたまではよかった。けれど思うように部数が伸びなかったのか、それ以後は、「美は免罪符？」「これでいいのかガリバー市場」「あなたの生活も操作されている」などという、これまでにも増したセンセーショナルなリードでなんとか読者の気を惹こうと躍起になっているように見受けられる。

〈ビッキー〉の影響力は絶大だ。自然派を名乗る化粧品会社も、原料となるオイルを購入する会社がどこかで〈ビッキー〉と繋がっている。たとえ植物を育てるところから自分たちで行おうとしても、種子や肥料には何らかの形で〈ビッキー〉が関わっている。衣料品はこぞって保湿や美肌に役立つ機能性繊維を採用している、複雑なルートで加工される食料品は言わずもがな。鼻孔に届く香りのほとんどは、混じり合っても不快でなくする〈ビッキー〉の〈ステラノート〉という基材を使っている。

政治家や社長たちがイメージアップのために整形手術するのが当たり前の昨今、独占禁止法がどこでどう〈ビッキー〉に握り潰されても不思議ではなく、今や、かのコングロマリットは陰から日向《ひなた》から世界を牛耳っているに等しい存在なのだった。

自分の肉体をデザインしよう、それこそが自由であり進化である――〈ビッキー〉はそう謳う。強引ではあるが、主張にも手法にも弱みはなかった。リルの事故が仕組まれたもので、彼女は人体実験のモルモット化されているのではないかという〈ウオミニ〉の仄《ほの》めかし以外には。しかし、強大な相手を眼前にして仄めかしすら否定された〈ウオミニ〉誌は、すっかりアングラ雑誌の烙印《らくいん》を捺《お》され、もはや青息吐息の状態だと聞く。

「はっきり言って」と、詩衣は少し肩をすくめた。「〈ビッキー〉に反目する姿勢に期待してるんです。そちらなら公平な見方で事態を分析してくれるんじゃないかって。リルがなぜ私の面会だけを受け入れてくれたか、真意が判らないんです。昔話をしたいなら、彼女にもっと好意的だった友人たちを選べばいいですしね」

「じゃ、あなたは」

編集長に最後まで言わせず、詩衣は続ける。

「そうですね。仲良し、というわけではなかったですね。今回も、彼女にとって私は、切り札を使って面会を迫る悪役だと思います」

編集長の目の色が変わった。

「切り札？」

「ええ。私はそれをリルに突きつけて、あなたたちはいったい何をしようとしているのか本当のことを教えて、と迫るつもりで面会を持ちかけてみました。だって変じゃないですか、ファンへ向けてのリルの発信内容は。皮が剝けて感覚が鋭敏になった、宇宙には精神生命体のようなものが存在する気がする、なんて。あの子、狂っちゃったんでしょうか。それとも本当にウチュージンがいるんでしょうか。とんでもないことを言っているのに、上級美容部員《ビッキー・メイト》をはじめ賛同する人たちが多いのも謎ですよね。初期に〈素肌改善プログラム〉を受けた人はみんな口を揃えて、肌の痛みは感覚を鋭敏にしてくれるからウチュージンの存在も感じ取れると信じてる。どこまで本気で、どこまで話題作りなのか、誰にも判らない。まるで新手の宗教です」

「で、リルとはあまり仲が良くないあなたは、ここぞとばかりに真実を暴いてやろうと？」

「私はジャーナリストじゃありません。そこまでは考えてないんです。ただ、リルの本心が読めなくてモヤモヤする。昔と同じ……」

　思わず吐息が出る。

「あの子は昔から捉えどころがなかった。非の打ち所がないのに、それが真実かどうかが判らなかった。本当に美人でいい子なのか、整形美人がいい子ぶっているのか……。一度は私にも彼女を理解できたと思ったことがありました。でも、また今、判らなくなっている。自分が重傷を負った出来事を、単なる事故ですませられるんでしょうか。誰かを、何かを、恨むことはないんでしょうか。痛みに耐えながらでも、とんでもない知的生命体とやらについて語れるんでしょうか。人間って、そんな極限状態ででも澄ましていられるんでしょうか。どうして、今、いじめっ子グループにいた私と面会してくれるんでしょうか」

　詩衣はきっぱりと顔を上げて、加藤編集長を真正面から見据えた。

「私、誰かと、真実の山田リルについて話をしたいんです。私の知っているあの子は、そして〈ビッキー〉は、私たちをどこへ連れて行こうとしているのか確かめたいんです。それができるのは、昔の彼女を知る私だと思っています。でも、いざ面会が許可されてみると、なんだか怖くて……。彼女の信者ではない他の人に、見守っていて欲しくって……」

真剣に詩衣は頼んだつもりだったのだが、編集長は高笑いした。

「傍観者が必要、ってことか。確かにあいつらは読めないからな。何をしようとしていて、どこまで本気なんだか、誰にも判りゃあしない。私もいい加減モヤモヤしてたとこです」

判りました、と加藤編集長はひとつ頷いてから、

「面白い。面会は切り札のお蔭か、旧友をリル教に改宗するためか、っていう感じでリードにできそうだ」

「匿名で。私の名前は出さないでください。しがない事務職ですが、一応、普通に勤めていますから」

「判りました。イニシャルかなんかにしておきますよ。もしもあなたがリルに洗脳されて〈ビッキー〉を盲信するようになっても、〈ウオミニ〉はあるがままを記事にしますが、それでもいいですね」

詩衣は、返事の代わりに鞄に手を差し入れた。

「じゃあ、この切り札の説明から」

何から話そうか、と頭の中を整理しながら、詩衣は鞄の奥に沈んでいる切り札をまさぐって探す。

思春期においては、アイドルへ向けてならともかく、身近な友人に対して「かっこいい」「可愛

い」を心の底から口にするのは稀《まれ》なことだ。照れもある。悔しさもある。褒《ほ》め称えたい素直さに、面と向かって言うと媚《こ》びだと思われちゃう、という抑制がかかる。

学生時代の山田リルは、だから、ちらちらと横目で眺めるべき対象だった。モデルデビューした後のカリスマ的な輝きはまだなく、百人いればベストスリーには入るであろう少し人目を惹く美人、という位置づけだった。

お決まりの女子派閥にはどこへも属さず、かといって孤立しているわけでもなく、分量よく会話に参加し、時には馬鹿笑いをし、友達の悩み事には真摯に耳を傾けていた。成績も実技科目も中庸で、クラブや委員会には入らず、いたずらな男子をみんなで追い回したり、教師にため口を利いて注意されたりする、平々凡々とした学生だった。

普通とちょっと違ったのは、悪口には絶対に同調しなかったことと、親への不満を漏らさなかったこと。そして、真剣な表情はしても不機嫌な顔は見せなかったということ。

軽い悪口は仲間意識を高める常套のツールなのに。気分の上がり下がりはあって当然のことなのに。

「なんか、嘘臭いんだよねえ」

岸本佐穂子《きしもとさほこ》は、いつも吐き捨てるように言っていた。

「みんなといいように付き合っているふりして、心の中ではお高く澄ましてるんじゃないのかな。自分がちょっと美人だからってさあ」

詩衣の基準では、佐穂子も美人の部類だった。が、小太りで鼻が丸いのが惜しい。憎々しい顔をすると、頬の肉がむにりと盛り上がる。子どものうちは整形なんかするものではない、という風潮の時代だったから、相手が頭抜けた容姿のリルともなると、その時点での佐穂子の敗北は誰の目にも顕《あきら》かだった。

佐穂子はリルとは反対に派閥的な付き合いに長《た》けていて、常に取り巻きを何人か連れている。ずばずばものを言う態度をみずから「私は自然体だから」と表現するのがお気に入りで、取り巻きたちですら傍を離れるとどんな悪口を拡散されるやもしれず、戦々兢々としている節があった。

「いつもにこにこいい子です、って、不自然じゃん。頭のネジが緩いの？　実際訊いてみたんだよね。そしたら、そうかも、なんてにっこりと返してくるのよ。あれ、かなりしたたかだわね」

リルが転校してきてひと月ほど経ち、佐穂子たちが屋上へ続く階段の踊り場でお昼ご飯を食べるなどというちょっと悪者ふうの習慣を獲得した頃にはもう、このグループは箸を持つとリル批判を繰り出す反射行動に支配されているかのようだった。

「私、あの子は本当に頭が悪いんだと思うな」

取り巻きの一人がフォークを振りながら追従する。

「この歳になってもまだ母親が大好きって、普通だったら考えられないよ」

「なんかの研究員だっけ」

「化学《バケ》もできるお医者さんらしいよ。この前、ニュースに載ってた。化粧品作ったりしてるって言ってた。いずれ自分のブランドで売り出すんだって。そんなうまくいくわけないよね」

他の者も、次々と会話に加わる。まるで餌に群がる小鳥たちのように。

「なんかさ、勤め先を次々と変えてるって。かなりの変人？」

「そんな感じ。なのに、あいつ、すんげー尊敬してるっぽいの」

「お父さんいないからべったりなんじゃない？」

「そうそう、お父さんいないっていえば、あいつの母親、よく街で男とご飯食べてるらしいよ。それも取っ替え引っ替え。一昨日だったっけ、よくテレビに出てる政治家さんと秘書みたいな人と三人で、料亭から出てきたって。うちの母親、見たんだ」

それを聞いて、佐穂子が、くふり、と笑みを下へ落とした。

「リルは、そういうのも仕事の打ち合わせをしてる、って信じてるみたいだけどね」

「やだあ。それだけで済むわけないよ」

年頃の女生徒たちは、意味深長に身をよじって忍び笑いをする。

山田リルの母親は問題あり。佐穂子の世界ではそういうふうに解釈することになっていた。有名人に取り入ってメディアに出ては、キャッチーな美容の話をする露出狂。自分が自分の身体を思い通りにデザインできる未来を語り、その自由こそが大切なのだと説き、この指向が世界中に広がれば人類は新たなる進化を遂げる、とぶち上げる妄想狂。

確かに、ほとんどの人は自分が綺麗でありたいと願う。理想の容貌になりたいと望む。その夢が思うままに実現するユートピアへ行けるとしたら、それは人類の進化と言えるかもしれない。

けれどなんという壮大な絵空事だろう、と、踊り場ランチの仲間は嘲《あざけ》っていた。リルには変人の母親がいるという一点のみを心頼みにして、リルほど美しくも清廉潔白でもない自分たちの憂さを晴らしていたのだ。

それでしばらくは平和だった。

けれど、日射しが日ごとに強くなり、お気に入りのティーンズ雑誌のコラムでも山田キクという名前を見かけるようになってくると、踊り場ランチの笑い声はだんだん低く鋭くなっていく。

キクがどのような打ち合わせを何件こなしたのかは知らないが、新しく建造されるメガフロートに診療所を構え、〈コスメディック・ビッキー〉という美容ブランドを立ち上げたともなると、あいもかわらずにこにこと無難に過ごしているリルの恵まれ方が妬《ねた》ましく、ことさら目障《めざわ》りになってくる。彼女に対する気持ちが、ギシギシと音を立ててねじくれていくのを、もう自分たちにも止められなくなっていった。

母親は医者で、金持ちで、有名で、タレントにも会い放題。リル本人は美人で人当たりが良くて、いまやエステティックサロンを経営する化粧品会社のお嬢様。

そんなわけない、と叫びたかった。なんの根拠もないけれど、なにひとつ証拠はないけれど、自分と同じ人間がこんなに恵まれているはずがない。そう信じなければ、自分たちのあまりにも平凡な容姿と環境に耐えられなかった。

佐穂子は、ある日、こう切り出した。

「最近さあ、あいつ、なんかクリームのちっちゃい瓶を持ってきてるじゃん」

見た見た、といくつもの声が返る。

「変なとこに塗ってるよね。肘の内側の、注射打つとこらへん」

半袖に替わったブラウスから瑞々しく伸びた自分の腕を、佐穂子はぺちりと叩いた。

「あれ、気にならない?」

なるなる。なんであんなとこに塗るんだろうって思ってた。

「愛しのお母様がお作りになった素ン晴らしい化粧品かもだけど、学校にあんなの持って来ちゃいけないよね」

うんうん。当たり前よ。

「ねえ。私たちって親切だから、先生に見つからないうちに鞄から引き取ってあげるほうがいいんじゃない？　ついでに化粧品のモニターになってあげてもいいんじゃない？」

それが悪いことだとは詩衣にも判っていた。けれど、わくわくする気持ちに逆らおうともしなかった。

リルじゃあるまいし、ごく普通の子なのに悪だくみのひとつにも乗らないなんて、とてつもなく不自然なことに思えたから。


面会の日、リルのいる病院へ向かう詩衣は、自分の顔が強張《こわば》っているのを感じていた。ショウウィンドウに映すまでもない。歩き方すら忘れてしまったみたいに、全身がぎくしゃくしている。


リル。

容姿に恵まれ、環境に恵まれたリル。

いつも笑顔《ただ》だったリル。

皮膚が爛れ、薬品に漬け込まれても、茫洋とした現実離れの発言を繰り出しているリル。

なぜ会ってくれるの？　あなたにとってはゴミみたいな私に。

あの時の小さなクリーム瓶が、本当に切り札としての効力を発揮しているとは思えない。あれだけ大きな企業だもの、もっともっと切実な弱みを握られて困ったこともあるだろうし。

なぜ？　なぜ今さら私と？　私があなたを激しく羨《うらや》んでいると察しているはずなのに、なぜ？

自分だけが特別に意地が悪いとは思わない。リルの境遇を妬み、今回の不幸を面白がっている人は少なくないだろう。それを、リルが感じていないわけはないだろう。

なのに、彼女はずっと、気の抜けたようなメッセージを発信し続けてきた。

なぜ、とそれを読むたびに、詩衣は心がモヤモヤする。負の感情を一身に受け止めながら、なぜ夢みたいなことを呑気に言い続けられるの、と。

『文字通り一皮剝けて、ぴりぴり敏感になった私の身体が、〈全身アンテナ〉としてまだまだお役に立てるのって、ほんと、幸せ』

〈全身アンテナ〉というのはキクの命名であるらしい。美容と医療を得意分野として世界に貢献する〈コスメディック・ビッキー〉は、快不快の感覚や人間の意識についても追究してきた。そして、勢いを増す宇宙開発事業にも手を伸ばした結果、肉体を持たない意識だけの生命体がいるのではないか、と言い始めるに至っている。皮膚という外界との隔離膜を失ったリルは、鋭敏な感覚でもってその精神生命体とやらを探すアンテナになる……のだそうだ。

『〈ビッキー〉の入っているメガフロート、みんな〈プリン〉って呼んでるやつ。あれが軌道エレベータの根元になるっていうのは知ってた？　私は全然知らなかったよー。なんか岸と繋がる道路がじわじわ延ばされてるのは見てたけど。遠くなると不便じゃないの、なんてブーブー言ってたくらい。〈プリン〉と同じ施設は世界に七ヵ所あるでしょ？　それぞれ海の上で位置を調整して、繋げてバランス取って、上へ延ばして、宇宙エレベータにするんだって。すごい大掛かり！　で、私もいずれ衛星軌道まで上がる！　地球を脱出して、私も宇宙人の一人になって、〈全身アンテナ〉

で何か感じないか調べてみる！　ああ、すごいわくわくする。幸せ！』

詩衣がリルに会おうと思ったのは、半月ほど前のこのメッセージを読んだ時だった。

メガフロートはすぐさまにょきにょきと上へ延びるわけはないし、リルが衛星軌道へ行くのも明日や明後日のことではない。

けれど、詩衣はひどく焦った。

リルはすでに狂い果てているのか。だとしたら、天下の〈ビッキー〉はなぜ妄言の垂れ流しを許しているのか。狂っていないとしたら、〈ビッキー〉は地球規模の大開発で、人類をどうしようと目論《もくろ》んでいるのか。リルが口にする「幸せ」や「楽しみ」は、本心なのか言わされているのか。

本心の読めないナニカが自分たちの頭上に君臨するイメージを、この先ずっと抱き続けるのは耐えられなかった。

かつては机を並べた身近な女が、不遇な伝説に彩られた美しき姫巫女のように扱われ、人類の進化を先導するかもしれないだなんて、想像するだに怖気《おぞけ》がした。

確かめられるのは自分しかいない、と、詩衣はがくがくする脚を何とか前に運びながら拳を固める。

遠い昔の夕まぐれ、リルの本性を一瞬垣間見たように感じた、自分しか。

尾行されているのではないかと感じたのは、〈ビッキー〉が創設した中央病院に続く散策路へ足を踏み入れた時だった。

散策路は車椅子二台分ほどの幅がある小径《こみち》で、両側にはよく手入れされた灌木と花壇が二重に並んでいる。車道から離れて静かになったので、詩衣は、ふと、背後で付かず離れずする足音に気が付いたのだった。

面会の緊張もあって、自分の歩みはいつにも増して遅い。なのに男性らしき気配を響かせる足音は、こちらを抜かず、我慢強く一定の距離を保ち続けている。

〈ビッキー〉の社員だろうか。リルは、面会すると見せかけて何かの罠を仕掛けているのだろうか。

クリームの入った鞄のストラップを強く握りしめてから、詩衣は勢いよく振り返った。

そのとたん、

「うわあ」

男は間の抜けた声を出し、よろりと一歩後ずさった。

くたびれたカジュアルウェアを着た、しょぼくれた青年だった。顔色が悪く、髪はぞんざいに短く刈り上げてある。貧乏学生みたいな風体で、とても〈ビッキー〉社員とは思えない。

「あっ、もっ、申し訳ないっス。声、掛けそびれてしまって、つい」

「何か用ですか」

硬い声の詩衣に、男はおどおどと答える。

「用っつか、あのう、カトさんに頼まれたんスけど」

カトさん、というのが、〈ウオミニ〉加藤編集長だと判るまで、少し時間がかかった。

首をひねっている間に、男は、

「えっと、そのう、道中の護衛？　大袈裟っスかね。大袈裟っスよね、うん」

と、わたわた喋る。

「それと、例のクリーム。大事な切り札なんだから〈ビッキー〉に全量持っていくのはやめたほうがいいって、カトさんが。自分は面《メン》が割れてるから、お前が行って半分くらい預かってこいって。人使い荒いっスよね」

「名前も判らない人に、大事なものは渡せないんだけど」

訝《いぶか》しんでそう告げると、彼は慌ててズボンの尻ポケットから通信端末を取り出した。

「すんません。フリーライターの見田幸太《みたこうた》っス。この名前で〈ウオミニ〉のレギュラーやってるっス。これ、バックナンバー。顔写真載ってる号」

彼が差し出した新型車の試乗記事は、詩衣も読んだ覚えがあった。写真よりも髪が短いが、確かに同じ顔をしている。

「あなたにクリームを渡す意味がよく判らないんだけど」

詩衣はまだ警戒を解けないでいたが、見田は飄々《ひょうひょう》としている。

「保険っスよ。力尽くで取られたりしたら、切り札がなくなるっしょ。半分こっちに残しとけば、後から分析もできるし。なんか相当ヤバイみたいっスね、そのクリームってやつ。人格操作しちゃうんっしょ？」

ストラップをさらに強く握りながら、詩衣は小さく笑い声をたてた。

「さすがに〈ウオミニ〉作ってる人は言うことが派手ね。人格が変わるわけじゃないのに」

へっ、と見田が間抜けた声を出した。

「カトさんはそう言ってましたけど」

「結果的には人格も変わるかもしれない。でも、このクリームは、皮膚のコンディションによって色が変わるだけ。機能的にはそれだけよ」

芝居がかって腕を組み、大きく首を傾ける見田。詩衣は、加藤編集長が勘違いしていたらいけないので、見田にも簡単に説明しておくことにする。

「皮膚は、身体で起こっているいろいろなものを反映するんです。男の人でも、徹夜明けは肌の調子が悪いってことがあるでしょう。刺激物を食べて吹き出物が出たり、疲れると頬の張りがなくなったりもしますよね。肉体的なマイナス要因はなくても、皮膚には変化が出ます」

「それが色に出るんスか。それだけ？　人格操作は？」

詩衣は、もう少し付け足すことにした。

「内面も皮膚に表れるんですよ。ストレスがかかると、蕁麻疹《じんましん》も出れば抜け毛だって増える。心の持ちようで代謝やホルモン分泌が変化し、それが皮膚のコンディションに関わるんです。だとすると、喜怒哀楽という心の動きも肌に影響するって、想像できますよね」

「胸のトキメキとか冷汗とかありますからねえ。じゃあ、喜怒哀楽バロメータ・クリームってこと？」

そんなものは相手の表情を見れば判るじゃないか、とでも言いたげに、見田の首の角度は戻りきってはいない。

「肝心なのは、クリームの色によって、自分の心の動きを自分自身が客観的にチェックできる、という点です。自覚なく興奮している、知らないうちに落ち込んでいる、なんてことを常にチェックできるとしたら、どんなふうになると思います？」

「ど、どんなふうにって」見田が面食らった顔をした。「面白いなあ、とか？」

詩衣は全身の力を抜く。ぼんやりとしたリルの姿が脳裏で形を取りつつあった。長身の……、赤っぽい光に包まれた……、遠くから運動部の声がちぎれて届く……、下校時間近くの……、階段の踊り場……。

「真面目な人はね、自分の考え方を顧みるようになるの。クリームが透明だったらこの調子でいいと思い、黒ずんでいたら今の考え方を本当は納得していないんだと判断する。バイオフィードバックって知ってますか。自分の心拍や体温をモニターしながら、それらをコントロールしようと意識すると、ある程度は成功するんですって。リルは腕の内側にクリームを塗って、自分の感情をコントロールする訓練をしていたのよ。ネガティブに考えない、怒りで興奮するのも駄目、いつも笑顔で、他人に好かれ、ひいてはそんな自分を好きになる訓練。学生時代のリルは、まるで聖人君子のようだったわ。気のいい仙人と言い換えてもいい。私たちから見るとそれは、とてもとても、不自然だった」

小径の脇の灌木と花壇に視線を滑らせる。濃い緑の小さな葉っぱを茂らせた飾り気のない低木。これはあの日の、踊り場にいた私たち。白いフラワーポットにきっちりと植えられた豪華な花々を、不自然だ、と嘲笑《あざわら》う。

手のかかる園芸種向けの肥料は、灌木には不向きだ。めったやたらに枝を伸ばし、結局、茂みの内部を枯らせてしまうことになるから。

それと同じに、リルの鞄から盗んだクリームを意気揚々と腕の内側に塗った佐穂子は、その塗布面がコールタールのような黒に変わるのを見て、悲鳴を上げた。埃と汗の臭いがする、階段の踊り場……。おろおろする少女たちと……、声の裏返った喚《わめ》きと……、それに混じるリルへの罵倒と…

……。

――私は、醜い。

呟いたのは、詰問ごっこに呼び出された生《い》け贄《にえ》だった。伏せた白い顔の半面に、夕日が当たっていた。

――あれは心を映し出す鏡。悪いと判ってて行動すれば、当然、黒くなる。ざまあみろ、馬鹿な人、と思っている私もまた、今、とても醜い。

手洗い場へ走って行く佐穂子と取り巻きたちの後を、詩衣は追わなかった。

ぴったりと閉じられていた美しい蕾《つぼみ》がかすかに割れ、グロテスクな蘂《しべ》をびらびらと吐き出しているように思えて目が離せなかったのだ。

――自分のことなら何と言われようが構わないわ。母をうわべで判断されるのも仕方ないと思うわ。けれど、母の研究を私利私欲に使わないで。盗んだり、真似したり、意図しない方法で使ったりしないで。

リルは、橙色の夕日の中で、華奢《きゃしゃ》な左腕を押さえていた。肘の内側の少し下。右手の縁からは、隠しきれない黒い染みがはみ出していた。

顔を上げたリルは、ゆっくりと、とてもゆっくりと、深呼吸した。

――いいことに使って欲しいのよ。

次の息を吸う時、彼女はもう、ふんわりとした頬笑みを取り戻していた。

変色したクリームが、リルの腕ですうっとまた透明になっていくのを、詩衣はまじまじと見つめる。

——綺麗になる幸せ、自分に自信があるという幸せ、一歩進める幸せ。みんながそれをちゃんと感じ取れるように、ただそれだけのために、母は化粧品を作っているのだから。

そしてリルはよりいっそう笑みを深め、逆光の中、女神のように輝く。

——母のクリームは、幸せを忘れないようにするためのものよ。悪い考えになりそうな時、それでいいのか、って教えてくれる素敵なものよ。ほら、大丈夫になったわ。私はもう醜くない。肌も黒くなってないし、あの人たちに対しても軽い同情をこめて許せる気分になってきた。

彼女は、俯いていた時とは別人のような華やかさで、ころころと笑う。

——ほんと、しょうがない人たちよねえ。理想の自分を見失なわないようにしてくれるこんなに便利なものを、つまらないいじめに使おうとするなんて。

リルの声と表情は、不自然なほど華やかで……。夕日に照り映える端正な顔……。うっすらと唇にのぼった笑み……。神秘的な半眼……。どこに真実があるのか……。どこまでが本当なのか……。

「するってえと、あれっスか」

見田の声で、詩衣ははっと我に返った。

ひと言で説明するはずが、つい言葉数が多くなっていたようだ。踊り場のリルについて簡潔に伝える方法を、詩衣はいまだに知らない。

見田は、困った形の眉で唇の端だけ笑う、という器用な顔をしている。

「リルは、クリームによって自分の感情を抑えつける訓練をしてた、ってことっスか」

「少なくとも、私にはそう見えたわ」

むう、と見田は唸り、短い髪をがしゃがしゃと掻き回した。

「人格操作じゃなくて、人格改造ギプスってことか。それでも充分に怖い話っスよ。洗脳に使えそうっスよね」

詩衣は振り返り、これから行く中央病院の建物を仰いだ。あそこにも、屋上へ続く階段と、少女たちのたむろする踊り場があるだろうか。

「演技だと思ったら本気だった。でもその本心は訓練の賜物《たまもの》だった。本人が幸せだと言ってるんだからそれでいい。いいんだけど……」

「人間の魂たるものはもっと複雑であって欲しい、と思ってるんスね」

少し考えてから、詩衣は答えた。

「かもしれない。私はちゃんと自然で複雑だから、ただひたすらにモヤモヤする、としか表現できないけれど」

見田は、いたずらっぽい仕草で肩をすくめた。

「今はモヤモヤしててもいいんじゃないっスか。あなただけじゃなく、リルや〈ビッキー〉の理想主義を受け入れられない人は、他にも大勢いるっスよ。代表してドーンと行っちゃってください。どう転ぼうと、怖いもの知らずの〈ウオミニ〉がついてるっスから」

詩衣は、薄く笑って、自分の携帯端末から〈ウオミニ〉最新号を呼び出した。

「こんなの発売されてるのよ。自分ちの広告だから知ってるわよね」

立体映像で端末から飛び出してきたのは、〈カラフル・アーマー〉という大きな商品名と、〈ドクター・U〉という会社のロゴだった。

「いや、まだ……」

見田はもごもごと口の中で言い訳をし、コマーシャル映像を見た。

「お化粧はコミュニケーションツールです」と、岡村天音《おかむらあまね》というビッキー・メイトは説く。「物言わぬ静止画像からでも、仕事ができそう、優しそう、ずるそう、などの印象は伝わってしまいます。眉の引き方ひとつで喜怒哀楽が表現できてしまう怖さは、誰でも知っているはず。気になるのは、今のお化粧方法があなたの理想をちゃんと叶えているかどうかです。本当は女らしくありたいのに目が吊り上がって見える、きりりとしていたいのに口角が下がり気味——〈カラフル・アーマー〉は、あなたのそんな悩みを、最新のS-S技術によって根本から解決してくれます」

バルーン表示で補足が出る。S-Sというのは、ストレッチ&ステッチ、という造語のようだった。目尻を下げたり口の端を上げたりといった皮膚の伸展を、目に見えない鎹《かすがい》構造で縫い止める特殊なファンデーションで維持するという。要するに理想の表情を仮止めするわけだ。

その効用は精神面にも及ぶ、と説明は続いた。

「人間はバイオフィードバックという学習法を備えています。身体が間違ったことをすると、その情報が脳へ伝わり、行動を改めます。それを繰り返すうちに、自然と正しい振る舞いができるようになるのです。〈カラフル・アーマー〉は、あなたが望む表情を癖付けし、自信溢れる毎日を約束します。もちろん、仮面みたいにはなりませんからご安心を。知覚できないほどの皮膚のかすかなテンションが常に脳へと信号を伝え、知らないうちにあなたを素敵に輝かせてくれるのです。あなたはすぐに気付くはず。自分の表情がいかに周囲の人たちと自分自身の心に影響を与えているかを。アクティブな顔をしていると、周りのみんなは行動的な人としてあなたに接し、いつの間にかあなた自身の心もそれに応えているでしょう。普段の気の強さを反省しているのなら、少し儚《はかな》さを演出してみてください。お友達の気遣いが深まり、あなたも自然と優しい気持ちになれるでしょう」

コマーシャルは「〈カラフル・アーマー〉で、面差しも、心も、理想に隙なし！」というコピーで結ばれていた。

「人格改造化粧品……。実用化されてるんスね」

「そんな名称、また広報部に叱られるわよ。〈ドクター・U〉は自己啓発を促すという表現をしてるわ」

見田は口元に手をやって軽く唸った。

「〈ビッキー〉は心にもメイクアップできるところまで進化した、と……」

詩衣は少し笑った。

「そろそろ時間ね」

見田はまだ苦虫をかみつぶしたような顔をしていたが、クリームを分ける小瓶と篦《スパチュラ》をのろのろと取り出す。

抜け目のない〈ビッキー〉の敷地内なので自分たちの様子はどこへ隠れても監視されているに違いない、と、路上で堂々とクリームを詰め分けた見田は、瓶をくっと握って、

「確かにいただきました」

かたぎのビジネスマンのような口を利いて去っていった。

中央病院十九階の特別受付で名前を告げると、長い廊下の突き当たりに案内された。

薄桃色の大きな扉の内部にはソファの並んだ中待合があり、さらにその奥がリルのいる特別室だ

った。

特別室に足を踏み入れた瞬間に、すこんと意識が切り替わった気がする。

薬品臭が襲いかかり、青白い人工的な照明が部屋いっぱいに満ちていたからだ。学校の教室ほども広さがあるその部屋には、夥《おびただ》しい医療機材、モニター、チューブ、ワゴンなどが詰め込まれている。

そして、部屋の中央には一辺が三メートルはある巨大な水槽。

数多くのチューブや配線に繋がれた水槽の側面は、不透明な灰色だった。おそらく液晶か何かで非透過の設定がなされているのだろう。なので、リルの様子はおろか、中の薬剤の色も窺い知れない。

ただ、気配がする。

のったりと動く液体と、中に漂うリルの気配が。

「箕原さん?」

リルの声は水槽の上部にあるスピーカーから流れ出した。肉声だか合成音声だかも判らないが、

「ようこそ。久しぶりだわ。変わらないわねえ」

嬉しげに弾んだ声だった。

けれど詩衣の心は浮かないままだ。こちらを写すカメラはどこにあるのだろう、と、あたりを慎重に眺め回す。

その様子を、リルはくすくす笑った。

「ほんとにもう、みんな最初はそうやってきょろきょろするんだから。視線のやり場に困るなら、

水槽へ向けて喋ってくれればいいのよ」

不意に、眼裏《まなうら》に学生時代のリルの姿が蘇った。長身で、華奢で、いつも頬笑んでいる。世の中の幸せを独り占めしたかのような少女。掌をひらめかせながら、小鳥のように囀《さえず》っていた……。

歌うがごとくにリルが話す。

「懐かしいわね。体育祭や文化祭。役目をなすりつけ合って、話し合いが大混乱だったよね。合唱コンクールも、ほんと、楽しかったなあ。音楽室で毎日パート練習したり、指揮者の大久保くんにプレッシャーかけたり」

艶やかな髪も、桃のような頬も、柔らかな唇も、いまはもう損なわれてしまっているのに、なぜ声は変わらずに明るいのだろう。

「まどろっこしい話はやめにしたいの」

詩衣はいらいらとリルを遮《さえぎ》った。

「〈プリン〉を土台にした長いエレベータで、衛星軌道まで行くって、本当なの？」

「ええ」

間髪を容れずにリルは答える。

詩衣は我知らず、声が低くなっていた。

「何をするの？」

「何って……。メッセージ、読んでくれてない？　〈全身アンテナ〉でありのままを感じるのよ。もしかしたら精神生命体の存在を感じ取れるかもしれないし」

「馬鹿なことを。夢物語を信じるとでも思ってるの」

「夢なんかじゃないわよ。現に、私、皮膚をなくしてから、人が近付く気配とか次の日の天気とか、判る時もあるんだし」

呑気な声色に、詩衣は水槽を叩きそうになった。

「しっかりしてよ！　誰かに認知科学でも教えてもらいなさい。脳は簡単に騙されるのよ。予知ができるなんてちゃんちゃらおかしいわ。都合良く記憶の前後関係を捏造《ねつぞう》しちゃうこともあるのよ」

「あら。盲人は、晴眼の人が感じ取れない僅かな音を聞き分けられるのよ。神経痛の持病がある人は、気圧の変化で天気予報ができたりするのよ。皮膚をなくして敏感になるのは、さほど奇想天外なことではないと思うのだけれど」

「それでも……それでも、精神生命体だなんて」

こぷっ、と、どこかの機械の中で気泡が爆《は》ぜた。

静かな声で、リルは訊く。

「箕原さん、私を思いとどまらせるために面会を申請してくれたの？」

詩衣はリノリュームの床に視線を落とした。

「私は確かめたい……。あなたの本心がどこにあるのか。それは、作られたものではないのか。〈ビッキー〉は、知らないうちに私たちの考え方を操作する、いえ、すでにしているのではないか」

リルはころころと笑った。水槽の中の水が揺れる気配。

「そんなわけないわよ。私は自由だわ。私自身の気持ちで何もかもを決めるし、決して〈ビッキー〉に操られてはいない。箕原さんは、クリームの一件を知っているから心配なんでしょうけど。

あれだって、誰かが望む山田リルになるためのものじゃなかったわ。私が望む、一番私らしい自分になるためのトレーニングだったわ」

　詩衣は鞄からクリームの小瓶を取り出した。そして僅かに唇を歪めながら命令した。

「手を出して」

「え？」

「脚でも腹でもいいわ。人工皮膚の性能は、〈素肌改善プログラム〉や〈シャクドウ・ギア〉でアピールしていたわよね。感覚器や代謝も人間の肌と変わりないんでしょ。なら、このクリームを試させて。理想の山田リルは、同級生を騙すことなんかできない。〈ビッキー〉は潔白で、かつ、あなたが嘘つきでないのなら、クリームを塗った上でもう一度、綺麗な言葉を口にしてみて」

　リルも水音も、沈黙だけを返してきた。

　水槽や機材を照らし出す電光が、急に眩しくなったように詩衣は感じた。

かすかな機械音と自分の息遣いだけが、妙に響き渡る中、幻聴が届く。

——いいことに使って欲しいのよ……。つまらないいじめに使おうとするなんて……。

　屋上へ続く階段の……夕日が斜めに射し込む……あの小さく閉じられた世界の……もう取り返せない輝かしい若さの……あどけない魂の……。

……中で黒く凝《こご》ったリルの瞳。

「私は、醜い」

　どん、と衝撃を受けたかのように、詩衣は現実に戻った。

　水槽の中、現在のリルは、間違いなくあの日の言葉を繰り返す。

「今の私はとても醜い。箕原さんと会えて嬉しかったのに。昔の友達にはみんな距離を置かれてしまっているから、どんな理由であれ、あなたが訪ねてきてくれるのを楽しみにしていたのに」

ふう、と、彼女は吐息のような音を漏らす。

「でも、もう駄目。クリームはきっと黒くなる。疑われた悲しさと悔しさを抑えきれないから、真っ黒になる」

トツン、と、何かが水面を割る。

水槽の縁にかかったリルの指先は、人工皮膚とはまったく異なり、金属質に輝いていた。

えっ、と思わず詩衣があとずさった瞬間。

特別室入り口の扉が開いた。

「それは控えてちょうだい」

振り向くと、髪をきつくシニヨンに結ったリルの母親が、頬笑んでいるのが見えた。

娘とそっくりの凛とした姿で、キクは静かに歩んでくる。

「その新型の人工皮膚はクリームにもちゃんと反応すると思うけれど、治験中に余分な物質を混入させたくないのよ。なにせ、初の宇宙空間対応用ですから」

宇宙空間対応、と、詩衣は口の中で呟き返した。宇宙服みたいなものだろうか。〈人魚計画〉に参加した人たちは、人工の鰓《えら》と皮膚のお蔭で身軽な海中生活を送っているという。宇宙遊泳も同じようになるのだろうか。そんなものを〈ビッキー〉は作ったのか。

リルは、自分がモルモットになっていることを、本当はどう感じているのか――。

呆然としてしまった詩衣の掌にキクの指が伸びる。詩衣は慌ててクリーム瓶を後ろ手に隠した。

「取り上げやしませんよ」

キクの声は飽くまでも柔らかい。

「リルの代わりに私が塗りましょう。なんでも質問してちょうだい」

詩衣は精一杯の力でキクを睨んだ。

「いいところで御登場とは、この部屋もやっぱり監視されてたのね。さすが〈ビッキー〉はしたたかなんですね。クリームは塗ることないですよ。開発者のあなたなら、どんなトリックでも使えるでしょうから」

「あらあら、私たちって、とことん信用がないのね」

キクは頬笑む。

その翳りなさが、不自然だった。

とても不自然。詩衣の感覚では。

「信用なんかできません。他人《ひと》も自分も言いくるめて世迷《よま》い言《ごと》を垂れ流すだなんて、新しい宗教でも始めるつもりですか」

「何が世迷い言なのかしら。みんなに美しくなってほしい。自分に自信を持ってほしい。自由に道を選んでほしい。すべてはそれだけのことなのだけれど」

「ウチュージンとの邂逅は？」

「地上から飛び出していける技術があり、存在するかもしれない可能性があり、チャレンジしたい人たちがいる。もう満ちているのよ」

「満ちる？」

思わず訊き返してしまった。

「そう。技術も思想も、この世界ではもう満杯よ。次のレベルへ上がる時期だわ。どうしてその希望を後押ししちゃいけないの？」

キクはひたすらに真摯だった。真摯すぎて不自然。少なくとも、詩衣の目にはそう映った。が、キクは続ける。

「人は、化粧をすることで理想の自分に化ける。かりそめの変化を我がものとして定着させる努力もする。自信を付けて、次へ進む原動力にするのね。そして自信が持てると、他者も許容できるようになる。自傷癖のある人も、老化現象を受け入れられない人も、海で生活する人も、自分はこれでいいのだからあの人もそれでいい、と、お互いの生き様を認められる世界になった。次の段階は宇宙規模の容認。違うかしら？」

「認められない時は、どうするんです。進化だの宇宙だのっていう戯《たわ》けたことに自分が巻き込まれる事態が許せない時は、どうするんです。恵まれすぎていて本心の読めない同級生が今度は人類を先導する姫巫女のような扱いをされるのを享け入れられない時は、どうするんです」

「とりあえずは、許せない、と言いに行けばいいわ。今のあなたみたいに」

虚を衝かれて、詩衣は目瞬きをしてしまった。

「本当に許せないかどうか、ぶつかって擦り合わせてみる。憎しみが解けない場合は、認められないという事態そのものを認めて、自分の憎しみに自信を持てばいいのよ」

——私は、醜い。

あの時、そしてさっき、リルはそう言った。

そうして認めた上で、あの時はクリームの力を借りて自分で心を立て直し、爽やかに笑んだ……。

「太古の昔から、人間は自分たちの版図を広げ、異文化と遭遇し、時には戦い、時には話し合いして、ようやく地球規模の集落を形成するに至ったわ。まだまだ一丸じゃないけれど、私たちは版図の拡大を繰り返すしかない。何事においても同じね。これが人類の摂理なんだわ。だから〈ビッキー〉も、リルや他の人たちの感情を操作する必要はないの。摂理に従うだけのこと。事の進め方に批判があるのは百も承知よ。私たちはそれでも、もっと広いところへ行く船ができた以上は出航するつもりなの」

毅然と言い放つキクは、女神のようにも思えた。自信が内から溢れ、美しさが輝き増している。

美容から始まる自信と自由。

日常から語り起こされる人類と進化。

口紅から宇宙へとシームレスに人を誘うことができる存在、それが〈ビッキー〉。

メイク用品や美肌施術が医学へ繫がり、身体変工が海中や宇宙へ誘ってくれる。

それを推し進める行為こそが〈ビッキー〉の気概。

キクは全身でそう語っていた。

ぎゅっと唇を噛む。そして詩衣は、背後に隠していたクリーム瓶をキクの眼前に突きつけた。

「駄目で元々だけど、塗ってください。そして答えて。〈ビッキー〉の信じる未来のためには、自分の娘を犠牲にしてもいいのかどうかを。事故が自作自演ではないかという〈ウオミニ〉の記事に広報部が過剰反応したのは、書いてあることが真実だったからじゃないんですか」

「犠牲なんかじゃないわ」

水槽から鋭い声が返った。

「私は単に、先駆者になりたかっただけ。どうせ魁《さきが》けの異端児になるんだったら〈ビッキー〉の役に立つ形で、と思っただけ。お母さんたちは、私の願いを叶えてくれたのよ。今日だって本当は、箕原さんが昔のクリームを持ちだしてくる目的が判らない以上、会わないほうがいいんじゃないか、って言ってくれてたわ。でも、私が言い張った。友達が私に会いたいと思っているのなら、できる限りのことはしてあげたい、って」

詩衣は背で声を聞きながら、母親から目を離さないでいた。

キクはふんわりと腕を動かして、瓶を手に取る。

「事故が自作自演だったのは認めます」

慣れた手つきで、クリームの全量を掬い、彼女は丁寧に両手に塗り込んだ。

「でも、〈ウオミニ〉に抗議したのは、真相を隠蔽するためじゃないのよ。私たちはね、この子が〈ビッキー〉のために計画してくれた命がけのコンセプトCMを……一世一代のモデル引退式を……実現させてやりたかったの」

クリームはすみやかに手肌へと吸い込まれ、一片の染みも生じなかった。準備万端のトリックかもしれない。クリームが経年劣化していたのかもしれない。

けれども、その手の甲にぱたりと落ちた涙はトリックではなかった。

「誰が好きこのんで実の娘に大怪我を負わせるものですか。水槽の中に漬け込んだり、空の高みへ追いやったりするもんですか。でも、これでいいんです。進化する人類の魁けになりたいというのがこの子の意志なら、その自由を尊重し、〈ビッキー〉は全力でバックアップします」

水槽から「ありがとう」と満ち足りた小さな声。

キクは、自分の目の前に手先を持ち上げ、泣きながら微笑した。

「ほら、色は変わらない。これでいいのね。私、母親のエゴは克服してるわね」

詩衣は言葉が出なかった。

進化する人類などというマクロと、母親のエゴというミクロを並べられても、なぜだか違和感は感じなかった。

彼女たちは本気なのだ。言葉に、態度に、生命力にも似た逞《たくま》しい前進性を宿しているのだ。

本当の本当に、真実、心の底から、正真正銘、この人たちは自信を持っているのだ。考えること、なすべきこと、それらがいくら奇想天外でも、彼女たちは実現すべく顔を上げて進んでいるのだ。

揺るぎのない人に、隙はない。何を言われようと信じる道を行く。違和感も批判も、差し挟む余地はない。

それは迷える平凡な者にとっては、眩しくも憎らしいことで――。

「ずるいわ」

ごく自然に、詩衣は呟いた。

「昔からずっと思っていた。憎いのに憎ませてくれないのはずるい、って」

長い間抱え込んでいたモヤモヤが、その瞬間にすうっと溶けた。

後日、詩衣は〈ウオミニ〉編集部を訪れた。

掲載内容が思いもよらないものだったからだ。

記事には〈ビッキー〉の思想が改めて記述してあり、詩衣の昔話をさらりと紹介してあった。リードは「人格改変の目論み」。同級生のMは、昔日のリルが所持していた怪しげなクリームを携《たずさ》えて中央病院へ乗り込んだけれど、リルとキクにうまくはぐらかされて戻ってきてしまった、という内容だ。

問題は、それがすべてであること。特別室の内部描写は詩衣が伝えたとおりだが、事故の真相を明らかにする段も、クリームを使う場面もない。

「どういうことですか」

ごちゃごちゃと物の多い編集室で詰め寄ると、加藤編集長は嫌な笑い方をした。

「伝聞記事だとこれが限度ですね」

「ありのままに書くっておっしゃったじゃありませんか。ジャーナリスト魂はどこへ行ったんです?」

編集長は、ふうん、と鼻から息を吐いて姿勢を正した。

「ジャーナリストらしく、〈ビッキー〉に媚びない記事にしたつもりなんですけどね。あなたが言うことを事細かに書くと、〈ビッキー〉賞讃の色合いが濃くなってしまう。自己犠牲と親子愛、いや、博愛かな、そんな甘ったるいもの、アンチは読みたくないんですよ」

「だからといって、怪しげだのはぐらかすだの、わざわざアンチを喜ばせるような書き方は――」

と言って、詩衣ははたと口を押さえた。

あれやこれやと煽り立てるのが、反〈ビッキー〉を標榜する〈ウオミニ〉の特徴ではなかったか。

それ以上、加藤編集長は耳を貸してくれなかった。事実を歪めたわけではないのだから、と。

〈ウオミニ〉の姿勢は判りました。じゃ、帰る前に、あれを返してください」

「あれって何ですか」

「クリーム。半分預かってくださってるんですよね。もう必要ないでしょうから、返してください。私が持っていた分は使われてしまいましたから。自分に迷いが出た時のため、お守り代わりに持っていたいんです」

編集長は、軽く首を傾げた。

「さっぱり判りませんね。預かるって、誰が」

「ですから、ライターの見田幸太さんが加藤さんの指示で」

いやいやいや、と編集長は大袈裟に首を横に振った。

「何かの間違いでしょう。ヤツはこのところずっと、フィリピンの〈プリン〉を取材してます。今朝も現地のインタヴュー動画が送られてきましたよ」

「なんですって」

血の気が引いた。

では、いったいあの男は何者だったのだろう。証拠を手元に置いておきたい加藤が嘘をついているのだろうか。それとも……。

「〈ビッキー〉の仕業ね。化粧や整形が得意な会社ですもの。見田幸太さんそっくりの人物を、メイクアップで作り出すのも簡単なはずだわ」

「いやあ、それは面白い」

言葉とは裏腹に、加藤の抑揚はとぼけたものだった。

「突っついてみるなら、協力しますよ。アンチが吠え声をあげられそうな情報なら大歓迎だ」

彼の不自然な愛想笑いを眺めながら、詩衣はリルの事件の時、〈ウオミニ〉がなんと書いていたかを思い出していた。

記事にはこうあったではないか。〈ビッキー〉はアンチのガス抜きとして、わざとコンセプト・ショウの情報をリークした節がある、と。

抜け目のない〈ビッキー〉のことだもの。すでに〈ウオミニ〉を懐柔していて、ここもまたアンチのガス抜き役を仰せつかっているのでは……。

揺さぶりをかけても加藤はとぼけ続けるだろう、と詩衣は確信していた。

なぜなら、その時の彼はしっかりと胸を張り、自分の役割を全《まっと》うしている自信に満ちて見えたから。

化粧歴程

（略）男子は大小と無く、皆黥面文身《げいめんぶんしん》す。古《いにしえ》より以来、其の使、中国に詣《いた》るや、皆自ら大夫《たいふ》と称す。夏后《かこう》の小康《しょうこう》の子、会稽《かいけい》に封ぜられ、断髪文身《だんぱつぶんしん》、以《もっ》て蛟竜《こうりゅう》の害を避く。今、倭の水人《すいじん》、好んで沈没して魚蛤《ぎょこう》を捕へ、文身し亦以て大魚・水禽《すいきん》を厭《はら》ふ。後稍《のちやや》以て飾《かざり》と為す。

（略）倭国乱れ、相攻伐《あいこうばつ》すること歴年、乃《すなわ》ち共に一女子を立てて王と為す。名づけて卑弥呼《ひみこ》と曰ふ。鬼道《きどう》に事《つか》へ、能《よ》く衆を惑はす。年已《すで》に長大なるも、夫壻《ふせい》無く、男弟有り、佐《たす》けて国を治む。王と為りしより以来、見る有る者の少く、婢《ひ》千人を以て自ら侍《じ》せしむ。唯《ただ》、男子一人有り、飲食を給し、辞を伝へ居処に出入す。

（略）景初《けいしょ》二年六月、倭の女王、大夫難升米《なんしょうまい》等を遣して郡に詣《いた》り、天子に詣りて朝献せんことを求む。太守劉夏《りゅうか》、吏《り》を遣し、将《も》って送りて京都《けいと》に詣らしむ。其の年十二月、詔書《しょうしょ》して倭の女王に報じて曰く、親魏《しんぎ》倭王《わおう》卑弥呼に制詔《せいしょう》す。

（略）卑弥呼以て死す、大いに冢《ちょう》を作る。

—— 魏志「倭人伝」


足先に、一輪の田菜《タナ》が落ちている。

花を顔まで運ばずとも、凛とした香りが鼻孔に届く。

もう気配を読む必要はないのだから、ずっと手元に置いてみたかった日の形をした可憐な花、その香《か》を愛《め》でてもよかろう。

——〈日見子《ひみこ》〉様。

暁闇の中で、呼びかけはあぶくのようにぷつりと爆《は》ぜる。

その闇よりもいっそう黒い簡素な室内に、厳しい声が渡った。

——去《い》になさい、〈伝日子《つたひこ》〉。お前にまで厄災がかかる。

——しかし、あまりにもひどい仕打ちではありませんか。

——よいのです。首長たちに都合のよい〈外つ国〉出の巫女《ミコ》が見つかったのだから、私はもう用済みなのです。

両腕のない〈日見子〉は、暗闇の中では棒きれのように細い線でしかない。声もまた、かぼそい呟きでしかなかった。

——お前はミコを助《す》けねばなりません。彼らのミコは力が弱い。身体の文様も、彫られたものではなく描かれただけだと聞く。私が〈外つ国〉から得た剣や鏡で、ミコの威厳が保てるとよいのだけれど。

〈伝日子〉は、弱々しい線のほうへと膝を詰めた。

――なぜにそのような甘いことをおっしゃる。首長たちは、新しいミコを〈日留子《ひるこ》〉様の御再臨だと偽っておるのですよ。

――膝の上の小さな骸《むくろ》を思い出すだに、確かに口惜《くや》しい。しかし、私も〈日留子〉様がこの身に宿られたと言って人々を束ねてきた身です。海の向こうからヒルコ様がお丈夫になられて戻られたと言うたほうが、新しいミコの重みが増すというもの。ヒルコ様がふたりいてはならぬから、私を貶《おとし》め、ここへ閉じ込めたのも道理の内。だから〈伝日子〉、私のために憤《いきどお》るのは許しません。大切なのは、これからの乱世、ミコのもとで皆がひとつになることです。

しばし、間があいた。

塔のごとき高櫓《たかやぐら》の籠もり家とは違い、地面に近い分、夏虫がうるさい。

――〈日見子〉様……いえ、姉上。

凄味さえある呼びかけに、虫の声《ね》がひたと止んだ。

――見通していらっしゃるのですね。これからのことを。

返事の前に、ゆるい吐息が聞こえた。

――恐れることはありませんよ。これまでと何も変わらないのだから。少しでも遠く、少しでも広く、少しでも良く。そうやって人は生きていくのだから。争いや偽りがあったとしても、その大きなうねりは変わらない。

首だけをゆらりと蠢《うごめ》かせて、彼女は小屋の天井を見上げた。

――私も、じきに……いく。遠く、広く、高く、良いところへ。

○　○　○

タンポポになりたい

——コスメディック・ビッキー　取締役・山田キク退任スピーチ

私たちが開発した高性能の人工皮膚を身に纏《まと》い、娘のリルが笑顔で手を振りながら宇宙へ旅立っていった時、私は深い満足感を得ていました。これで〈コスメディック・ビッキー〉はタンポポになれた、と。

巨大企業《コングロマリット》が解体分割されるのは当然のことです。と言いますか、私はずっと担ぎ出されている感がありましたので、ようやく舞台から降りられたような気持ちもしています。小さな美容クリニックでささやかな自作化粧品を販売していた一介の医師が、地球規模の開発に参画できたのも、ひとえに、化粧や医療が人類進化の根源であるという私の主張を認めて下さった皆様や、開発品を喜んで下さった皆様のお蔭でした。

今、〈ビッキー〉はしっかりと地上の隅々に根を張り、皆様のお役に立っています。そしてその技術は、海の中へ、星の中へと、人類の生活圏を拡大しつつあります。

……私、名前がキクでしょ。小さい頃からずっと、同じキクならタンポポになれればいいなあと思ってたんですよ。ステキじゃないですか、タンポポ。冠状葉《ロゼット》を放射状に延ばして大地に根を下ろし、花は美しく丈夫で身近。やがて綿毛はそよ風に運ばれて広く散らばる。

花言葉は「真心の愛」「愛の神託」。「別離」というのもありましてね、ひとときとはいえ娘と離れる寂しさがないこともないんですけれど、私個人のエゴなど、人類の発展のためにはなんということはありませんね。

人間はみな、健康で美しく、より良き明日を目指してほしい——この私の愛は、皆様のところへも届いているでしょうか。


ワタシを誤解していませんか？

——コスメディック・ビッキー　イメージ広告

岡村天音《おかむらあまね》は、洗顔中にキクのメッセージを聞いた。頬の上で滑らかな泡が弾む。もちもちした感触は、綺麗になる、綺麗になる、と歌っているような快感だ。

画像端末から流れ出す凛としたキクの声に、天音は心の中で語りかけた。

タンポポの花言葉って、それだけじゃないですよね、と。

「神のお告げ」「思わせぶり」。そして、「解きがたい謎」。

〈コスメディック・ビッキー〉は、綺麗事ばかりで発展を遂げたわけではないのだ。

天音は〈ビッキー〉のBA《ビューティ・アドバイザー》として経験を積んできた。上級美容部員《ビッキー・メイト》に昇格して鍵のデザインの金バッヂをもらうと、マスクタイプのフルメイクで自分の精神状態を理想に近づける〈カラフル・アーマー〉を取り扱う関連会社へ異動になった。最初期にキク自らの手によって〈素肌改善プログラム〉を受けたので「五十一番目のリル」などという華々しい二つ名をもらっているが、籍が古い分、内外の事情もずいぶん耳にしてきた。

発端のプログラムからして、その普及はまるで病疫の力を借りるかのごとくだったのだ。当時のそれは、皮膚をいったん損なってから再生させるため、美と痛みを天秤にかけて及び腰になる人が多かった。痛みはじきに消失し、しかも効能は絶大なのだから、実際に施術を受けた者はもっと広めたいと願うが、思うようにいかない。苦肉の策は、美しく滑らかな肌を持つ施術済みの者が、それを賞讃する知人に自慢と見せかけてわざと肌を触らせ、プログラムを受けざるを得ない肌荒れを起こす因子を経皮《けいひ》伝播《でんぱ》させるという……。

天音もまた、自分の人生を変えてくれた素晴らしい美容術を仲のいい友人にも受けて欲しいという一心から、すべてを折り込み済みでBAになった。が、強引な勧誘方式に疑問を持たないわけではなかった。

リルが宇宙空間対応の人工皮膚をテストすることになった経緯《いきさつ》も、同じように強引だったという噂もある。新規ブランドのコンセプト・ショウで、モデルだったリルを事故に見せかけて負傷させ、あらん限りの技術力で身内の治療に臨むという美談でもって、人体実験への倫理的批判を封じ込めることに成功した、と。

いくら政治とも結びついているからといって、都合良く事を運びすぎではないか。

しかし、先輩社員の真鍋《まなべ》珠恵《たまえ》は、つるんとした卵肌の顔で涼しげにこう言った。

「〈ビッキー〉が親告罪に問われないところを見ると、それぞれ、経過はともかく結果には満足してるってことじゃないの？　自分が以前より良くなったのを後悔する人はいないと思うの」

支持されないわけはない、と珠恵は胸を張る。山田キクが医療と香粧《こうしょう》を通して主張しているのは、まさしくその「良くなる自由」なのだから。

良くなる――。

天音は、丁寧な洗顔を終えた輝かんばかりの自分の顔を、鏡に映してじっと見つめた。

そして私は知っている、と天音は鏡の中の自分に語りかける。進むべき道は間違っていないと知っている。

〈素肌改善プログラム〉で自己防衛バリアを壊された時の怖しいまでの敏感さ――あの時の自分と同じ感覚をリルが維持している以上、彼女が人類のために感じ取り、未来のために選び取るものは、きっと良いものだと共感できる。

私は五十一番目のリル。私は私を信じている。


〈ステラノート〉で遊びましょ。

私たち、三一四二社がご一緒します。

――香粧品関連会社の協賛広告（企業名リスト略）

橋本麻理奈《はしもとまりな》は、大型ドラッグストアの休憩室で化粧水を付けていた。

コットンに含ませた水分と化学物質が、年齢に逆らって肌を瑞々しく保ってくれるかと思うと、ついつい嬉しくなってしまう。

ダメダメ、と彼女は心の中で呟いた。浮かれて力を入れちゃダメ。余分な刺激はシミの原因になっちゃうからね。こすらずに、叩かずに、そうっと、そうっと。

それにしても、この香りのなんとふくよかなことか。〈ステラノート〉が普及する以前もいい香りはたくさんあったが、最近は香料というよりは自分の一部が花になったかのような、身に添う感覚が強い。

さきほど一足先に店頭へ戻った同僚の澄子《すみこ》の香水も、空間にまだ柔らかく残っていた。別ブランドのものなのに、香りが混じってもまったく不快感がないのは素晴らしい。

〈ステラノート〉は、皮脂や汗など人間本来の香りを研究した基材だ。それによって、鼻孔に届くありとあらゆる人工香料は、安心感と統一性を持つようになったのだ。

衛星軌道上のステーション〈一豫《イユ》〉から、リルはこんなメッセージを投げている。

『言うなれば、これって、人類の香り、ってことですよね。地上ではまだまだ争いごとが多いけれど、そんな時にはお気に入りのアロマでも焚いて〈ステラノート〉を味わってほしいなあ。立ち上る煙の底にニンゲンっていうほんわかした香りを感じて、敵も味方もこの香りにブレンドされてるんだ、おんなじ香りを持つ生き物なんだ、ってことに気付いてくれたらいいなあ』

リルも〈ステラノート〉を携《たずさ》えて星の世界へ行っている。ステーションの中の香りもここと同じベースを持っている。まるで自分も一緒に星の苑で遊んでいるかのよう。そう思うと、麻理奈の唇からは、ほんわりとした吐息が自然と流れ出てしまうのだった。

『宇宙人ってね、精神生命体みたいなものだけじゃなくて、いろんな存在の仕方をしてると感じるんですよ。もしもこの先、嗅覚が発達した文化と接触することがあったら、その人……ええと、人じゃないかも、だけど……とにかく、ソレはちょっぴり感心してくれるんじゃないかな。地球人は一丸だ、ニンゲンを表わす香りをちゃんと持っている、匂いの名刺を準備していたぞ、って』

いつかそんな日が来るんだろうな、と麻理奈は笑みをこぼす。自分も体験した鋭敏な感覚でリルがそう感じるのなら。

私は六十二番目のリル。私は私を信じている。

さあ、肌のお手入れはそろそろ終わりにしないと。澄子を美容業界へ引きずり込んでしまった手前、仕事をさぼるわけにはいかないのだ。

麻理奈は手早く、右手人差し指の爪にフィルムを貼った。画像フィルムは、一瞬虹色に光ると、今期の新色ラインナップ広告を次々と映し出した。

ジョーゼット　シフォン　オーガンジー
――　コスメディック・ビッキー　男性向け化粧品〈コントローロ〉シリーズ

「おっ、いい香り。俺が使ってる乳液みたい」

物部譲《もののべゆずる》が摑まえた海水浴客は、その瞬間、緊張を解いた。

「でしょ。〈コントローロ〉シリーズと同じなんですよ。きちんと乳液を使ってらっしゃるってことは、お客さん、肌のコンディションに気を遣ってるんですねえ。そんな人にこそ、お薦めです。これで髪の先から足の先まで日灼けせずにすむんだから、ほんと、便利ですよ〈シャクドウ・ギア〉は」

二メートルほどのバーが、太陽を反射する砂地に突っ立っている。バーの前に立たせた若い男性客は、そこから放散される霧状の日灼け止めを水着姿の全身で浴びながら、へえ、と感嘆した。

「身体、引き締まった気がします。なんか、きゅっ、って」

よし、食いついた、と譲はガッツポーズをしたい気分になった。

「それが一番の効用ですね。〈シャクドウ・ギア〉は体型補正ができる。オプションで、Ｅ《エレクトリカル・》Ｍ《マッスル・スティムレイション》Ｓの筋トレ効果も付けられるし、発電やスクリーン機能だってある。どうですか。ここからは有料になるけど、ＥＭＳもつけてみない？　それとも腕かどっかにスクリーン貼って、映画でも観る？」

「ビーチまで来てるのに映画を観るって、なんかもったいないなあ」

「いやいや、こういうガジェットつけてると、他の人が話しかけてくれたりして楽しいんだよ。僕も若い時、出たばっかりの〈シャクドウ・ギア〉着て宣伝バイトしてたら、何度も声かけられた」

小さなスクリーンを目蓋《まぶた》に貼って、動くアイシャドウにしていた女の子を、ちらりと思い出した。あの二人組は今頃どこでどうしてるんだろう。

追憶は、そんな馬鹿な、という客の華やかな声で遮《さえぎ》られた。

「出たばっかりって、ずいぶん前じゃん。お兄さん、そんなに歳取ってるの？」

「〈シャクドウ・ギア〉の〈ジョイジョイ・プロダクツ〉はアンチエイジングもやってるんですよ。いつまでも若く見てもらえるとは、ほんと、いい時代になったなあ」

譲はすっとぼけて言い、水平線に視線を移す。

「あの頃の〈ギア〉は、噴霧式じゃなくていちいち塗らなきゃいけなかった。まだ人工皮膚感丸出しでさ。世の中の技術はどんどん進歩してるんだね」

人工皮膚技術のお蔭で、今や海中に人魚まで棲んでいる。化粧は自分を偽ることではないかと青々しい不安を口にしていた藤崎翔平《ふじさきしょうへい》も、もはや何の抵抗も持たずに人工鰓《えら》を付ける手術の順番待ちをしていると聞いた。

あの頃は想像だにしなかった未来がここにあるという事実が、譲にはまだ信じられない。


青春は一度きり……ですか？

——コスメディック・ビッキー〈総合アンチエイジング〉モニター募集広告

人工皮膚の上を海水がのっぺりと滑っていく感触が好き。上等の化粧クリームみたいに肌へ染み渡っていく気がするから。人工鰓のさやさやした作動音も好き。囁き声みたいで、おしゃべりな地球に丸ごと包まれる安らぎを感じるから。

水面下十五メートルの青い静寂が満ちる世界で、多山静瑠《たやましずる》は、のん、と、ひとつキックを繰り出し、ご機嫌な宙返りをする。先月のバージョンアップで、人工鰓装置はますます小さくなり、ほとんど水の引っかかりを感じなくなっていた。人魚計画が始まった時のイメージフィルムにどんどん近付いていっている。じきに、広告映像のリルが胸に付けていたハートマークと変わらないサイズになるだろう。

そうすれば、もっと自由に動き回れる。遠く、広く、深く、良いところへ、泳いで行くことができる。

静瑠の手が力強く、明るい上方へ伸ばされた。レンブラントの絵のように斜めに差し込む太陽の光が、指の間に培養した水掻《みずかき》を透かして射し込む。

私の人生は間違っていない、と静瑠は閃光のごとく感じた。

地上では、自由になるために自分の身体を傷つけ、自由への希求の証《あかし》として服を切り刻み、その足掻《あが》きすら〈自傷者《セルフ・インジュラー》〉〈切り裂き魔《リッパー》〉という訳知り顔の小洒落《こじゃれ》た枠に嵌《は》められそうで、常に息苦しかった。

既成概念とともに陸の暮らしを捨てて、とっぷりとした水に抱きかかえてもらっていると、身体も魂もこんなに自由になる。海中施設の建設や、実験のモルモット役をするのは疲れるが、これほどまでにのびのびとした気持ちでいられるのだから、自分の行く道は正しいのだ。

静瑠は、大きく笑った。できることなら、七つの海を轟かせる、地球スケールの笑い声を上げたかった。

私、やることがいっぱいある。私、やれることがいっぱいある。私……自分の生き様を認められるようになったわ！

人魚姫・人魚王子の新生活
——海中生活推進施設　人工鰓モニター募集広告

遂に夫婦《みとのまぐあい》して、先ず蛭兒《ひるこ》を生む。便ち《すなわ》葦船《あしぶね》に載《の》せて流しき。
——日本書紀

——〈日留子見子《ひるこみこ》〉様の祈禱だ……。
——いよいよか。

リルは、いつもメッセージの最初に歌を流した。キクが好きな曲だという。甘く深い声の男性と柔らかく落ちついた声の女性によるデュエットで、あたたかく懐かしい雰囲気のあるバラードだった。

I Love You Lots

Love Yourself Lots

あなたが大好き。あなた自身をもっと愛して。

幾度となく繰り返される歌詞は、〈ビッキー〉の思想そのものだ。

『今日の地球はね、陸地がいつもより健康に見える。そうね、〈ドクター・U〉の〈カラフル・アーマー〉501Bって感じの色。私、あの肌色大好き。ピンクとオークルの配分が抜群で、明るいのに白浮きしなくて。心の隅々まで元気になれる気がするから。どうして今日はそんなふうに感じるのかな。私の気分のせい？　それとも地球側の軌道エレベータ建設の進み具合で、微妙に海流とか風向きとかが変わっているのかなあ』

リルは、国際宇宙開発機構のステーション〈一豫《イユ》〉に居を移してからも、姿を見せないでいる。母親のキク曰く、歩行も可能で生活に不自由はないのだが、宇宙対応の人工皮膚は開発途上であり、見掛けもまだ公表できるレベルではないから、とのことだった。

ステーションは、地上へ降ろす先導綱と、それとのバランスを取るために反対方向へ向けた重り綱を順調に延ばし続けており、作業とリルの人工皮膚、双方の準備が整えば、近いうちにリルが宇宙服なしで真空を泳ぐ姿を見られるようになるという。

『今朝は、ここのスタッフさんと一緒に無重力を体験しました。正確に言うと微重力らしいんだけど、よく判んない。

いつも私がいる区画はセントリフュージといって、部屋を回して重力をちょっとだけ高めてあるのね。遠心力ってやつで。ほら、あんまり重力がないと、筋肉が落ちたり骨が弱ったり身体がむくんだりするでしょ。そういう障害の予防と、あと、ある程度重力が制御できるからデータが取りやすいってことで、そうしてあるわけ。

朝食を食べる前に、私たちはここを出て、展開区画を覗いてみたんです。柔らかい素材の風船を膨らましたようなところ。中のエアの具合にまだ自信がないってことで、スタッフさんたちは宇宙服を着てたけど、私は自己換気装置をくっつけただけで他には何も着なかったんですよ！　なんともなかったよ。さすがは母が作ってくれた宇宙空間対応の皮膚！　呼吸も、地上での薬液治療の時に人工鰓を体験してたから、自己換気装置を接続してもほとんど違和感はなかったし。

なんともない。なんともなかったんだけど……妙に新鮮でした。私は皮膚を損傷してから〈全身アンテナ〉状態で感覚が鋭敏でしょ。もちろん人工皮膚も感度は下げないようにしてもらってるんです。その身体で、いつもよりももっと宇宙へ近いところに出て……。なんだかね、ソワソワするっていうか……。あ、落ち着きがないそわそわじゃなくて、そよ風に撫でてもらってるような、起毛細胞が波打ってるような。きっと目に見えない何かを捉えて、身体じゃなくて心がソワソワとさざめいていたんだと思います。

これから先、私は何を感じ、何に出会うんでしょうか。すごく楽しみ！』

……状況を予測する巫女が感じ取らねばならない範囲は、日に日に広くなっていた。そして〈淡《あわ》島《しま》〉たちが来たことからも判るように、これからは海を越えてますます広大なところへと意識を向けなければならない。


――〈日留子〉様。お願いです。逝かないでください。私が見通すには、人の世はあまりにも広くなりすぎています。

日留子様。

あなたの後を承《う》けたのは、やれることをやれるだけやろうと思ったからです。

私も遠からず逝きます。新しいミコに弾劾されて。

ただ、私にはその先もうっすらと感じ取れるのです。日留子様ほどの力はないけれど、遠く、広く、高く、良いところへ行ける気持ちがするのです。

――〈淡島〉たちは、連れて行ってくれると約束してくれたではありませんか。お船に乗って、彼らの国へ行くんでしょう？　珍らかなものを、たくさんたくさん見るんでしょう？　だったら、死んではなりません。

その世界で、私は何を感じ、何に出会うんでしょう。

肉体は潰《つい》えても魂が生き延びていれば、日留子様にも再び相まみえることができるでしょうか。


夏のヨロコビ、秋のタノシミ。

――ジョイジョイ・プロダクツ　〈シャクドウ・ギア〉

バラエティ雑誌〈ウオミニ〉編集長、加藤史彦《かとうふみひこ》は、編集部の片隅にある来客用応接セットに腰掛けて、うんざりしていた。低いテーブルを挟んだ向かい側では、招かれざる客と呼んでも言いすぎではない箕原詩衣《みのはらしい》が、宣伝用にと加藤がメーカーからせしめたファンデーションのコンパクトを次々と開いている。

「こっちのは〈千蘭《ちらん》ビューティクリニック〉のか。見慣れないケースだと思ったわ。クリニック専用商品ですものね。うわあ、すごく伸びる。食いつきがいい感じ。さっきの〈ロージスト〉のは、自然派さらさら系。その前の〈アルデバラン〉が、防護派がっつり系。これは、医療派しっとり系、ね」

「あのさあ、あなたは別にテスターでもライターでもないんだからね。用がないんだったら帰ってほしいんだけど」

詩衣は、意外そうな顔をした。

「用ならあります。言い方を迷ってただけ」

「言い方に迷うのは、内容がないからだよ。どうせまた、リルについて勝手に斟酌《しんしゃく》して、ああじゃないだろうかこうじゃないだろうか、って、詮無《せんな》いことをぐだぐだ喋るつもりで来たんだろ？」

〈グリーン・フィールズ〉から直輸入したイオン吸着型ファンデーションに、詩衣は手を伸ばしていた。奇妙にゆっくりとした動作で。噴霧器を爪繰《つまぐ》りながら素知らぬ顔をしているが、内心では大急ぎで切り返し方を考えているに違いない。

「編集長、ウチュージンってどこまで信じてます？」

史彦は面食らった。あまりにも正攻法だった。それは、世間の人々がリルの名前を口にする時、必ずセットで出してくる疑問だ。

「なんでまた、いまさら」

詩衣は、肩で大きく吐息をついてから、言った。

「どこまで行っちゃうんだろう、と思って。物理的にじゃなくて、精神的に。学生時代からリルを見てるとね、化粧品の話がいつの間にウチュージンまで進展したのかなあ、って不思議に思うんですよ」

「それは、キクが」

「いいえ、判ってます。化粧は自分自身を良くするもの。どういう身体《しんたい》になるかは自分が選べる自由。技術が自由を与えてくれたのだから、自分で選んだ自分自身で、さらに遠く、広く、高く、良いところへ……。そういう理念ですよね。リルの自由だから、怪我で新しい人工皮膚のテスターになろうが、感覚が鋭敏になった〈全身アンテナ〉でウチュージンの気配を探りたいと思おうが、そういうのはいいんです。でもなんだか、あれっいつの間に、って思っちゃって。同じクラスだったちょっとかわいい子が、いつの間に、世間の人からウチュージン探しを嗤《わら》われるようになっちゃったの、って」

史彦には判らないでもなかった。急成長を遂げる〈コスメディック・ビッキー〉の裏側を暴いていたはずが、いつの間に〈ビッキー〉批判派の不満を体《てい》よくあしらう役割になってしまったのか。ときおり史彦も、あれっいつの間に、と苦笑することがあった。

「君、やっぱり用事なんかないんだね。さ、帰った帰った」

「まだ答えを聞いてませんよ、編集長。ウチュージンってどこまで信じます？　みんなどう言ってます？　取材やなんやでたくさんの人に会うんでしょ。リルの精神状態を心配してくれてる人は、いったいどれくらいいるんです？」

なるほど、と史彦は力を抜いた。かつてリルに反目していた詩衣は、山田親子との真っ向勝負に全力を尽くして憑き物が落ち、彼女なりに友人を心配するようになっているのだ。

「宇宙人はいると思うよ。ただ、リルがコンタクトを取れるかどうかは別」

史彦は真顔で答えてやった。

「彼女が感じ取れると言うのなら、それが彼女の真実なんだろう。人々が彼女の正気を疑ってしまうのは、日常会話に突然宇宙人という単語が出てきたからだ。でも、山田親子や彼女たちを支援する社会のトップに位置する人たちにとっては、海中生活も宇宙ステーションも、軌道エレベータも未知の精神生命体も、突然日常に切り込んできた単語ではなかったんだと思う。高櫓の上にいる人には、より遠いところが見えるからね」

「政治家たちの常套句、長期計画上では視野に入れていた、ってやつですね」

「そう。もはやどちらがどちらを利用しようとしていたのかは判らないけれど、とにかく、狂気どころか、非常に賢明だよ」

史彦は「たとえば」と言って、テーブルに並べられたコンパクトを指さした。

「箕原さんは、ファンデーションに行き着くまで、どれくらいのステップを踏んだ？　最初はリップクリーム、次にはたぶんアクセントとしてアイシャドウやアイライン。顔の肌理《きめ》が気になったらファンデーション。そこからフルメイクまでは一気。違うかな」

「私は眉を整えるのが一番最初でしたけど、ファンデーションを使い始めてフルメイクまでが一気というのはその通りですね」

それが何か、と詩衣が首を傾《かし》げている。

史彦は、たっぷりと間を取って、ソファの背凭《せもた》れに体重を預けた。

「保湿のリップクリームがあればよかったはずなのに、いつの間にフルメイクでないと恥ずかしくなったんだろうと感じることはないかい？　化粧はするもの。そういう世間の風潮が自然にフルメイクまでを導いたんだ。世界中のどこでも——時空を超えて太古の昔から——人類は〈化粧をする文化〉を持っているんだよ。〈化粧をする文化〉からは逃れられないと言ってもいい。だとしたら、そこからスタートして、化粧は自己表現の自由、自己表現の進化として身体変工の自由、身体変工の進化として生活圏拡大の自由、と順繰りに謳い上げていくと自然だよね。そして、生活圏拡大の進化として次は異世界認知の自由、と来る。すると、あれっいつの間に！」

芝居がかって両手を天に差し伸べる史彦を、詩衣は冷ややかに見ていた。

「編集長は〈ビッキー〉がその手順を最初から計画していた、と？」

「〈ビッキー〉が、じゃない。強いて言えば人類が、だ。〈満ちて〉たんだよ」

「はあ」

ほら、そんな顔をする、と史彦は苦笑した。日常会話に「人類」という単語は似合わないのだ。それを自然に受け入れさせる〈美姫《ビキ》〉〈勝利の鍵《Vic Key》〉が、リル。

「化粧によって自己表現をし、またそのフィードバックで自らの気持ちを鼓舞し、遠く、広く、高く、良いところへと進んでいこうとする〈化粧する文化〉。これはもう、人類の遺伝子に刻まれているとしか思えないね。ただ、ここまで急激にものごとが進んだのは、山田親子の存在が大きい。山田親子という人類の未来を見遙かす巫女《シャーマン》が現れたのは時の運なんだろうな。彼女曰くの〈満ちた〉状態が、ちょうど今だったんだ。彼女たちは、主義主張を派手に唱えて、みんなの意識を高めるスケープゴート的な役目をも引き受けた。汚れ役をさらりとこなせたのは、きっと我々よりも敏感で、遠く、広く、高く、良いものを、巨きく捉えることができていたのだと思うね。だから今も、やるべきことを全力でやっている」

ふう、と我知らず満足の息が流れ出た。

できることなら、ジャーナリストの端くれとしてこのことを自分の雑誌でぶち上げたい、と常々史彦は思っていた。けれども、それは無理。まだ人類の意識改革が追いついていない。リルのウチュージン発言が嘲笑されているうちは、まだ受け入れてもらえない。

「編集長」

詩衣が、恨めしそうな眼差しで睨み上げてくる。

「答えになっていません」

史彦は、ははっ、と声を出して笑った。

「宇宙人はいる。遠く広いところを見通す我らの姫巫女様がそうおっしゃるならきっといるんだろう。我々一般大衆は、このとんでもない現状をヨロコンデ、この先をタノシミにするのが精一杯だがな」

〈シャクドウ・ギア〉のコマーシャルをなぞって奇妙な抑揚を付けると、詩衣はやっとくすっと笑った。

その時、小汚いデスクでモニター画面を見ていた若い編集者が、がたんと立ち上がった。

「編集長！」

「おう、何だ」

「見田《みた》幸太《こうた》が、ネタ、摑みました。藤咲《ふじさき》エミが、老人ホームで危篤に陥っているそうです」

「なんだと？」

反射的に腰が浮いた。

往年のアイドルの名前を知らない詩衣は、ただ、きょとんとしていた。


——弔《とむら》いの準備をしなさい。〈藤蔓を編む女〉は明日にでも亡くなるでしょう。日の沈む山の麓でちょうど梅が咲いたから、手向《たむ》けてやるといい。

——はい。

——あとで彫り物を入れ直してくれませんか。

——判りました。茲《ここ》に坐《いましま》す〈観る子〉様のお力が、いっそう強くなるように、一心に彫りましょう。


私は〈観る子〉。

あらゆることを感じ取らなければ。

他の人と同じ入れ墨を入れて同じ器で飯を食う、普通の暮らしがしたかった。みなと一緒に、大声で歌い、笑い、罵《ののし》り合ってみたかった。

けれど私は違って産まれた。ならばできることをできる限りの力でなすしかない。入れ墨は集落を示す文様ではなく、感じるために全身へ。そうして研ぎ澄まされる感覚で、世界を見通すのだ。冢を築《つか》き、〈外〉へ向けて集落の力を誇示するのだ。そうしてみなを良き方向へ。

これでいいのだ。これが私の役目なのだ。

人が望む役割を続けるのが、私の生き様なのだ。

でも本当は……何も気負うことがない、普通の暮らしがしたかった。

大地に乱れ咲く陽光の色をした田菜の香りを、胸一杯に吸い込んでみたかった。

——すごいですよね、先月デビューしたエミちゃん。整形しないであの若さと美貌なんですから。公称年齢って普通は若めにするけど、彼女は高めに言ってるんじゃないかと疑うくらい。ほんとうに羨《うらや》ましい限りです。では、ナチュラル・ビューティ、藤咲エミさんの曲で「信じてるから」。お聴き下さい。

——いまさら普通に生きたいつもりじゃないさ。だから、負けたんでも飽きたんでもない。ただ、ボディが俺を語るのか、俺がボディに語らせるのか、自分でもどっちが好きか判らなくなったから、いったん素に戻したんだ。その新しい額の傷、お前はまだリッパーみたいだな。

——もちろんよ。これでも、自傷は少しましになったのよ。他の人にメスを振るわれてばかり。

——その調子でやれよ。

この素肌、真実。

──コスメディック・ビッキー　イメージ広告

人はみんな、死ぬ。どんなにアンチエイジング術を施しても、いつかは死ぬ。それは判っていた。最期は人格を尊重して、本人が望むままに送り出してあげたい。それも判っていた。けれど、千載千穂子《せんざいちほこ》は戸惑っている。まだ息のある人に死化粧《エンゼルメイク》をしてもいいのだろうか。

「お願いします」

必死の形相でそう言ったのは、エミが所属する芸能プロダクションの社長だった。

「ほら、翔平《しょうへい》君からも頼んで」

促されて、横に立つ筋肉質の青年もぺこりと頭を下げた。そして俯いたまま、早口で、

「大叔母さん、いつも綺麗でいたいって言ってました。若い時には整形を拒んでしまっていたから、これから捲《ま》き返すんだ、って。俺、大叔母さんの願いを叶えてあげたいです。大叔母さんが〈千蘭〉のモデルになるまで、こんなすごい人が親戚だなんて知らなかったから、まだまだ孝行したりないんです」

一気に喋った彼は、顔を上げると視線で千穂子にすがりつく。

老人ホームの職員たちは、身を固くして千穂子の返事を待っていた。投薬を併用して老化を防ぐプログラム〈はさみ撃ち〉をエミに施していた〈千蘭ビューティクリニック〉の関係者は、まだ到着していない。今、メイクアップの専門家は、千穂子しかいないのだ。

「判りました」

千穂子は神妙に答えた。

「とはいえ、私はエンゼルメイクの専門家じゃなくてメイクセラピストですからね。お化粧で気持ちよくなってエミさんが元気になっちゃったら、誰か事情を説明してあげてくださいね」

軽口を叩くと、場の雰囲気が少しだけ緩んだ。エミの復活が十中八九望めないことは、次第に間延びしていくバイタルサインのモニター音が過酷なほどに知らせてくれていたのだが。

エミの顔は、〈はさみ撃ち〉の効果で充分に瑞々しく張りがあったけれど、色は暗く沈んでいた。思い切ってツートーン明るいファンデーションを塗る。ふわりと香料が立ちのぼると、〈ステラノート〉が備え持つ安心感のせいか、エミの唇が少しほころんだように見えた。

品のいいローズのアイシャドウを目蓋に乗せた時、バイタルモニターが警告音を発した。

「大叔母さん！」

翔平がエミの耳元で叫ぶ。

「大叔母さんの一本筋の通った生き方、俺、尊敬してます。周りがどう言おうと自分の道を行けばいい、って、すごくかっこいいですよ。俺もそんなふうになれるんだって、背中を押してもらえたんですよ。もうちょっと頑張って下さい、大叔母さん。人魚になる順番待ち、まだ俺に回ってこないみたいだから。俺がかっこよく水中で連続宙返りするところ、見せたいから」

千穂子は祈るように化粧を進めた。もう少し。もう少しで終わるから。綺麗に綺麗にしてあげてるから。

血色の悪い頬に頬紅を刷《は》く。どうして私は一番上等のフェイスブラシを持って来てなかったのだろう。でも、ほら、顔色がぐんとよくなった。元気な顔になりましたよ、エミさん。鏡を見たら、きっと本当に元気になられますよ。美しい自分に満足するのって、一番の若返り法ですからね。さあ、もう片方の頬も――。

警告音の種類が変わった。もう先に諦めたかのような、思いがけなく静かな音だった。

ぽつ、と歌声が始まった。

ハニー、ハニー、オネスト・ハニー

〈野の花ホーム〉職員の別院奏子《べついんそうこ》が、薄く歌い始める。

すぐに居合わせた人々がメロディを重ねた。エミが若かった時にヒットさせた曲だった。

嘘じゃないわね　正直者のあなた
言い訳なんかしないでね
信じてるから　正直者のあなた
ハニー、ハニー、オネスト・ハニー

それは確かに讃美歌だった。自分自身の美を希求し続けた、エミを讃える歌だった。

モニターは沈黙していた。

口紅が、間に合わなかった。

――赤っていうのは太陽や血の象徴で、大事な色ですから。人間は、目に見えない力を化粧によって自分に取り込もうとし始めたわけ。やがて集団生活が始まると、仲間や敵、獲物なんかの、〈外〉へ向けて、力をアピールする手段になる。所属と連帯を表わすために各邑《ムラ》独特の化粧法があったでしょうし、神に仕えるものは刺青で特別さを強調し、女たちは健康で魅力的に見せようと紅を引き、男は戦さ化粧で敵に立ち向かったり、魚や獣を脅す彫り物を入れたり。

しかれども久美度迩興《くみどにおこ》して生みし子は水蛭子《ひるこ》。
此の子は葦船に入れて流し去《う》てき。

――古事記

――おさかなさん、来て。

広大な海の上、たった一抱えの葦船に載せられているのは、小さな遺骸だった。

――いっぱい、来て。

骸《むくろ》の近くに漂う魂は、あどけなく魚類を呼んだ。

半ば腐乱しかけた幼な子の顔には、目を背けたくなるほどの刺青が彫り込んである。

しかしその目尻と唇には、〈伝日子〉が別れの時に入れてくれた紅が、艶やかに残っていた。

――ありがと。みんな、ありがとね。大事にしてくれて、綺麗にしてくれて、ありがとね。これからご恩は返すわね。さあ、おさかなさん、来て。いっぱい来て。早く身体を食べちゃって。

〈日留子〉は知っていた。

いずれ外国のミコが自分の名を騙《かた》ってやってくる。その出来事と混じり合い、のちの人々は語るだろう。

流されたヒルコは海の神様に変じ、西ノ宮に流れ着いた、と。

この世でやることはすべてやり遂げた。神様になったら、もっともっといろんなものを見通せる。

もっと遠く、広く、高く、良いところから、みんなのことを見守れる。
——ぜんぶぜーんぶ、食べちゃって。早く私を甦らせて。早く、みんなの〈アンテナ〉にして。

蛭子と申すは　恵比寿のことよ
骨なし皮なし　やくたいなし　三年《みとせ》足立ちたまわねば
手繰り　くりくる　来る船に　乗せ奉れば
蒼海原に流したまえば　海を譲りに受取り給う
西の宮の恵比寿三郎　いとも賢き釣針おろし
万《よろず》の魚を釣りつった　姿は　いよ　扠《さて》しおらしや

——長唄「七福神」

なれし故郷を放たれて
夢に楽土求めたり

——シューマン・作曲　石倉小三郎・訳歌「流浪の民《チゴイネルレーベン》」

I Love You Lots
Love Yourself Lots

『ふふふ。今日は大ニュースがあるんですよー。新しい人、紹介しますね。宇宙対応人工皮膚がとっても似合う、トシさんです！　ジャジャーン！

と言っても、彼は出てこないんですけどね。ごめんなさい。なんかねえ、すごく筋の通った人で、「俺はメッセージなんかないから」って、ボソッ……みたいなタイプです。一部、情報がリークしていたみたいですが、やっと公式発表です』

――トシってさ、カラダが勝手に語っちゃうのは仕方ないけど、かといって見せ物じゃない、って考え方してるでしょ。でもそんなことを声高に主張するのも自分のスタイルではない。


『うーれーしーいー。ほんと、嬉しいです。私の仲間ですよ、仲間。

トシさんとは以前に一度ご縁があってね。あの、〈プリン〉でやったトークショウ、覚えてる人いるかなあ。ええと正式名称がね、アンチョコによるとね、「メガフロート施設第三期工事竣工記念フェスティバル」。その時、舞台に上がってもらった、全身にタトゥーを入れた大柄な人、それがトシさんだったんです。

あの時〈人魚計画〉に参加するのはこういう先進的な人だろうってご紹介しましたよね。一緒に上がってもらったもうひとりの女性は実際に人魚になってくれてるそうだけど、トシさんは人魚を飛び越えて宇宙空間素肌体験者第二号になっちゃった！　なんでも、中央病院へ大きな瓶を持って押しかけて「改造してくれないなら、今すぐこの硫酸を被る！」って脅したそうです。

あ、みなさん、真似しないで下さいね。母が運良く彼のことを覚えてたから無理が通ったんであって、普通は犯罪ですよ、犯罪！　そんな危険を冒さなくても、もうちょっとしたらきちんと公募する予定も……あるような……ないような……ええと、これ、リークになっちゃう？　ごめん。

トシさんは、ＲＬＶ《リューザブル・ランチ・ビークル》で地球からやってきたばっかりなので、まだまだ調整が必要です。その隙に、私は彼に追いつかれないように、一歩先に行っちゃいます。

何をするかは、まだ秘密。リークなんかしないんだからねー。お楽しみに！』

面差しも、心も、理想に隙なし！

――ドクター・Ｕ〈カラフル・アーマー〉

「やっぱり決め手は口紅だな、って思うのよ」

比嘉《ひが》波留華《はるか》にとっては涙が出るほど懐かしい喫茶スペースで、大野《おおの》花苗《かなえ》がコーヒーを唇へ運びながら言った。

今日の彼女は、綺麗な色味のコーラルピンクを塗っている。

「私、アンチエイジングの大手術を受けた後、体中がぴりぴり敏感になって、それこそリルの言う〈全身アンテナ〉をちょっと体験しちゃったのよ。その時思ったの。〈全身アンテナ〉って、全身が唇になる感じかも、って」

メガフロート施設〈プリン〉は、軌道エレベータの基幹部になるべく移動中で、先月、ようやく沖縄近くに到達していた。主要都市から〈プリン〉へ繋がるリニアモーター・チューブを建造しながらなので、進行速度は微々たるものだったが、やっと日本列島最後の駅と接続できたのだ。

故郷へ戻って結婚し、〈ビッキー〉の地区統轄役員として沖縄諸島を束ねている波留華は、真っ先に〈プリン〉へ駆け付けた。

青春時代、この四階の、このだだっ広い化粧品コーナー〈サロン・ド・ノーベル〉の、この奥まった喫茶店〈ノヴァ〉の、このテーブルで、女友達と頰を触れ合わさんばかりにしてリルのデビュー写真を覗き込んだ。それは、つい昨日だったようにも、先史の昔だったようにも思える。

記憶の中の時間を掻き混ぜてしまうほどに、美容談義は不変で普遍だということかな、と波留華は考えた。一時間前に知り合ったばかりの花苗と一緒に過ごすこの瞬間も、何年か先には混沌の時間に紛れ込んでしまう気がするのだ。

「唇は、唯一、外へ向けて露出している粘膜でしょ。大事に守りつつ、いつも美しくしておかなきゃいけないわ。やっぱり決め手は口紅よ」

花苗は、親子ほども年の離れた若い夫とともに、〈プリン〉二階で日本料理店を営んでいる。昼食を摂《と》りに立ち寄った波留華が〈ビッキー〉の社章である金の鍵を襟に留めていたのをめざとく見つけて、声を掛けてきたのだ。なんでも、人生を変えてくれたアンチエイジング手術を受けられたのは、〈ビッキー〉の整形補助金制度があってこそ、と、特別な恩義を感じているらしい。面差しも、心も、お蔭で理想に近づけた、と。

化粧品選びに迷う〈コスメ・ジプシー〉だった自分が、化粧品で感謝される立場になるだなんて、あの頃の自分はいったいどんな顔をして驚くだろう。

――お礼なら、要らないわ。

――背を叩きなされ！　もっと強く！　汚物と邪気を吐き出させるのじゃ！

――だったら、俺の弟もお前のように色々と判る人にならないか。お前はあの子にも炭を付けてくれただろう。

――そうなればよいと願って、炭を塗ったの。

――膝の上の小さな骸を思い出すと、確かに口惜しい。

ごめん、〈多き栗〉。
あなたの弟は、私のようにはなれない。塗っただけの炭と、頬に埋まってしまった炭とは違うから。
〈炭埋《すみうず》み〉は運命の名前。私はみんなの〈アンテナ〉となる運命を、名前としても背負っているの。
でも、あの赤子は違う。可哀想な別の運命の下に産まれた。どうかあなたが〈多き栗〉であるように、宿命ではなく願いを名前にしてあげて。
あら……。あんてな、って何だろう。私、いったい何を口走ったの？

――いぅ・きく・しす・ちつ・にぬ・ひふ・みむ・いゆ・りる。

名字決定了。「YiYu」是「一豫」这个意叉。万歳。想早早做二号。〈名前が決まりました。

「イユ」は「一・河南省」という意味です。やりましたね。早く二番目も作ってほしい。）

——国際宇宙開発機構中国支部　広報誌

——向こうの娘たちは、とても紅い唇をしている。血の巡りの良い娘たちだ。

——その唇は色が塗ってあるのだと知っている。木の実や草の実で染めているのだ。けれど私たちにとって、その装いはとても好ましいものだった。

——目尻を紅くしている娘もいた。娘が目瞬くたびに色がちらちらして、私は目を離せなかった。身体のあちこちに模様を描いている娘もいた。娘が動くたびに渦がちらちらして、私は目を離せなかった。

——あれは、大地の赤土の力、太陽の力、血の力。向こうの娘たちは力を宿している。伴侶とするにふさわしい。

I Love You Lots
Love Yourself Lots

静かだった。けれど、音もなく騒がしい。混沌とした人類の気配が、渦巻き逆巻きして、この場に集まっているのを感じる。

リルは宇宙ステーション〈一豫〉から離れ、暗く冷たく何にも触れない空間を漂っていた。

金属の光沢を持つ人工皮膚は、熱と生体組織を漏らさずにいてくれる。換気装置も問題なく働いているので、まるで羊水の中で眠る赤子の心地良さだった。

人工皮膚の感覚遮断を最低にしたのは、これが初めてだ。ステーションの中で普通に生活する時にこのレベルまで情報を透過すると、きっと騒々しすぎて気が狂ってしまうだろう。

自分の心音だけが伝わる、深い静寂《しじま》。地球の丸みで太陽さえも遮られ、瞬かぬ星々と暗黒の世界。

——自由ね。ここは、とんでもなく自由ね。

リルはうっすらと頬笑んだ。

——人類はここまで自由になれました。これからどこへ進めばいいですか。

今はまだ、なにものも応えてはくれない。

依然として、何も見通せない。

——大丈夫。できる限りのことをやってきた私には、自由と同じくらいに自信がある。発展への渇望を人類発生から綿々と受け継ぎ、時間の最先端〈現在〉に息づく私は、人類で一番進化した存在だもの。いずれ感じることができるはず。

そして、ゆっくりと腕を開く。

万有を抱きしめるかのように。

時間を泳ぐかのように。

——さあ、もっと遠く、広く、高く、良いところへ！

——これから先、私は何を感じ、何に出会うんでしょうか。すごく楽しみ！

I Love You Lots

Love Yourself Lots

――LYL《リル》。いい名前でしょ。あなたが大好き。あなたも自分を好きになって。

――タンポポになりたいわ。昔は田菜って言ったんですって。田んぼいっぱいにお日様の形の花が咲くなんて、素敵だわ。鼓草《つづみぐさ》とも呼んだようよ。タンポポという名前も、一説には鼓を打つ音から来てるの。太鼓じゃなくて鼓なのは、きっとロゼットと花が離れているせいね。それを茎が繋いでいて……。いま気が付いた！　これって軌道エレベータの形に見えない？

「私も花苗さんの意見に賛成」

波留華はにっこりした。

「口紅がお化粧の象徴みたいなものよね。うちの子が鏡台《きょうだい》にいたずらした時も、まず口紅だったわ。鼻の下から顎までたっぷり塗って、それからおもむろに、私がやっているのを真似して白粉《おしろい》をはたいたのよ。歩き出すと同時にお化粧に興味を持つだなんて、もう、やんなっちゃう」

――〈化粧する文化〉。これはもう、人類の遺伝子に刻まれているとしか思えないね。

花苗は、僅かに同情の気配を混ぜて、吐息をついた。

「子どもって、そんなものよ」

誰に見しょとて　紅鉄漿《べにかね》つきょぞ

――長唄「京鹿子娘道成寺」

I Love You Lots
Love Yourself Lots

——言う・聞く《キク》・死す・膣《ちつ》・丹塗《にぬ》・皮膚・見む・癒ゆ《YiYu》・リル
——五十音表で遊びながら、私の名前を付けたの？　おまけに、現代語と古文が混じってる。

——うふふ。だからいいんじゃない。時代は混ざり合ってこそ真価を発揮するのよ。

——人工の鰓を埋め込んだ人間も許容できるという、心の広さと社会の自由度が必要なの。

——もはや、邑《ムラ》の内で互いが揃っていることを確かめるだけではいけません。外の世界に向けて我らの力を知らしめておかなければ。

いろどりハート
——コスメディック・ビッキー〈セルフイメージ講座〉

宇宙、銀河系、太陽系、地球、日本、〈プリン〉、〈サロン・ド・ノーベル〉、〈ノヴァ〉。

花苗はコーラルピンクの唇にカップを運んでいる。

全身整形を厭《いと》わずにトップモデルの地位を確立した加藤茉那《かとうまな》は、同じ椅子でお茶を飲んでいる。

茉那は、整形はおろか薬物摂取にも気を遣わなければならないアスリートと背中合わせに座っている。彼女の名前が村田勢津子《むらたせつこ》であることを、茉那はなぜだか了解している。
——天分を磨き上げてこその自信よ。
勢津子が言った。
——変えられるものはすべて変えてこその自信よ。
茉那が言った。
背中合わせでいたはずなのに、ふたりは向き合って座っている。
——そうね。
——そうね。
向き合っていたはずなのに、ふたりは並んで座っている。
そして、きりりと前方に視線を馳せる。
——私たち、きっと同じ先を見通しているわね。
店内には、夥《おびただ》しい数の波留華の姿が、陽炎のように重なっている。

義太夫・「カッパと泣き伏し　ハと顔上《あ》ぐれば」
　鏡を見てから、口針《くちがね》より手拭いをはずし、そのまま肩より振りかぶる
義太夫・「合わせ鏡の　無限の姿」
　ガブ（注・人形の顔が割れて鬼のようになること）
義太夫・「あな恐ろしや　あな嬉しやと」
——創作文楽新人賞応募作品「化粧女鬼道神道《けわいおんなきどうしんどう》」　見田幸太《みたこうた》・作

――大勢でひとところに暮らすということは、他の者と比べられるということなのだから。

〈刃物造りの女の一番目の娘〉は、髪の縺《もつ》れを解きながら、妹に語りかける。妹は、まず外見で好き嫌いを感じてしまう人の性《さが》を、よく理解できていない。まだ汚いし、まだ饐《す》えた臭いがするし、何の飾りも身につけていない。

片や〈刃物造りの女の一番目の娘〉の髪には、燦然《さんぜん》と輝く太陽のようなタンポポが、薫り高く挿してある。


〈コスメディック・ビッキー〉の傘下となった〈グリーン・フィールズ〉のパウダールームで、古《こ》谷田《やだ》純江《すみえ》は愕然とした。

鏡の中に叔母がいたのだ。

いや、叔母の年齢に近付いた自分の姿だ。

自分の体臭に混じって、亡き叔母が愛用していた安いヘアスプレーと香水が、時を超えて、空間を越えて、確かに鼻孔に蘇った。


――地球人は一丸だ、ニンゲンを表わす香りをちゃんと持っている、匂いの名刺を準備していたぞ。

「言う」も「聞く」も「死す」より先。だから命あるうちは自己表現の手段を求めて止まない。それが「膣」より「丹塗」りで生まれた人間の性。

——人はみんな、死ぬ。どんなにアンチエイジング術を施しても、いつかは死ぬ。

「皮膚」は「見む」。「癒ゆ」ところを。

——満ちた。

リルは見るだろう。

自分の身体が、自分の魂が、人々の身体が、人々の魂が、癒えるところを。

——〈観る子〉様。

——〈日留子〉様。

——〈蛭子〉様。

——〈昼子〉様。

——〈日留子見子〉様。

——〈日見子〉様。

——〈日米子《ピーミーウォ》〉様。

——〈卑弥呼《ピーミーウォ》〉様。

——ああ、太陽が。

——化粧して囃《はや》そうぞ。あな面白や。面白や、と。

『〈プリン〉を核にして、リニアチューブ網ができるんだって。もっと世界が狭くなるね！

でね、チューブ、三角形に繋いでいくんですって。

地球上を網羅したら、きっと肌理《きめ》みたいに見えるんだわ。

素敵。

肌って、自分と外とを柔らかく区切ってくれているだけじゃないもの。

肌はね、〈アンテナ〉。大事な感覚器。いつも外に接していて、いろんなものを受け止める。

そして〈自己主張の場〉。大事な表現方法。いつも自分のすべてを表していて、一番最初に相手の目に入る。

香りの名刺と、地球の肌。このコンタクトの準備を、宇宙人が気に入ってくれるといいなあ』

ハニー、ハニー、オネスト・ハニー
I Love You Lots
Love Yourself Lots

混じり合い、押し寄せ、砕け散り、煌《きら》めき、錯綜する時空。

それは確かに、人類を讃える讃美歌だった。

リルは腕を巨きく広げる。


——大地よ、太陽よ、血よ！

蔓《つる》の入り組んだ斜面で、〈刃物造りの女の二番目の娘〉は仰《あお》のいて叫んだ。

──この集落で生きていく私に、他の誰よりも鮮やかな色を！

流浪の生活は終わった。が、その安定と引き替えるがごとく、魂はよりよき自分を目指してさすらい始めてしまったのだということに、彼女はまだ気付かないでいた。

「あっ」

彼女は鋭く声を上げる。

あった。

目的の実が、高い樹の上でまるで日のように神々《こうごう》しく光っていた。

何度も滑り落ち、いくつも傷を作り、彼女は樹をのぼる。

そしてついに実を手にすると、宝物を扱う仕草で潰し、濃厚な紅い汁を指ですくった。

すでに身体は清めてある。髪もきちんと梳《す》いてある。最後の決め手が、その血の色だった。

──これで綺麗になれるわ！

古代の女は、麗しい頬笑みを浮かべながら、口紅を引いた。

初出一覧

「流浪の民」	ＳＦマガジン2008年4月号
「閃光ビーチ」	ＳＦマガジン2008年9月号
「トーラスの中の異物」	ＳＦマガジン2008年12月号
「シズル・ザ・リッパー」	ＳＦマガジン2009年3月号
「星の香り」	ＳＦマガジン2009年6月号
「求道に幸あれ」	ＳＦマガジン2009年9月号
「コントローロ」	ＳＦマガジン2010年4月号
「いまひとたびの春」	ＳＦマガジン2010年7月号
「天の誉れ」	ＳＦマガジン2013年7月号
「化粧歴程」	ＳＦマガジン2013年9月号

HAYAKAWA SF SERIES J-COLLECTION
ハヤカワSFシリーズ Jコレクション

誰《だれ》に見《み》しょとて

2013年10月20日　初版印刷
2013年10月25日　初版発行

著　者　菅　浩江《すがひろえ》
発行者　早川　浩
発行所　株式会社　早川書房
郵便番号　101‐0046
東京都千代田区神田多町2‐2
電話　03‐3252‐3111（大代表）
振替　00160‐3‐47799
http://www.hayakawa-online.co.jp
印刷所　精文堂印刷株式会社
製本所　大口製本印刷株式会社
定価はカバーに表示してあります

JASRAC 出 1312616-301
Printed and bound in Japan
ISBN978-4-15-209412-4　C0093
乱丁・落丁本は小社制作部宛お送り下さい。
送料小社負担にてお取りかえいたします。

ハヤカワSFシリーズ　Jコレクション

ヨハネスブルグの天使たち

City in Plague Time

宮内悠介

46判変型並製

泥沼の内戦が続くアフリカの果てで、生き延びる道を模索する少年少女の行く末を描いた表題作ほか、9・11テロの悪夢がよみがえる「ロワーサイドの幽霊たち」、アフガニスタンを放浪する日本人が〝密室殺人〟の謎を追う「ジャララバードの兵士たち」など、国境を超えて普及した日本製の玩具人形DX9を媒介に、人間の業と本質に迫る連作短篇集。